オルタネート

加藤シゲアキ

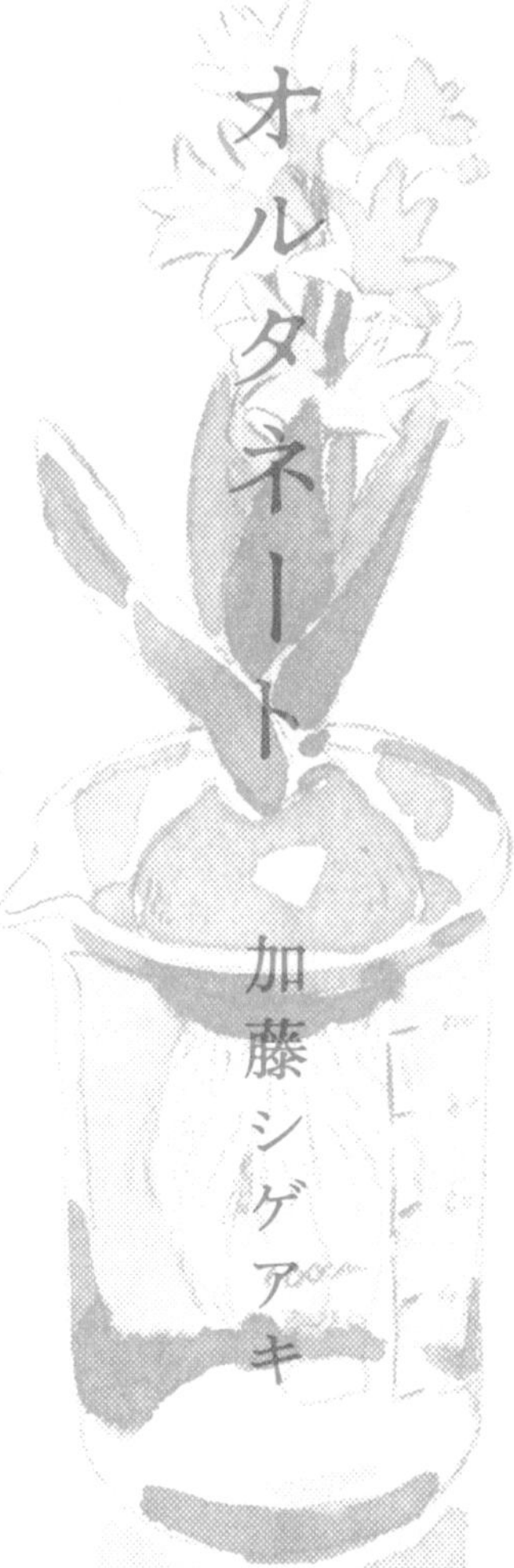

新潮社

オルタネート　目次

主要登場人物

新見《にいみ》蓉《いるる》……………円明学園高校3年生。料理人の父を持ち、調理部の部長を務める。

水島《みずしま》ダイキ……円明学園高校3年生。園芸部の部長で、蓉の親友。

多賀《たが》澪《みお》…………蓉の1学年上の先輩で、前年度の調理部部長。

山桐《やまぎり》えみく………円明学園高校1年生。澪に憧れて調理部に入部する。

三浦《みうら》栄司《えいじ》…………永生第一高校3年生。調理部のエースで著名料理研究家の母を持つ。

伴《ばん》凪《な》津《づ》……………円明学園高校1年生。オルタネートを信奉する。

笹川《ささがわ》先生…………凪津のクラスの担任教師。調理部と園芸部の顧問を兼務する。

桂田《かつらだ》武生《むう》…………地元・埼玉の学校に通う、高校1年生。

楤丘《たらおか》尚志《なおし》…………大阪の高校を中退し、単身上京する。

安辺《あんべ》豊《ゆたか》…………円明学園高校2年生。尚志のかつてのバンド仲間。

冴山《さえやま》深羽《みう》…………円明学園高校1年生。パイプオルガン奏者。

憲一《けんいち》くん…………尚志の元バイト仲間。楽天家で放浪癖がある。

オルタネート

装画　久野遥子
装幀　新潮社装幀室

1　種子

　グレゴール・メンデルは修道院の庭に三十四種のエンドウを育て、二百八十七輪の花をひとつひとつ手で授粉しながら遺伝に関する実験を行った結果、ある数学的な規則性を発見しました。今日ではそのメンデルの法則は多方に知られることとなり、市場に出回る野菜のほとんどはこの法則に由来する雑種第一代、通称『F１種』になっています、と笹川《ささがわ》先生が土を混ぜるようにしながら話した。

「なぜかというと、F１種は生育が均一になり、品質も安定するからです。今回植えるとうもろこしも、もちろんF１種」

　土の匂いが午後の太陽に温められ、新見蓉《にいみいるる》の鼻をふんわりとかすめる。乾いて灰色になった表面を掘り返すと、湿ったこげ茶の土が顔を出した。そのコントラストを楽しんでいるうちに、だんだんとなじんで均一になっていく。

「しかし、F１種にはデメリットもあります」

　ダイキが蓉に「この話を聞くといつもマクラーレンが頭の中を駆け抜けていく」とささやいた。

　園芸部顧問の笹川先生は生物の教科担任でもあるため、口ぶりが自然と授業のようになってしまう。

「なにか、わかりますか」

園芸部部長になったばかりのダイキが「ほい」とスコップを持った手を挙げる。すると土が飛び散り、調理部の新入生の顔に当たった。しかしその新入生はこころなしか嬉しそうで、口を小さく開けていた。ダイキは土をかけたことには気づいていなくて、同じく新たに調理部の部長となった蓉が代わりに「ごめんね」と手を合わせる。

「子孫ができないこと」

自信満々のダイキに笹川先生は「違います」とあっさり返す。よそよそしい新入生たちの空気がわずかに和んだ。

「惜しいけどね。そういう種も増えているけれど、正確にはF1だからって必ずしも種子ができないわけではなくて、F1の種子、つまりF2になるとメリットだった生育も品質も途端にばらばらになって安定しなくなるの。だからF1は一代限り」

笹川先生はとうもろこしの種を生徒たちに配った。蓉の手のひらに三粒の種がのせられる。蓉がじっとそれを見つめていると、かしゃーん、と真後ろのフェンスにボールがぶつかった。びっくりして後ろを向くと、一つに結んでいた髪が振られて顔に当たる。その拍子に種を落としてしまい、慌てて拾い上げた。

「おい！」とダイキがサッカーをする同級生に叫ぶと、「うるせぇ！」と遠くから返ってくる。ダイキはグラウンドの方に中指を立て、新入生に「オルタネートやってもああいう男はやめときなね」と顔をしかめた。新入生のひとりが「ダイキさん、フロウしてもいいですか」と聞くと、「もちろん、コネクトしよ」と立てていた指を親指に変える。そんなものはないけれど、オルタネートのCMみたいだった。

園芸部は校内の花壇の他に、グラウンドの端にあるこの畑も管理している。ここでは野菜や果物を育てており、調理部はその食材をもらう代わりに園芸部を手伝うのが慣習となっていた。といっても園芸部にはダイキしかおらず、ほとんど調理部がこの畑を世話しているような状態だった。調理部顧問の笹川先生が園芸部の顧問も兼ねているのはそういう事情からだ。しかしそのことを知らずに入部した生徒たちは畑作業に納得できず、不満げな表情を浮かべていた。

蓉のように二年も園芸部の活動をしていると植物の魅力もわかってくるのだけれど、新入部員は花が咲いたり、実がなったりする楽しみをまだ経験していない。そのうえせっかく新調したジャージで土いじりさせられるのだから、消極的になるのはしかたがないことだった。ダイキがいなかったら、みんなとっくに作業を放り出しているだろう。

「こんな感じで」と笹川先生が種まきを見せる。土にくぼみを作り、三粒の種をそっと置いてふわりと土をまぶす。

「三本とも芽が出たら、どうするんですか」

新入生のひとりがそう聞くので、ダイキが「二本は切るに決まってるっしょ」と言い放ち、追い討ちをかけるように「ＫＩＬＬ」と巻き舌でささやいた。

「入ったばかりの子を脅かさないで」

蓉がたしなめるとダイキは下唇を突き出した。

間引きや剪定は蓉も苦手だ。重要なのはわかっているけれど、ひとつの植物を守るために不必要な存在を切り取るという選択が、本当に正しいことなのかいつも考え込んでしまう。

蓉は土に種をまくと、ふと幼稚園の頃に食べたスイカを思い出した。うっかり種を飲み込んでしまい、母に「お腹からスイカが生えてくるよ」と脅かされた。怖くなって泣きわめく蓉を見て父が「そんなわけないだろう」と鼻で笑う。「人の腹は土じゃない」。父は続けた。「腹はな、どんな食べ物でも溶かす火だ。種なんかすぐに燃やしちまうよ」。自分の中に火があるというのはスイカの芽が出るよりもおそろしくて、蓉はやっぱり泣いた。

種をまき終えると、ダイキがジョウロで水を撒いた。陽の光を受け、うっすらと虹がかかる。乾いた土は水分を含んで重たくなった。赤らんだしわしわの種にこの水分が浸透して発芽する。そして実がなる頃には、もう夏だ。

「なぁ、とうもろこしが育ったら何にするよ」

「んー、どうしようかな。最初はそのまま茹でて食べる方が感動すると思うけど、その味見て、コーンポタージュとか、かき揚げとか。メインなら炊き込みご飯でもいいし、パンに練りこんでコーンブレッドにするのも私は好きだよ。もっと凝ったことがしたいなら、冷製のムースにして、上にコンソメジュレかけてみたりしてもいいよね」

新入生たちも聞いてくれていると思って、ちょっとだけ大きな声でダイキにこたえる。だけど反応はなかった。嫌われているのかもしれない。みんなきっと、『ワンポーション』を見ている。

気を落とす蓉をよそに、はさみむしがお尻を振って畑を横切っていく。

トマトやナス、ピーマンなどの夏野菜の他に、バジルやコリアンダーやミント、セージやローズマリーなどの種をプランターにまいて、園芸部の作業は終わった。

「おつかれさま。手はあそこの水道で洗って。土がつまるから校舎のなかの水道は使わないでね」

三年生が先導して校舎の横にある水道まで向かう。後ろから新入生たちのため息が聞こえるなか、ダイキが突然蓉の手を取った。

「結婚線は」

手をじろじろ眺めて「ありませんねぇ」と鑑定士のような口調で言った。

「あるから。三つもあるんだから」

手のひらの皺は土の汚れでくっきりと目立ち、手相が浮き彫りになっている。

「三回も結婚するの!?」

「そういう意味じゃないから。チャンスが三回」

「だとしたら、手相占いってあたらないな」

「なんでよ」

「三回もあるわけないじゃん」

「わかんないでしょーよ」

蛇口をひねって手を擦り合わせると、伝って落ちる水が静かに濁っていく。

隣で手を洗う同級生の恵末《めぐみ》が「何人だと思う？」とため息交じりに言った。意味はわかっているけれど、あえて「なんのこと？」ととぼける。

「十七人のうち、何人残ると思ってんのよ、部長さん」

昨年は十五人入部し、今も残っているのは七人だった。

「今年も六、七人というところが妥当ですかね」

ダイキが濡れた手で前髪をかき上げながら答える。

「で、三年生でさらに半分になるパターン」

昨年四人だった二年生は、三年生になって蓉と恵末の二人だけで、部員をいかに減らさないでおけるかも部長としての課題だ。

これ以上短くできないほどの深爪でも、隙間に土が入り込んでいる。蓉は少しいらいらしながら指先をひとつひとつ磨くようにして洗った。

恵末が続けて「私もやめよーかなぁ」と言うので、蓉が「やめたらとうもろこし、ポップコーンにして恵末の机に詰め込む」と顔を近づけた。すかさずダイキが「ちょっと、大切な植物をそんなことに使わないでよ」と言って、手についた水を弾いて飛ばす。

「恵末がやめたら、菊を花瓶にいけて机に置いてあげるよ」

一番悪質ー、と恵末が返すと三人は顔を見合わせて笑い、開けっ放しの蛇口を二年生に譲った。

校舎の壁にもたれて、全員が手を洗い終わるのを待った。手の洗い方で、料理に慣れているかどうかわかる。ダイキがした推測はあながち間違っていなさそうだった。

校門をくぐってすぐにある、円明《えんめい》学園高校と書かれた石碑の前で、新入生と思しき二人組の女の子がスマホを自分たちに向けて撮影している。石碑の周りには薄ピンクのヒアシンスが咲いていて、それらを画角に入れ込もうとちょうどいいアングルを試行錯誤していた。

「ダイキの花、大活躍だね」

「そりゃそうだよ、このために育ててきたんだから」

ダイキが得意げな顔を蓉に向ける。

「あの子たちが写真のおかげでフロウされたら、俺のおかげだね」

全員が手を洗い終え、調理実習室に戻る。窓から差し込む夕日がキッチンの銀色に跳ね返り、眩しい。ここにはいつも食欲をそそる残り香があるけれど、春休みの間は使っていなかったため、漂う空気は味気なかった。

部員をホワイトボードの前に集めてイスに座らせると、ひとり前に立つ自分はなんだか体育会系のコーチみたいだなと思う。新入生たちは前髪の切りそろえられた似たような髪型をしていた。最近人気の女性アイドルの髪型とほとんど同じで、これが調理部に入ろうとする生徒の現実だよなぁ、と今後が心配になる。

「今日はお疲れ様でした。いきなり園芸部のお手伝いをさせられて、むかついている人もいるかもしれません。ごめんね、って思うけど、私たちはやってきてよかったと思っているから、みなさんにもお願いしました。今日みんなで植えた種、あの種たちが食材になったとき、料理して食べることの意味を考えると思います。それがとても大事なことだと、ここにいる三年生と二年生は実感しています。なのでみなさんにもそのことが伝わるといいなと私は思っています」

新入生たちはぽかんとした顔で蓉を見つめている。説教くさくなりすぎてしまったのだろうか。いや、そうじゃなくて、やっぱり嫌われてるのかもしれない。どうにかしなくちゃと次の言葉を考えているうちに、喉がきゅっとなってむせてしまった。前年度の部長だった澪《みお》さんは、どんなときも落ちついていた。彼女の器量を今になって思い知る。

「なんて言われても堅苦しいよね。違う言い方すると、園芸部、あの人しかいないから助けてあげたいってこともあって。少しでも余裕があるときは手伝ってもらえると嬉しい」

ダイキは部屋の一番後ろに立って両手を振った。新入生が「あの畑以外も手伝うんですか」と気怠げな声で言った。

「畑だけでもいい。でももし困っていたり、気づいたことがあったりしたら、彼に少しだけ手を貸してもらえると嬉しいな」

よろしくね、というダイキをまだ新入生たちは見慣れていないようで、目の前にいる彼が本当に存在しているのか見極めようとしているみたいだった。

「帰りにでもさ、改めて校内の花壇見てあげてよ。かわいい花たくさん咲いてるよ」

そこで一区切りをつけ、じゃあこれからの活動を説明するから、と話を続ける。

「調理部の活動は当然ではありますが主に調理実習です。メニューはその回の当番が考えてきたものから、みんなで話し合って決定していきます。作ってみたいもの、食べてみたいもの、メニューはなんでもかまいません。もちろん予算の範囲内だけどね。当番になったけど思いつかないって人は、いつでも相談に乗るから気軽に声をかけてください。調理実習の他に、体育会系の部活から差し入れを頼まれることもあります。あと、一番のイベントと言えば文化祭かな。調理部が販売するメニューは毎年とても好評で、たくさんの人がやってきます」

　そう言ったものの、蓉は昨年の文化祭には参加できなかった。

　一呼吸おいて、「あと、これは調理部の活動じゃないけど、私は今年も『ワンポーション』に出るつもりなんで、この中からペアの相手を探します」と伝える。数人がぴくりと反応した。つまりその子たちは私を知っている。

「『ワンポーション』は高校生の料理コンテストのネット番組です。選抜された高校の代表者が二人一組で出場するの。この学校は二回連続で出場してます。気になる人は、ネットにあるから見てみて。前回は私も出てます」

　こっそり調べられるくらいなら潔く自分で言ったほうがいい。

「主な活動は以上です。質問はありますか」

　新入生たちはお互いに目を合わせ、何か言いたそうな顔をしている。なんですか、と蓉から聞くと、スマホ、とひとりが呟いた。

　円明学園高校は授業中以外であれば基本的にスマホの使用が許可されている。その自由な校風に惹かれて入学してくる生徒も多く、それに比例してオルタネートのダウンロード率は他校よりも高いと言われている。

「必要な場合のみ、許可されています。具体的にはレシピの確認や、調理過程を記録するために写真を撮る場合などです。ただ料理の最中にスマホを何度も触るのは衛生的にもよくないので最低限にしてほしいです。個人的な写真は調理を終えた後に撮影してください」

写真を撮ってもいいとわかったからか、新入生たちはほっとしている。そんな彼女らを頼りなく思いつつも、諦めてもいた。

調理部が人気なのは、料理が好きでうまくなりたい子が多いからじゃない。ほとんどの生徒はオルタネートのプロフィール欄に「調理部」と載せたいというアクセサリー感覚でやってくる。しかしそういう動機で入部した部員はすぐに辞めてしまいがちだ。軽い気持ちでやっていけるほど、この部は楽じゃない。

「今日の部活はこれで終わります。来週からは早速実習に入っていきますので、エプロンを持参してきてください。初回なので、メニューは部長の私が考えますね」

ではまた、と言ったところで、ランディがダイキを迎えに調理実習室に入ってきた。二人が揃うと、新入生たちは今日一番の高まりを見せた。

「んじゃ、蓉、先帰るわ。明日ねー」

「うん、バイバイ」

去っていく彼らが見えなくなるまで新入生たちは凝視する。ひと月もすれば当たり前の光景として受け入れるとわかっているので、いちいち注意はしない。

「蓉、私もいくわ。なんかあったら連絡して」

恵未もそう言って調理実習室を後にする。このあとダイキはランディと遊園地で、恵未は他校の生徒とデートらしい。

蓉は部員たち全員を見送り、廊下にも誰もいなくなったことを確認してから、結んでいた髪をほどいた。ばさりと落ちた髪が肩甲骨の辺りに触れると、解放感が全身に広がる。それからキッチン台に腰掛け、仰向けに寝転がった。動いていない換気扇をじっと見つめながら卒業までの一年を想像する。そうしているうちに昨年のことが思い起こされ、審査員の言葉が脳裏に甦える。

――まるでガイドブック通りの旅行みたいだ。

円明学園高校の作品を評したその言葉は、なぜかいつも父の声で再生される。

あと一歩のところで優勝を逃した。ほとんどの人は「よく頑張った」「惜しかったね」「来年もある」と励ましてくれ、ペアだった澪さんも「蓉がいなかったらここまでこれなかったよ」と慰めてくれたが、それでも蓉は自分の不甲斐なさに打ちひしがれた。

自分が調理部の部長にふさわしいのかわからない。あんな失敗をした自分に部を運営する資格があるのだろうか。

「あの」

突然声をかけられ飛び起きると、さっきスマホが使えるかと質問した生徒が立っていた。

「どうしたの」

「聞き忘れたんですけど、エプロンってどんなものでもいいんですか」

「え？」

「デザインとか」

「あ、うん、特に決まりはないよ。ちゃんと使えるものだったらなんでも。好きなもの持ってきて」

蓉は無理矢理笑顔を作った。

「わかりました。それと、あと」

「何？」

「先輩はオルタネート、やってないんですね」

スマホを握りしめる彼女の爪にはクリアジェルが塗られていて、窓から差し込む陽をキラリと反射した。

「うん。やってない」

「どうして、ですか？」

薄茶の前髪から覗く視線は、蓉をじっと見据えていた。

「なんとなく？」

はぐらかすように微笑んでみると、彼女は「そうですよね。新見先輩って冒険しない人ですもんね」と独り言のように呟き、部屋から出ていった。また父の声が鳴り響き、蓉はそれをかき消すように扉を開けた。

2　代理

オルタネート　おるたねーと　alternate　オルタネート　おるたねーと　alternate　オルタネート　おるたねーと　alternate　オルタネート　おるたねーと　alternate　——

教壇に立っている英語教師は、中学で習った時制のおさらいをしている。伴凪《ばんな》津《づ》はそれにかまうことなく、頬杖をつきながらまだほとんど白紙のノートに、繰り返し文字を書いた。四本の罫線の上に並んだそれらは今にも踊り出しそうだった。文字で埋め尽くされたノートよろしく、凪津の頭はオルタネートでいっぱいだ。

　電子辞書の履歴から、“alternate”を選択し、何度も表示させた画面を改めて見る。

alternate 分節　al・ter・nate　発音　ɔ́ːltərnèit

自1　交互に起こる、（…と）互い違いになる《with》、（…と…を）交互に繰り返す《between》

2　〈人が〉（別の人と）交替する《with》、（仕事などを）交替してやる《in》;〈物・人が〉

〈別の…と〉交互に並ぶ《with》
3 《電気》〈電流が〉交流する
他 …を交互にする、〈…と〉互い違いにする《with, and》、〈…と…の間で〉交互に繰り返させる《between》
名 〈米〉代わりのもの、交代要員、代理人、補欠

凪津はうっとりした。この画面を見るたびに感動し、芸術性さえ感じていた。

まず、自1の〈交互に起こる〉という意味。

高校生限定SNSアプリ「オルタネート」では、お互いがフロウを送り合うことでコネクトとなり、メッセージなど直接のやりとりが可能になる。これが基本的な使い方であり、今この瞬間もオルタネート上では高校生たちのフロウが飛び交っている。

それから自3の、〈《電流が》〉交流する〉という意味について。

例えばACとは、alternating currentの略。交流電流。運命の出会いの比喩としては、恥ずかしいくらいうってつけだ。

交流電流について、凪津は中学のときにこんな逸話を読んだ。

そもそも電力供給システムはかつて、トーマス・エジソンが発明した直流によるものが主流だった。それに対しエジソンの弟子だったニコラ・テスラは、彼自身が発明した交流システムを新たに提案、推奨したのだけれど、否定されたと思い込んだエジソンは彼にその危険性を指摘する。

二人の対立する主張はやがて電流戦争と呼ばれるものへと発展し、確執は激化していく。ある日ニコラ・テスラはその安全性をはっきりと証明するために、彼が考案したテスラコイルと呼ばれる共振変圧器の前に座り、火花が散る下で読書をする写真を公開した。今日では交流システムは幅広く利用され、生活のいたるところで活躍している。オルタネートの普及の仕方は、これに通じるところがあった。

そして最後の「代理人」。

ユーザーが指定した条件に合わせて数多の高校生から相性のいい人間をレコメンドしてくれるオルタネートは、仲介人の役割を持つ代理人だ。メッセージを送り合うことのできるコミュニケーションツールである他にも、ブログを投稿できるＳＮＳ機能があったりと、高校生に必要不可欠なウェブサービスを一手に担っている。

サービスがローンチされた五年前は、他の人気ＳＮＳに埋もれ、利用者はほとんどいなかった。初期の数少ないユーザーも、オルタネートの特徴と言えるマッチングサービスには消極的で、トラブルやリスクを避けるため慎重になっていた。しかし実際に利用したユーザーからの「いい出会いがあった」という口コミからじわじわと火がつき、オルタネートは次第に注目を集めた。

実際、登録には個人の認証が必要で匿名性がなく――写真付きの生徒手帳を撮影して送らなければアカウントが作れない――利用条件も高校の入学式から卒業式までとなっていることから、不審な人物がオルタネート上に紛れ込むということはなかった。時間が経つにつれ、その安全性が証明されていき、今ではダウンロード必須の人気アプリとして確固たる地位を築いている。

「冴山深羽《さえやまみう》さん。かっこに入る時制は、何かわかりますか？」

「過去完了形です」

その通りですね、と英語の先生が小さく拍手をした。

冴山さんはとても可愛い。顔がちっちゃくて、すっぴんなのに目が大きくて、それなのにマスカラをしているみたいだ。肌は透けるほど白いし、身体は嘘みたいに細くて、小柄だけれど姿勢がいい分高く感じられる。きっとバレエでもやってるんだろう。

このクラスの目立つ存在が冴山さんひとりなのは、凪津にとっては幸運だった。それこそかっこいい男子に一目惚れなんてしてしまったら、せっかく誓った信念が崩れてしまう。外見に騙されてはいけない。データに裏打ちされたもの以外、信用しない。凪津は高校に入る前から、そう自分に言い聞かせていた。

チャイムが鳴って昼休みになると、音楽の先生がやってきて「冴山さん」と呼んだ。「はい」と返事をした冴山さんはなんのことかわかっているようで、先生と一緒に教室を出ていった。男子たちの視線がそれを追いかける。入れ違いに三人の女子生徒がやってきて「伴さんいますか？」と凪津を探した。手にはお弁当用の巾着袋を提げている。志於李《しおり》は凪津を振り返り、「隣のクラスの子たち。話聞きたいんだって。私ちょっと用があるから、付き合えないけどよろしくね」とウィンクをした。

「私のこと、オルタネートのプロモーターだと思ってるでしょ」

「だって凪津より詳しい人なんていないもん。お願い」

断る術なく、凪津は観念して「私です」と手を挙げた。彼女たちは「お昼、一緒に食べない？」と誘うので、自分もお弁当を持って三人のもとへ向かう。

円明《えんめい》学園高校のカフェテリアは教室のある東棟ではなく、西棟の地下一階、図書室の隣にある。二つの棟は三階の渡り廊下で繋がっていて、そこから西棟へ渡って階段を下りていく。地下とは言っても窓側はグラウンドに面していて、中央には吹き抜けが設けられているため、天気のいい昼時だと眩しいくらい明るかった。

中に入るとほとんどが二、三年生で、特に見晴らしのいい窓際の席は生徒会長や目立つ先輩たちで埋め尽くされていた。一年生の凪津たちは遠慮がちに隅を選んで腰を下ろし、小さくまとまって弁当を開いた。

「突然ごめんね」

三人のなかでもっともリーダーシップのありそうな女子が、凪津に言う。

「伴さんのこと、志於李から聞いて」

志於李には、入学式の日に声をかけられた。彼女はとても社交的で、下校の時にはすでに連絡先を交換していた。早速オルタネートのアカウントを作ったと話すと、志於李は興味津々で、彼女にオルタネートについて教えてあげた。それがことの始まりで、志於李はそれから仲良くなる人みんなにオルタネートを勧め、「詳しいことは私の友達に聞いて」と言って回っている。

「私は瑞原芳樹《みずはらよしき》。志於李と同じサッカー部のマネージャーでね、そこで伴さんの話になったの」

それから芳樹は他の二人を紹介した。

「でね、伴さんにききたくて」

「凪津でいいよ」

そう言うと、芳樹は肩の力を抜いた。

「じゃあ、凪津ちゃん。実際どうなのかなぁ、オルタネート」

三人はもじもじしていて、ひとりは恥ずかしそうに自分の指をつまんでいた。

「どうって？」

「色々とさ、んー、やばいこととか、今んところない？」

入学してすぐにオルタネートを使う人は案外少ない。高校での実生活もままならないうちにネットで個人情報を公開するのは抵抗があるのだろう。いい出会いを期待する以上に、変に目立って悪い風に注目されるかもしれないとか、先輩たちからも目をつけられるかもしれないとか、そういうネガティブな想像をしてしまいがちだ。

「今のところ、大丈夫だよ」

卵焼きを頬張る。あまり美味しくないけれど自分で作ったものだから我慢する。

「なーづー」

後ろからぽんっと肩を叩いたのは三年生の恵未《めぐみ》さんだった。

「どうも」

「凪津は遠くからでもすぐ見つけられるね」

「そうですか？」

「マッキーで塗り潰したみたいに髪の毛が黒いんだもん。黒っていうかもはや闇。闇が頭に乗っかってる」

　恵未さんはそう言ってにやつきながら、凪津の髪を撫でた。

「それって褒めてないですよね？」

「褒めてる褒めてる。すごくきれいだよ。嘘みたいにまっすぐだし。こんな髪の毛が生えてくるなんてちょーうらやましい」

　凪津の地毛は、本当は茶色くて癖がある。定期的に黒く染めて縮毛矯正するのは、はっきり言って大変だ。しかし、自然と生えてくる毛はどうしても自分のものに思えず、手を加えないと気が済まなかった。別に隠しているわけではないけれど、いちいち報告することでもないから特に訂正しない。

「ありがとうございます」

　凪津は指を立て、さりげなく恵未さんに触られた部分の髪を梳き直す。

「調理部に入る気になった？　料理ができるともてるぞー、新入生まだまだ募集中」

　恵未さんはコネクトになったひとりだ。先輩とつながっておけば学校のことを早く知ることができると思って、優しそうな人を見繕ってフロウした。彼女の方は調理部に勧誘するのが目的でフロウを返したらしい。凪津はバイトで忙しいので部活に入る気はなかったけれど、そのことは言わずに「部活はまだ迷ってるんですよー」と軽い感じでこたえた。

　恵未さんはわざとらしく寂しそうな顔を作って、それから芳樹たちにも「みんなもどう？」と話しかけた。

「すみません、もう部活決めちゃって」

芳樹たちがこたえると、恵末さんは「ちぇっ」と子供のように拗ねた。

「調理部、ほんと楽しいんだからね。今日だっていろんな種類のパン作って食べるんだから」

凪津は「考えときます」と適当に相槌を打ち、「恵末さんって、オルタネートやり始めたのいつですか？」と話題を変えた。芳樹たちが恵末さんの方へ身体を寄せる。

「二年生になったくらいのときかな」

「なにがきっかけで？」

「友達からオルタネートで彼氏できたって話をきいてね。一年生で全然出会いなかったから、二年生ではどうにか作らないとって思ってさ。三年になったら受験もあるし、早いうちにやっといた方がいいよ。恋愛って実は楽しめるとき、限られてるから」

芳樹が「で、彼氏できたんですか？」と会話に割り込むと「できた、そっこーできた、しかもイケメン」と言った。そのテンポのよさにあっけにとられつつも、「今もその人とは？」と質問を続ける。

「付き合ってるよ」

そう話す恵末さんは、自慢する風でものろける風でもなくて、あくまで自然なことだという顔をしていた。

「どういう条件で、相手を探したんですか？」

芳樹は凪津を差し置いてすっかり前のめりになっていた。

「それ言うのちょっと照れるなぁ」

恵末さんは「ひとつだけだよ」と声を潜め、「歌のうまい人」と言った。

「そんなのオルタネートにわかるんですか？」

「それがね、本当に上手かったの、すごいでしょ」

そう言って恵末さんは両手を合わせた。

「もういくね。凪津、調理部ちゃんと考えといてよ。あなたたちも、気が変わったらいつでもおいでね」

カフェテリアを後にする恵末さんの後ろ姿は晴々しかった。しかし凪津は彼女の使い方にはあまり惹かれなかった。

「凪津ちゃんは？　コネクトできてる男の人はいるの？」

「いるよ」

スマホを出してオルタネートのアイコンをタップすると、トップ画面に伴凪津という名前とプロフィールの写真が表示された。校門のすぐそばにある花壇で志於李と一緒に撮ったものだった。後ろにピンク色の花が咲いている。

メニューから［ Connect ］という項目を選び、そこから［ MALE ］を表示させる。

「今はこれくらい」

「えっ!?　四十八人!?」

芳樹は思わずむせ、口元を押さえた。そうこうしているうちに、四十九人と表示が変わる。

「これって全部男子？」

「うん、そうだよ」

オルタネートのマッチング機能は、友人、恋人など、目的に合わせて相手を選別してくれる。登録されている高校生は百二十万人。

例えば「同校」「三年生」「同性」「友人目的」「話がしたい」という項目にチェックを入れて検索すると、この条件に見合うオルタネートユーザーが表示される。その中から写真やプロフィールを見た上で気に入った相手をフロウしていき、また相手からもフロウされればコネクト成立、直接のやりとりが可能になる。フロウは画面下に表示された雷のマークをタップするだけでできる。恵未さんともこの方法で知り合った。同じように恋人探しの場合だと、「高校指定なし」「地域指定なし」「年齢制限なし」「異性」「真剣交際目的」という項目に凪津はチェックを入れる。範囲が広いので結果的にこれほどまで数が増えているけれど、高校も地域も指定していないためほとんどが都外の高校で、実際に会うにはなかなか至らない。

他にもチェック項目はある。黒髪とかロングとか筋肉質とかアニオタとかオムライスが好きとか。項目にないものでも備考欄に書き込めば、ＡＩがユーザーのプロフィールやＳＮＳから判断して見合う人を教えてくれる。

「コネクトの数ってだけだから、これくらいはすぐにいくよ」

「そうなんだぁ」

芳樹が感心したように呟いた。

「で、実際に会った人はいるの？」

「それはまだ」

「どうして？」

凪津はまだ知り合ったばかりの芳樹たちに全てを話していいか迷っていた。すると志於李がやってきて、「ここにいたか」と凪津たちの横に座った。

「用事は終わったの？」

「いや実はさ、私も他のクラスメイトにオルタネートのこと教えてって言われちゃって。全部凪津の受け売りなんだけどね。あ、これ、その子からもらったからみんなにもあげる」

そう言うと志於李はポケットからひとつずつ袋詰めされたチョコレートを取り出して、テーブルに広げた。

「ごめんね凪津、芳樹のことちゃんと紹介せずに任せちゃって。二人とも大丈夫だった？　ある程度話し終わった感じ？」

「大丈夫だよ。芳樹ちゃんはまだ気になることとある？」

話しているうちにお腹が膨れてしまって、弁当は半分残して蓋を閉めた。帰りにどこかで食べて帰ろうと思いながら、チョコレートに手を伸ばす。

「さっきの話の続き。凪津ちゃんは、どうしてまだ、誰とも会ってないの？」

どう説明したらいいか考えていると、「凪津はちゃんとマッチングしたいんだよね」と志於李がこたえる。しかたなく凪津は口を開いた。

「コネクトしただけで会う気はなくて」

昼休みが終わりに近づいてくるにつれて、少しずつカフェテリアからは人が減っていく。

「自分の判断じゃなくて、オルタネートの判断でマッチングしてほしいんだ。インターセクション検索っていうのは、知ってる？」

芳樹たちは顔を小さく横に振った。

「インターセクション検索っていうのは、オルタネートに寄せられたビッグデータのアルゴリズムで、わかりやすくいうと、全ユーザーから本当に相性がいい人を計算して提示してくれる機能なの」

「なにそれ、すごっ」

「それで検索すると、条件の合った相手がただ表示されるのとは違って、相手と何パーセント相性がいいか数値化してくれるのね」

「相性占いみたい。それで百パーセントとか出たらすごくない？」

芳樹が唇の前で両手を組んだ。

「でもそんな数字はでないの。すごく良くても六十パーセントくらいかなぁ」

「え、なんで？」

「普通に使ってるだけじゃ、そこまでの相性をオルタネートは判断できないの。つまり本当にいい相性の人を探すには、自分という人間をオルタネートに教えなくちゃいけない」

芳樹の両手はいつのまにかほどかれていた。

「具体的に言うと、スマホにある情報を全部オルタネートに提供するの。スマホにはその人のほとんどが集約されてるでしょ。例えばどれくらいネットを使ってるかとか、何を調べてるかとか、何を買ったかとか、どんなSNSでどんな人を見たりしてるか、音楽、ドラマ、映画、スポーツの趣味とか。そういう情報をオルタネートに全て提供して、他のアプリへのアクセスも許可すると、オルタネートがどんどんユーザーを理解していって、より高度にマッチする人を探してくれるの。そうすれば八十パーセント以上になる可能性があるって言われてる」

芳樹たちには少し難しかったらしい。全員が眉間にシワを寄せ、首を傾げていた。

「分かりやすく言うとね、自分だけのオルタネートを育てるってイメージ。そういう情報は多ければ多いほど精度が増して立派なオルタネートになる。だから今私は、そのためにいろんな情報を渡すって段階。私のオルタネートが育って、いつか本当に八十パーセント以上の人を探し当てられたら、そのときは会ってみようと思ってるの」

このシステムの面白いところは、それほど高い数字が出た相手も自分と同じようなプロセスをたどっている点にある。それだけでも運命めいたものが感じられるし、すでにお互いへの歩みは始まっている。そう思うだけで凪津の気持ちは高ぶった。

「でも私は普通にフロウし合って、コネクトで出会うので十分」

志於李はチョコレートを口の中で転がしながら「だってそこまで機械に支配されたくないっていうか、自分の直感？　みたいなのって重要だと思うわけ」と芳樹たちに言った。凪津は反論して険悪になるのもいやだったので、「そういう人もいるから、インターセクション検索には設定が必要になってるよ」と淡々と説明した。

「凪津ってときどきオルタネートを作った人みたいになるよね」

そう言われるのはまんざらでもなかった。

「で、芳樹たちはどうすんの？　オルタネート始める？」

立ち上がって伸びをする志於李に芳樹は「とりあえずアカウント作ってみようかな」とこたえた。

「じゃあアカウントできたら私と凪津のことフロウしてね。検索欄に私たちの名前入れたら出てくるから。名前の漢字、わかるよね？」

「わかるよ。やってみる」

時計を見ると昼休みはあと五分で終わるところだった。芳樹たちとはカフェテリアで別れ、凪津は志於李と一緒に教室へ向かった。渡り廊下を歩いていると志於李が「あ、『ダイキ&ランラン』だ！」と言って、欄干まで走っていく。「ほら、あそこ」と眼下を指さしたので凪津はその先を見た。花壇の前で二人が手を繋いでいる。

「私初めて見た、本当にいるんだね」

志於李がこっそりスマホで二人を撮る。かしゃっと音がした瞬間、二人がこっちを見たので、凪津と志於李はしゃがんで身を隠した。

三年生の水島《みずしま》ダイキと二年生の日枝《ひえだ》ランディは「ダイキ&ランラン」というコンビで動画を配

信している。可愛らしい顔つきの水島ダイキと、アメリカ出身の父を持つモデルのようなランディの甘いルックスも人気の理由のひとつだが、二人がオルタネートで知り合ったというのも若い世代に支持されるきっかけとなった。彼らがアップしている動画は、デートの様子とか、ちょっとしたいたずらとか、カップルの日常的なもので、その仲の良さが溢れる映像に、女子中高生たちは夢中になっていた。

二人を気味悪がって批判する人も少なからずいるのだけれど、彼らはそんなことおかまいなしといった感じで、いつも堂々と行動していた。その芯の強さと互いを信頼する関係性もファンが憧れる理由のひとつだ。

凪津も彼らのことが好きだった。でもそれは動画が面白いだけじゃない。彼らを見ているとオルタネートの素晴らしさを実感できる。同性愛者の高校生が恋人を作ることは決して簡単ではないはずだ。彼らを救ったオルタネートの存在価値。それを噛みしめられるから、凪津は「ダイキ&ランラン」を応援している。

チャイムが鳴り、志於李が東棟へ走っていく。凪津は彼女の後ろを追いながらもう一度「ダイキ&ランラン」に目をやった。二人はキスをしている。オルタネートありがとう、と凪津は彼らの代わりに呟いた。

3　再会

楤丘尚志《たらおかなおし》は円明《えんめい》学園高校前駅のホームでスマホの地図を開きながら、腰のあたりを片手で叩いた。大阪梅田から新宿までの夜行バスで八時間。ほとんど寝ることができず、到着してから適当に駅前の漫画喫茶に入って仮眠をとったものの、リクライニングがうまく効かなかったせいであまり疲れが取れていない。

昼前に漫喫を出て牛丼を食べ、電車を乗り継いでこの駅までやってきた。出口がややこしく、南口の改札に出るべきか、それとも北口に出るべきかわからず、スマホで何度も調べる。地図がうまく読めない尚志は、スマホをコンパスのようにしてぐるぐると回しながら、あっちに行ったりこっちに行ったりした。

駅構内は建て替えたばかりのようで、近未来都市を思わせる造りになっていた。ガラス製のドーム型の天井に続く柱や壁はデジタルサイネージで埋め尽くされており、電車の時刻表や駅のフロアマップが表示されるのに混じって、車やパソコンやテレビ番組の宣伝なども流れていた。地元では人の少なくなる時間だが、駅を行き交う人々は忙しなく、尚志は気圧された。

南口に出ると、駅前は華やかな店で賑わっていた。洋服屋もレストランも花屋もとてもおしゃれで、こっちは近未来というよりもヨーロッパの街並みのようだった。居心地の悪さを堪えながら円明学園高校を目指して歩くと、だんだんと住宅地が増え、閑静になっていく。街路樹の葉の隙間から透ける光が地面を眩しく照らしていた。見上げると濃い緑が生い茂っている。この緑は地元とおんなじや。そう思うと少しだけ気分が落ち着く。

高校を中退すると同時にオルタネートにログインできなくなり、安辺豊《あんべゆたか》との再会は暗礁に乗り上げた。尚志は高校にいた頃、どうにかコンタクトを取ろうと毎日のようにオルタネートの検索欄に安辺豊の名を打ち込んでいたが、彼は見つからなかった。それでもいつかアカウントを作るだろうと期待しているうちに、自分が使えなくなってしまった。尚志は年子の弟に頼んで高校入学とともにオルタネートを始めさせ、彼のアカウントで豊の検索を続けることにした。

ついに豊のアカウントを発見したのはゴールデンウィーク明けだった。最初は同姓同名の人違いだろうと思った。だけど写真を見て確信した。切れ長の目、カーブした鼻柱、口元のほくろ。当時よりもずいぶん大人になっているけれど、間違いなく豊だった。

プロフィールには円明学園高校という東京の私立高校に通っているとあった。弟のアカウントだったためか、フロウしたがなんの反応もなかった。彼のプロフィールはあっさりしたもので、名前と生年月日しか記載されていなかった。ギターをやっているかどうかも不明だ。

角を曲がると並木道の先に円明学園高校の校門があって、奥に校舎が見えた。自分のやっていることがストーカーまがいであることは自覚しているが、こうするしか方法がなかった。

校門の横には警備員が立っている。尚志の通っていた大阪の高校には警備員なんていなかった。

自分の見てきた場所とのあまりの違いに、尚志はしばらくそこに立ち尽くした。

それから学校の周りをぐるりと一周した。大学付属の一貫校である円明学園高校は円明幼稚園から円明学園大学まで全てが同じ敷地の中にあって、かなり広大な面積を有する。一周するだけでも二十分近くかかった。校舎やグラウンドを覗こうとしたけれど、外塀は高校に面しておらずそれは叶わなかった。大学や小学校などそれぞれの学校ごとに校門があって、どうやら中でつながっているらしい。ということは高校門から出ずとも敷地から出られるわけで、円明学園高校の校門前で待っていれば必ず出会えるというわけではなさそうだ。だったら校門前で待つのではなく、円明学園高校の構内に忍び込んで探す方がいい。

こんなこともあろうかと、尚志は大阪から制服を持って来ていた。円明学園高校の制服はよくある紺ブレザーで、運良く中退した学校と似ていた。違いといえば円明学園高校のブレザーには胸ポケットの部分に校章の刺繍が施されているくらいで、これに関してはブレザーを着なければいい話だった。白シャツと紺のズボンさえ穿いていれば、構内を歩いても別段目立つことはない。入ってしまえばこっちのものだ。

大阪から着てきた私服は黒いパーカーにデニム、ナイキのスニーカーという組み合わせで、大学生に見えないこともない。ふぅと息を吐き、円明学園大学の学生になりきって歩いていく。

大学門にも警備員はいた。午後から授業の学生も多いのか、高校門とは違って人の出入りが激しく、教授らしき人も見かける。紛れることは難しくない。そう思っていたけれど、門をくぐるときはかなりひやひやした。

警備員に声をかけられることはなかった。表情は平然とさせたまま、足を止めずに大学構内を進んでいく。両側にそびえ立つ大学校舎は時代がかっていて、どっしりとしている。その威圧感に押しつぶされそうになりながらも、制服に着替えるため、人の少なそうな校舎を探して歩いた。ときどき大学生たちと目が合うので、やっぱり違和感があるのかもしれない。校舎の裏に回り、人気のない道を選んでいく。

三角の葉がついた木々の隙間から、空に向かって細長く伸びる白い建築物が見えた。引き寄せられるようにして近づくと、"CENTRAL CHAPEL"と彫られた文字が見え、尖った屋根の上には十字架があった。六本の巨大な支柱の上に、ローマ数字の文字盤の時計がはめ込まれている。

尚志はこれまで教会を訪れたことはなかった。それどころかまじまじと見たのはこれが初めてだった。指先で柱に触れてみると、何か見えない力が宿っているような気がして、両手のひらをつけてみる。ひんやりとした触感が、緊張を静かに吸い取っていく。

どこからか話し声がした。その声は少しずつ大きくなり、尚志はひとまずチャペルの中に入った。薄暗くていまいち様子が見えなかったが、トイレを見つけたのでここで用を済ましてしまおうと飛び込む。

個室トイレに忍び込んで制服に着替えていると、また話し声がした。尚志はベルトを締める手を止め、息を殺す。

ここがチャペルであること、そして仄暗い空間ということもあって、尚志はふと幽霊を思い浮かべた。そう思うとどこからか聞こえてくる声も、霊的なものに思えて寒気がした。

音はだんだんと迫ってくる。尚志はトイレのシートに座り、声を漏らさないように両手を口に当てた。電気がぱちっと点くと、「几帳面ね」と女性の声がした。間違ったトイレに入ってしまったかもしれないと思い、違った緊張がよぎる。

「歴史あるものですから」

すぐそばの手洗い場から水の流れる音がした。

「申し訳ないわ。こっちからお願いしておいて、講堂が使えないなんて」

「しかたありません。保護者会はもとから決まっていたわけですし」

「せめて音楽室のピアノが使えたらいいんだけど、こんな時に限って調子悪くて。貴重な昼休みを使わせた上に、わざわざこんなところまで連れてきちゃって」

「いえ、パイプオルガンを弾く機会なんてありませんから。私も光栄です」

蛇口をひねる音と同時に水の音も止まる。

「ただうまくできないかもしれません」

「そんなに構えなくて平気よ。特に難しい伴奏ってわけでもないから。まずはリラックスして、冴山《さえやま》さんの好きなように弾いてみて」

聴こえた会話はそこまでだった。手洗い場から音がしなくなったのを確認して、再び着替えに戻る。静かにトイレから出て入り口を振り返ると、特に男女を示すピクトグラムなどはなく、共用であることを知ってほっとした。誰にも見られていないのにそんなことを気にするのは、ここが神聖な場所だからだろうか。

そう思った瞬間、壮大な音の重なりが尚志の身体をどぅんと揺らした。

一歩ごとに音が近くなり、厚みがより感じられる。開きっぱなしのドアからそっと覗き込むと、並んだベンチの列の真ん中あたりに先生らしき女性がひとり座っていて、その奥の壇上では制服を着た女の子がパイプオルガンを弾いていた。

初めて聞くその音色は柔らかくて、抱きしめられているみたいだった。振動が心地よく全身を震わせる。その音圧とは裏腹に、パイプオルガンを弾いている生徒の後ろ姿が小さいことに驚く。あんな細い腕をどう操ったらこんな音が鳴んねん。器用に動かす足さばきも見事やわ。サッカーもうまいんちゃうかな。

後ろでまとめられた髪は踊るように跳ね、奏でる様は軽やかでありながらその音は深く、視覚と聴覚の情報が上手く嚙み合わない。短いメロディを弾き終えた彼女は、振り返って先生を見た。その顔はとても可愛らしく、なおさらこの子が今の曲を弾いていたとは信じられなかった。

先生は小さく拍手をして、「とても上手。ぜひ、あなたに伴奏をお願いしたい」と言った。「来週からお願いできる？」

「はい。わかりました」

「……ただ、ひとつだけいいかしら」

「なんですか」

「とても言いにくいんだけど、もう少し、おさえられるかしら」

「何をですか」

「すごく美しいオルガンよ。だけど、そこまでじゃなくていいの。発表会ではないから。もっと普通でいいのよ」

尚志はその言葉をきいて、頭が熱くなるのを感じた。思わず足に力が入り、その瞬間、ぎぃ、と床板が鳴る。

「だれか、いるの？」

先生がこちらへと向かってくる。頭の熱が冷めないまま、尚志はドアを勢いよく閉め、走ってチャペルを後にした。数百メートルを猛ダッシュで駆け抜け、気づけば高校の敷地らしきエリアに入っていた。校舎の陰に隠れ、上がった息が収まるのを待ったが、なかなか落ち着かない。

チャイムが鳴る。これから午後の授業が始まるところなのだろう。行き交う生徒たちが徐々に少なくなる。それでも遅れてくる人もいて、校舎から別の校舎へ急いで移動する人を見ていると、どこの学校にも俺みたいにだらしないやつがおんねんな、と少し安心したが、すぐに、俺はだらしなさすぎて学校もいかんくなってたから全然ちゃうか、と自嘲した。花壇のところには男子が二人、肩を寄せ合って異様な近さで座っている。彼らを見たことがある気がしたが、それがなんだったか思い出せない。

高校門の延長線上にある校舎の前に、構内マップを見つけた。警備員を気にしつつ、スマホでマップを撮影し物陰で眺める。

校舎は大きく東棟と西棟と呼ばれるふたつがあって、この二つは渡り廊下でつながっている。東棟には主に教室があって、西棟は体育館や図書室、カフェテリアなどがあるらしい。その二つの校舎に挟まれるかたちでグラウンドが敷かれていた。

さて、どうやってあいつを見つけたるかな。

そう考えるなり、やっぱ会わんほうがええんかもしらん、と弱気になる。ここまで勢いまかせにやってきたが、実際に会ったらなんて言うべきか、真剣に向き合っていなかった。というより意識したら躊躇してしまう気がして、自分自身を適当にはぐらかしてきたのだった。

この時間は体育がないのかグラウンドには誰もいなかった。まるで時間が止まったように閑散としている。

尚志はグラウンドを縁取るように、フェンスの近くを歩いていく。半周ほどしたところで、フェンス越しに畑のようなものを見つけた。小さな芽がちらほら顔を出している。どれも新芽だけれどすこしずつ形が違うので、違う植物なんだろう。

そんなことを思ったところで、遠くに警備員の姿が見えた。誰かを探しているような様子だ。もしかするとチャペルにいた先生が知らせたのかもしれない。

グラウンドを横切って校舎へと戻る。ひとまず水飲み場の裏に隠れて様子をうかがうことにした。

っしゃぁー。

グラウンドにやってきた男子が声を上げ、ひとり地面に寝転んだ。彼に続いて、次々にジャージを着た生徒がやってくる。みんな顔は汗で光り、肩で息をしていた。外でランニングでもしてきたのだろう。最後の一人と思われる生徒とともに体育の先生がやってきて、「少し早いけど、今日の授業はここまでにする。しっかり水分補給しろよ」と伝えると、生徒たちがぞろぞろと水を飲みに来る。彼らの疲労を吐き出すようなため息に時折笑い声が混じった。

生徒のすぐそばで、尚志はこれでもかというほど身体を小さくした。いつ気付かれてもおかしくない状況だったが、不思議と誰も裏側を覗き込んだりしなかった。

みんなが離れていくのを感じ、ゆっくりと顔を出してみる。するとひとりの生徒の横顔が目に入った。

「豊！」

尚志は思わずそう叫んだ。彼の口元には印象的なほくろがあった。

校舎に入ろうとしていた彼は立ち止まり、声の主を探した。もう一度「豊！」と呼ぶとこっちを向いて、目を細めた。

「えっ、尚志？」

六年ぶりに見る豊はたくましく、尚志よりも身体が大きかった。風に舞う土埃が二人の間を遮る。

「君！」

警備員と目が合う。尚志は「おう」と豊に手を挙げた。

「え、あ、ひさしぶりやな。会いにきたけど、もう行かなあかんわ。ギター、今度聴かせて。またくるわ」

そう挨拶をして、校舎の間を駆け抜けていった。そのときになって、花壇のところにいたあの二人のことを思い出した。ちょっと前にテレビで観たのだ。なんちゅう名前やったかなぁ、なんや売れないお笑い芸人みたいなネーミングやった気がすんねんけど。

このままでは逃げきれそうになかったので、とりあえず物置に身を隠して時間が経つのを待った。日が暮れたところでそっと出ると、どこからかパンを焼く香りがして、ぐぅとお腹が鳴る。財布の中には帰りの運賃を除くと、三百円ほどしか余っていなかった。

高校を出てすぐのコンビニに入り、安くて腹に溜まりそうなものを探していると、円明学園高校の制服を着た女子生徒二人がカルボナーラを手に取ってレジへと向かった。尚志もそれにしようと思ったが、値段は三百九十八円だった。途端に嫌気が差して、結局何も買わずにコンビニを出た。

4　別離

蓉《いるる》の家は二十四年続く人形町の和食屋『新居見《にいみ》』を営んでいる。いくつもの名店で修業してきた父が母と共に立ち上げたものだ。饒舌な母は看板女将としても知られており、季節ごとに変わるこだわり抜いた父の料理と母の人柄目当てに、多くの人がこの店を訪れる。しばしばメディアに取り上げられたり、グルメサイトで紹介されたりしたこともあって、予約は常に数ヶ月先まで埋まっている状況だ。蓉の自宅は店の隣にある。

部活を終えた蓉は、かばんを置くなりリビングのソファに倒れ込んだ。まだ七時過ぎなのにすでに眠い。というより、寝てしまいたい。今日は頭を使いすぎた。だけどついさっきまで食べていたから、このまま寝たら太ってしまう。最近の肉のつきやすさには頭を悩ませている。夏はそう遠くないし、そろそろ痩せるレシピも考えなくてはいけない。そんなこんなも面倒くさい。蓉は全てを放り投げて、ソファの柔らかさに身を委ねた。

今日の部活では、韓国料理を作ることになった。中間テストが来週にせまっているため、笹川《ささがわ》先生と話し合ってメニューは手軽に作れるチヂミとナムルにした。

どちらも基本的なレシピ自体はそれほど難しいものではなく、チヂミは食材と生地を混ぜ合わせて焼くだけだし、ナムルは茹でた野菜をごま油と調味料で和えるだけ。ふたつとも簡単で失敗が少なく、それでいて食材の幅も広く自由度が高いので、レシピを考える楽しさを知るにはうってつけだった。

蓉を除く十八人の部員は――すでに新入生が七名退部した――五人、五人、四人、四人の四班に分け、四人のところに蓉と顧問が入ることでバランスを取った。生地の配合は各班でばらばらになるように設定し、食材はチームで話し合って好きなものを選ぶというルールで調理にかかった。

チヂミを作る上で大事なことは、食材と食感。なにを使って、どんな食感にするか。べちゃべちゃにならないよう、生地を混ぜる水の分量と焼き加減を、食材に合わせて計算することがポイントになる。ナムルには特に課題はないが、シンプルなだけに個性が出やすい。退屈なものにならないよう、工夫を期待したいところだ。

蓉たちが作ったチヂミは畑で採れたインゲンと豚ひき肉を合わせたもので、あとは人参のナムル。生地に鰹節を加え、ほんのり和風に仕上げた。他の班はこちらも畑で採れたほうれん草とチーズでキッシュのテイストを目指したチヂミとしめじのナムル、ズッキーニとたこのチヂミにトマトのタレを合わせたものとアスパラのナムル、オーソドックスにキムチベースに韓国海苔などを混ぜ合わせたチヂミと豆もやしのナムル、この三つだった。

どれも見た目はよかった。味も申し分ない。試食を始めると、部員たちはみんな満足げな表情を浮かべていた。しかしおいしいと言い合っているだけでは進歩しない。

一通り食べ終え、最後に感想会を行う。まずは部長の蓉から口を開いた。

「えっと、私の思ったことを言わせてもらいます。まずほうれん草とチーズのチヂミについて。発想は面白いけど、食べてみるとキッシュ以上の魅力は感じられなかった。でもしめじのナムルの味付けはあっさりしていて、チヂミとのバランスもよかったです。ズッキーニとたこのチヂミが今日の中では一番よかった。ただ、ズッキーニとたこのサイズが気になった。二つとも同じ大きさでカットしていたけど、私ならズッキーニはスライスにして、たこはもっと細かくする。食材のサイズはとても重要なのにないがしろにされがちだから、これからはちゃんと意識してください」

初めはもっと褒めて上げたほうがいいとわかっているのに、『ワンポーション』出場以来、審査員の考え方を意識する癖がついてしまって、ついきつい口調になってしまう。

「最後。さすがにキムチと海苔のチヂミは普通すぎる。もっと考えて楽しませてほしいし、これじゃ」

そう話している途中で、これを作った新入生が「あの」と口を挟んだ。

「なに？」

「本格的なものを作ろうとしたんです。本場の韓国のレシピにならって、再現したつもりです。本格的じゃだめですか」

彼女の目は鋭かった。蓉は怯みそうになるも、「そんなの、いくらでも言えるよね」と言い返す。

「これほど簡単で一般的な料理を、『本格的』と思わせることがどれだけ難しいか、本当にわかってる？　そもそも私たちは本格的なものを知らないよね。少なくとも私は韓国に行ったことはないし、本物を食べたこともない。本格的と思わせるなら、食材や調味料、調理器具まで全て本場のものを使うくらいの意気込みじゃないと。もちろん、基本を知ることは大賛成だよ。でも言い方でごまかしちゃだめ。みんなも聞いて。私はここにいる全員にもっともっとチャレンジしてほしかった。みんならきっと、もっと新しくてすごくいいものが作れるはずだから。だから絶対に料理を考えることをやめないで」

そう言い終えると、蓉は途端に落ち込んだ。自分が言った言葉は、かつての自分に返ってくる。料理そのもので勝負せず、プレゼンでごまかし、「ガイドブック通りの旅行」と言われた自分が、同じような意見を述べ、偉そうに評価している。

部員たちは黙り込み、質問をした彼女もうつむいたままだった。

「部長、厳しすぎー」と恵末《めぐみ》がおどけて言うけれど、蓉はもう態度を変えられない。

「誰か、私たちの料理の感想、聞かせてほしいんだけど」

そう尋ねても誰も手を挙げなかった。またも恵末が「蓉たちのチヂミは、なんかお好み焼きみたいだったー」とおちゃらけた調子で言ったが、誰も反応しなかった。

楽しんでもらおうと思っていたのは嘘じゃない。みんなに『ワンポーション』に出てもらいたいわけでもなかった。なのに、どうしても部員たちにも高い能力を要求してしまう。

部を円滑に運営することが部長として最も重要な責務なのに、無意識に自分のペアを探そうとしている。なんて傲慢なんだろう。蓉はげんなりしながら、「今日はこれで終わりにします」と口にした。

重たい身体をソファから引き剝がすことができないまま、すでに三十分以上経ったころ、スマホがジジッとテーブルの上で揺れた。画面を見ると、ダイキからショートメールが届いていた。

（いまから蓉んちいっていいかな）

ダイキの家は二駅隣で、すごく近いわけではない。ときどき遊びに来ることはあるけど、明日も学校があるのにこの時間に来たがるのは珍しかった。続けてメッセージが届く。

（ごはん作ってほしい）

文章も淡泊だし絵文字もない。胸騒ぎがして、本当は（何かあった？）とか（家にごはんなかったの？）とか送ろうかと思ったけれど、結局（いいよ）とだけ打ち込んだ。

（すぐ行く）

それから十分もしないうちにチャイムが鳴った。きっとショートメールを送る前から近くにいたのだろう。やっぱりおかしい。

玄関を開けると、ダイキは沈んだ顔をして立っていた。蓉は何もきかずに、「どうぞ」と彼を迎え入れた。まだ胃の中にたくさんの種類のチヂミとナムルが残っていて、息がしにくい。

さっきまで蓉が横になっていたソファにダイキを座らせ、「何がいい？　冷蔵庫には店の残り物しかないけど。あと前回の部活で作ったパンの残り、冷凍してある。それ以外で食べたいものがあるなら作るよ」と声をかけた。

「ありがとうママ」

精一杯ふざけようとしている感じが痛々しい。

「とても食欲があるようには見えないんだけど。麺とかの方がいい？」

「パスタ。カルボナーラ」

「前に作ったやつのこと？」

「そう」

ダイキが言っているのは半年ほど前に調理部で作った生クリームも牛乳も使わない本場のカルボナーラのことだった。茹でたパスタを粉チーズ、卵、オリーブオイルとにんにくで炒めたパンチェッタと和えるだけのもので、これだと失敗もしないし卵が固くなってだまになることもない。たくさん作りすぎたのでダイキを呼び出して食べてもらったら、彼はすごいと感動していた。

「今さ、学校でコンビニのカルボナーラ流行ってるじゃん」

「そうなの？」

「知らないのかよ。でもさ、俺は蓉が作ってくれたやつのうまさを知ってるから、全然おいしく感じられないんだよ。久々にあれ食べたい」

「同じ食材がないからあのときと全く一緒にはならないけど、いい？」

「うん、もちろん」

パンチェッタは朝ごはんのために買い溜めてあるベーコンで代用することにして、ちゃちゃっと十五分くらいで作り上げた。少し多めにパスタを茹でたのは味見用のつもりだったけれど、作っているうちに胃の蠕動《ぜんどう》がよくなってちゃんとお腹が空き始める。

ふたつのお皿に盛って、黒胡椒をミルで挽くと見た目も香りもそれなりによく仕上がった。

「これこれ」

ダイキはそう言って「いただきます」と手を合わせてカルボナーラを頬張る。「うめぇ！　やっぱりこれだよな、カルボナーラ」と途端に表情が明るくなった。蓉も隣に座って自分の分に手を付ける。急いで作ったせいで麺が少しだけ固くなってしまったけれど、それ以外はばっちりだ。ベーコンのいぶされた香りとチーズのふくよかな香り、そして胡椒とにんにくの無邪気な香りが一体となり、卵黄とともにパスタに絡み合う。啜った瞬間にたくさんの匂いが鼻に抜けていった。

「先週さ、学校に男の人が紛れ込んだって話あったじゃん」

「うん」

「あれさ、二年生の子の小学校時代の友達だったらしくて。わざわざ会いに来たらしいよ、大阪から」

「なんでそんなこと」

「詳しいことはわかんないけど。なんかよくない？」

「そうかなぁ」

「そうだよ、友達に会うために学校に乗り込むなんて、ドラマティックじゃん。どんな人だったんだろうなぁ」

「ダイキだってドラマティックなことたくさんあるでしょ」

そう言うと、ダイキは勢いよく食べていた手を止めた。

「ランディと別れたんだ」

うそっ、と蓉は反射的に言った。

「ほんと？」

「マジ」

「なんで？　最近まですごく仲良くやってたのに」

「そうなんだけど」

たくさん穴の開いたダイキの耳が、ぴくっと動いた。

「好きだから付き合ってるっていうより、動画あげるために付き合ってるみたいな感じでさ。デートだっていきたいところじゃなくて、撮影しやすいところとか、カメラ通してきれいなところとか、そういう基準になってたんだ」

ダイキの背中に触れるとすごく冷たくて、「温かいものでも飲む？」と蓉は言った。

「冷たいのがいい」

風邪を引かないか心配だけど、彼がそう言うならと、水出しの烏龍茶を差し出す。

「直接会ってても、レンズを通してでしかお互いのことを見られなくなっている。そんなのおかしいじゃん。だからちゃんと付き合い直したいって言ったらさ、『もうもとには戻れない』って言われて」

「どうして」

「ビジネスパートナーだからって」

ダイキの瞳に電球の光が映っている。

「一緒にいて楽しいとかじゃなくてさ。もう俺のこと、人気になるための道具だって思ってるんだよ。そしたらさ、『ダイキだってそうだろ』って」

皿の上のカルボナーラが、枯れたように固まっていく。

「悲しくてさ。俺は別に人気者になりたかったわけじゃない。ただ自分を発信したかっただけなんだ。そりゃさ、たくさんの人が見てくれたら嬉しいよ。だけどそこが一番じゃない。好きなことを好きな人と一緒にして、それを見た誰かが喜んでくれたら嬉しいな、くらいの感じだった。あいつはそうじゃなくなっちゃった。どうすればもっと注目されるか、それが基準になっちゃったんだ。あいつにはもう、大阪から会いにきた人みたいな情熱、ないんだよ」

そう話すダイキは、遠くの、蓉の知らない幼少期の光景を見ているようだった。


ダイキと初めて会ったのは、高校の入学式だった。クラスの半分以上は中学からエスカレーター式に上がってきたということもあって、高校生活初日の教室は内部生同士が同級生になったことを喜んでいたり、すぐに挨拶を交わして友達になったりと、外部生を差し置いてそれなりに和やかなムードになっていた。蓉もそのうちのひとりだった。けれど彼が教室に入ってきてその空気は一変した。真緑に染められた髪は大胆にかき上げられて後ろへと流れ、ピアスは左右合わせて十三個ついていて――見た瞬間に数えた――、細い首の上にのっている顔には鹿のようなシャープさと愛らしさがあった。その出で立ちにクラス中の視線が集まると、彼は「よろしくね」と小さくうなずき、自分の席を確認して座った。

担任の先生は入ってくるなり目を丸くし、「当校は過度な染髪は禁止しています。ピアスも外しなさい」と指示した。すると彼は言われた通りピアスを外し、自分の髪をつまむと「これって過度ですか？」と言ってクラス中の失笑を買った。

翌日には暗めの茶髪で登校してきたが、すでに彼の噂は広まっていて、ダイキに言い寄る女子や友達になりたがる男子が急増した。時には校外からも、ファンを名乗る人がやってきたりした。しかし彼はいずれも「ありがとねー」と言ってはぐらかし、特別親しい人を作ることもなかった。

蓉がダイキと親しくなったのは、高校一年生のゴールデンウィークだった。調理部の課題だった揚げ物について調べるために、自宅の近くにある区立図書館へ足を運んだ。本を選んでテーブルにつこうとしたとき、見覚えのあるピアスが目に入った。視線を感じたのか、彼は振り返って「おぅ、蓉じゃん」と声をかけた。びっくりして固まる蓉に「そこ空いてるよ」とダイキが向かいの席の方へくいっと顎を動かした。蓉は仕方なくそこに座り、彼の読んでいる本を覗いた。どれもが植物に関する本だった。

「花、好きなの？」

蓉が尋ねると、彼はにこっと笑った。

「ぼけ」

「はっ？」とこたえると、窓の外を指差して「花の名前」と言った。そこにはピンクの可愛らしい花がぽつぽつと咲いていて、「ボケっていうんだよ、あの花」とダイキが改めて説明した。「紛らわしい名前」と吐き捨てるように言うと、「わかる」と笑った。それから蓉は閃いたように、「だからか」と手を叩いた。

「なにが？」

ダイキの不思議がる顔は今でも忘れられない。

「植物が好きだから、髪の毛緑にしてたんでしょ？」

彼は「違うよ」と言ってまた笑った。その顔に、ボケの花の影が落ちていた。

「植物の色は緑だけじゃない。幹や枝は茶色いし、花の色だって無限にある」

「じゃあなんで？」

「目に優しいからね、緑色は。俺にぴったりでしょ」

それがきっかけで蓉とダイキは親しくなった。昼休みは一緒にお弁当を食べたし、放課後や休日も一緒に過ごすことが多くなった。しかし目立つ存在のダイキといたことで、知らず知らずに蓉にも注目が集まっていた。

夏休み直前、部室に行くといきなり調理部の先輩たちから「大丈夫？」と心配された。

「オルタネートで蓉がダイキと付き合ってるって噂が流れてるよ」

蓉は言葉を失った。続けて彼女たちは「ダイキのファンが、蓉を晒しあげてるの。隠し撮りとかされてるし、『新居見《にいみ》』の写真とか、家族の写真も出回ってる。危ないことがあるかもしれないから、気をつけた方がいいよ」と告げた。身体がきゅっと硬くなった。

その後、同じことを何人にも言われた。だけど蓉にはなにもできなかった。オルタネートのアカウントを作って否定しようかとも思ったけれど、指が動かないのだ。オルタネートそのものが、蓉にとって恐怖の対象になっていた。

ダイキにも相談できなかった。彼を心配させたくなかったからか、それとも別の思いがあったからかは自分でもまだわからなかった。

ダイキがカミングアウトしたのは、夏休みだった。二学期の最初の日、教室に入るとクラスメイトが駆け寄ってきて言った。

「蓉は知ってたの？」

「何が」とこたえると、「ダイキのこと」と強く言い返してきた。

「男の人が好きだって話だよ」

自分たちの噂についてダイキとは一度も話しておらず、その結果、オルタネートに関する話題も避けることになった。だから彼がオルタネートを始めたことも、恋愛対象を男性にしていたことも、知りようがなかった。

実のところ、蓉はそう聞いてほっとしていた。これできっと変な噂もなくなるし、自分や家族に危害が及ぶこともなくなるに違いない。

しかしなにより安心したのは、ダイキと本当に恋人にならずに済むことだった。ダイキのことを人として好きだというのは嘘じゃない。彼といるときの自分はよく笑っているし、自然体でいられた。尊敬もしている。まだ仲良くなって半年も経っていないのに、昔からずっと一緒にいるような気がした。もしやこれが恋なのか。そう思うこともあったけれど、よく言われる、胸が高鳴るような感覚はなかった。今まで誰かを特別に好きになったことのない蓉にとって、恋というのは未知のものだった。

もしこれが恋だったら。そう想像するときもなくはなかった。彼と恋人になる自分を思い浮かべることもあった。でもそうなったら、ダイキとの友情はきっと崩れてしまう。

彼のカミングアウトによって、その可能性はなくなった。今まで通りの関係でいられることが、蓉はなにより嬉しかった。

ダイキが遅れて教室にやってくると、クラスメイトはなにごともなかったように振る舞った。けれどそれは、今まで通りという演技に過ぎず、居心地の悪い空気は一日中クラスに漂っていた。

その日の放課後、特に約束していたわけでもないのに、蓉とダイキは誰もいなくなるまで教室に残った。そして二人きりになると、蓉はおもむろに口を開いた。

「わたしのため？」

「なにが？」

ダイキはとぼけるとき、耳の裏をかく。

「だから」

「カミングアウトしたこと？」

「うん」

傾いた陽が教室に差し込んできて、ダイキは眩しそうに目を細めた。

「ちげーよ」

蓉はダイキの正面に座り直して、「ほんと？」ともう一度尋ねた。

「ああ」

ぶっきらぼうなダイキの態度が少し引っかかって、「じゃあ、何で先に言ってくれなかったの？」と嫌味っぽくぶつけてみる。

「友達でも、言いにくいことってあるでしょ」

ダイキは気まずそうで、でも蓉は引くに引けず、「オルタネートでは言えるんだ」と続けた。

「そうだよ」

彼は立ち上がって、蓉に背を向けた。

「蓉はさ、俺がどんな風に考えて、迷って、怖くなって、それでも男性が好きという項目にチェックを入れたか、少しでも考えてくれた？」

「それは」

「もちろん蓉のことも心配だったよ。でもそれだけじゃない。自分のためにも、俺は」

ダイキはそこで言葉を止めた。蓉はダイキの背中にそっと手を当て「ごめん」と呟いた。

ふと、植物の間引きを思い出す。生長するためには、失なわなくてはいけないものがある。それがどれだけ辛くても。一方で、そんなに苦しいのなら、生長なんてしなくてもいいんじゃないかとも思ってしまう。

蓉はダイキの背中をさすり、「ありがとう」と言った。彼の背中はそのときも冷たかった。晩夏の生ぬるい風が、教室のカーテンを揺らした。

その日から二人の関係はさらに近いものとなった。蓉は自分が思っていたよりダイキのことをすんなりと受け入れられたし、好きな男性のタイプについて話したりと、以前よりも会話の幅が広がった。

ただ、彼をとりまく環境はそうではなかった。家族にはまだ受け入れられていないとダイキは話していたし、学校でも悪意を向けてくる人が少なからずいた。それでも彼は強気に振る舞い続け、そのうちに嫌がらせの類は減っていった。

ダイキがランディと付き合い始めたのは、二年生になってすぐだった。ランディは一つ下の学年で、入学してすぐにダイキにフロウした。ダイキはこれまでフロウされたことはあっても、会った人はいなかった。今回もそのつもりだったが、同じ学校に通っていたランディは彼を待ち伏せし、猛プッシュでアプローチした。悪い気はしなかった、と後にダイキは言っていた。

ダイキはもともと植物に関する動画配信を趣味で行なっていて——オルタネートのプロフィールにもその動画のリンクが記載されている——そこにふざけてランディとのカップル動画も付け加えた。するとそれまで百にも満たなかった再生回数が、一気に万を超えるようになった。彼ら自身も不思議だったが、以来頻繁にカップル動画をあげるようになり、やがて注目の高校生としてメディアに取り上げられた。噂はどんどん広まり、瞬く間に人気者になった。

だけど蓉は彼らの動画をあまり見たことがない。ダイキは見て欲しがったけれど、画面のなかの彼はなんだか別人のように感じられた。なによりその世界で活き活きとしている彼を見ていると、自分はこぢんまりとした場所にいる気がして、みじめに思えてくるのだった。


「本当はこわいんだ」

　ダイキは蓉の肩にもたれかかった。

「別れたら、なんて言われるかわからない。俺たちのことを応援してくれていた人、いっぱいいるし。この先予定してた仕事もあるのに」

　そう、と頭をさすると、柔らかい髪が指に絡んだ。

「でもおかしいよね。恋人と別れて悲しいって思うより、周りの反応を気にしてる。その時点でさ、ずっと前から俺たちは終わってたんだなって思う」

　こんな風に甘えられるのは初めてで、何て言ったらいいのかわからない。とりあえず「私はそばにいるよ」と言ってみたけれど、とってつけたみたいになってしまった。ダイキが聞こえないくらい小さい声で、うん、とこたえる。

　部屋の奥から突然、がちゃっ、と音がした。肩にもたれていたダイキはとっさに起き上がり、渇いた喉を潤すため烏龍茶に口をつけた。

　その扉は店の厨房とつながっていて、簡単に行き来できるようになっている。扉が開き切る前に「蓉、いるの？」と、母の声がした。

「うん、どうしたの？」

「あら、ダイちゃん来てたんだ。こんばんは」

着物姿の母は、接客のときと同じ笑顔をダイキに向けた。

「どうも、おじゃましてます」

「ちょっと店の冷凍庫の調子が悪くて、できればすぐに氷買ってきてほしいんだけど……難しそう？」

ダイキは普段どおりを装っていたが、母は何かあったと見抜いたらしい。どうしようか戸惑っていると、「ちょうど今帰るところだったんで」とダイキが言うので、蓉は「ほんとに大丈夫？」と母には聞こえないくらいのボリュームで聞いた。彼も同じくらいの声で「平気平気。ごめんね蓉、突然来ちゃって」と返す。

蓉は小さくうなずき、母に「ダイキを送ってくついでに氷買ってくるよ、三つくらいでいい？」と尋ねた。

「うん、ありがとう。ダイちゃん、気を遣わせてごめんね」

駅まで送り、別れ際に「いつでも電話してきていいからね」と伝えると、ダイキは「うん。でも今日は、疲れちゃったから、多分寝る」と言った。改札を抜けて見えなくなるまで見届け、コンビニに寄って氷を三袋買った。帰り道、夜風がふわりと身体を撫で、体温を散らす。けれどダイキに触れたときの冷たさはまだ、くっきりと手の中に残っていた。

その日の夜はなかなか寝付けなかった。スマホを手にし、思い切って動画配信アプリをタップする。このアプリはダイキに勝手にダウンロードされたもので、開くのは久しぶりだった。ダイキ&ランランの最新の投稿を見る。「ご報告」と題されたそれは、ついさっきアップされたものだった。

5　摂理

二限目を終え、凪津《なづ》は聖書と賛美歌集を持って講堂へ向かった。

講堂は東棟とも西棟とも離れた場所にあって、一度校舎を出なければならない。昇降口から徒歩一分もないくらいの距離なので晴れていれば特に面倒ではないけれど、今日のような雨だとやっかいだ。

講堂前に傘立てはあるものの、実際に傘を持つ人は少なく、ほとんどの生徒は聖書と賛美歌集を頭の上に掲げて雨をよける。凪津もお決まりの体勢で気休め程度に頭を守り、濡れた身体を講堂の中に滑り込ませた。制服についた水滴を払っていると、志於李《しおり》に「凪津！　ダイキ&ランランの動画、見た？」と後ろから声をかけられた。

「まだだけど、なんかあったの？」

「別れたんだって」

えぇっ、と思わず大きな声を出してしまう。

「ダイキが動画アップしてたの。いやー、凄まじいわ。でも思うんだけどさ、泣きながら別れた話してるところを自撮りして、編集までしてアップするってさ、なんか異常だよね」

「二人って今日も学校来てるの？」

「さぁ、どうだろ」

凪津はがっかりした。二人が終わってしまったという事実は、オルタネートが失敗したように感じられた。

もちろんオルタネートで付き合った人が別れないということはありえないことくらい、凪津だって理解している。人と人との関係に絶対なんてない。でも、それを少しでも減らすためにオルタネートは存在している。

ちょうど今朝、オルタネートに突然新サービスが導入されたという情報がネットニュースに上がっていた。凪津は礼拝中にスマホを開いてその記事をこっそり読むつもりでいた。自分の席に座って、後々手間取らないようスマホを聖書の間に挟み込んだ。

講堂の座席は前列が一年生、中列が二年生、後列が三年生となっており、各組名簿順に並んでいる。すでにほとんどの人が着席しているが、斜め前の冴山《さえやま》さんの席は空いていた。授業には出席していたのに、いったいどうしたのだろう。

そう思った矢先、壇上に冴山さんがやってきてオルガンの椅子に腰掛けた。続いて今日の礼拝を担当する教師が中央にある講壇の前に立った。

「礼拝を始めます。賛美歌４６１番」

生徒が立ち上がると、冴山さんはそっと鍵盤の上に指を置いた。そして小さく呼吸をし、和音を講堂内に響かせた。

冴山さんの音はこれまでの伴奏者とは明らかに異なった。彼女のタッチはとても不思議で、音が宙に浮いているように軽やかだった。オルガンそのものが違うのかもしれない。そう思ってしまうほど以前の人とは別の音質で、つい聴き惚れてしまう。

しかし冴山さんのオルガンには問題があった。どことなく歌いにくいのだ。彼女の伴奏は飄々としていてつかみ所がなく、歌っているうちにだんだんと不安な気持ちにさせられる。

その場の全員が戸惑い、壇上の教師もちらちらと冴山さんを見ている。しかし彼女は調整することなく自由にオルガンを弾き続けていた。

アーメン。

生徒たちがどうにか歌い切ると、教師が「着席」と告げる。

教師が聖書の一節を読み上げた後、自身の体験を交えながら説教を始めたので、聖書をわずかに開いてスマホを操作した。あらかじめブックマークに登録しておいた記事の一覧から、まずはオルタネートの公式HPにアクセスし、コメントを読む。

オルタネート株式会社はこの度、当社が運営するコミュニケーションアプリ「オルタネート」において、遺伝子解析サービスを行う「Gene Innovation,Inc.」の開発したアプリ「Gene Innovation」と連携し、新たなインターセクション検索「ジーンマッチ」をローンチいたします。これにより、インターセクション検索による数値をより精緻に割り出すことが可能となりました。つきましては「Gene Innovation」をダウンロード、アカウント登録と検査をして頂き――

続いて利用のための手順などが記載されている。

「Gene Innovation」というアプリは初めて聞いたが、すでに大きな期待を抱いていた。遺伝子レベルの相性というのは感情や直感ではなく、生物学的な側面での相性のことであり、それはまさに凪津が求めるものだった。ただ、早まってはいけない。このアプリは信頼に足るか、そこが大事だ。高まる気分をぐっと抑え、「Gene Innovation, Inc.」のHPを見る。目に飛び込んできたのは社名の下にある「遺伝子解析で自分らしさを手に入れる」という言葉だった。スクロールしていくと、そこには見たことも聞いたこともないような医療用語ばかりで、頭がくらくらした。商品一覧には遺伝子検査アプリ「Gene Innovation」の他にサプリやコスメなどがあって、また法人や研究者向けの用途に応じた遺伝子解析ソフトが販売されていた。

「Gene Innovation」の商品説明を見てみる。冒頭には以下の説明があった。


「Gene Innovation,Inc.」はこれまで百二十万人以上の遺伝子を検査し、データの解析を行ってまいりました。この実績は医学の分野で活用され、病気のリスク、体質改善、アンチエイジングなどで多大な功績を残しており、また最新のデータをこまめにアップデートすることで、その精度を日々高めています。「Gene Innovation」ではユーザーが自身のデータをもっとカジュアルに知り、そして利用できることを目的として開発されました。検査はご自宅で簡単にできます。「Gene Innovation」をお使いいただくことで、かかりやすい病気や、何によって太りやすいか、肌や髪のタイプ、ルーツ、また性格の傾向もわかり（性格は50％が遺伝だと考えられています）、あなたによりよいライフスタイルを提案します。

性格の半分は親の遺伝。凪津は愕然とした。自分にあの人のような側面があるなんて信じたくなかった。しかし遺伝子だけはもうどうにもならない。残りの半分に賭けるしかないのだろうか。そう思ったところで、やっぱりこのままでいいと考え直す。問題は自分がどうかではない。誰と出会うかだ。

ふと、オルタネート以前に遺伝子を利用したマッチングアプリがなかったか気になった。「遺伝子　マッチングアプリ」で検索する。いかにも怪しいサイトが散見されるなかで、「遺伝子で見つけるマッチングアプリ『The one』の実用性やいかに」というメディアサイトの記事が目に入る。それによると、アメリカで登場したこのアプリ『The one』は、自分と異なる遺伝子を持つ相手ほど惹かれやすいという仮説から、免疫システムを助ける十一の遺伝子を基に相性を組み立てるのだという。また『The one』はＳＮＳとも連携できるという。オルタネートと全く同じだ！

記事を読み終えたことで、凪津は「ジーンマッチ」の意図をなんとなく把握できた。遺伝子からわかる先天的な性格の傾向や体質、惹かれやすい相手などの情報と、オルタネートが把握するＳＮＳなどの情報を組み合わせることで、より正確に「運命の相手《The one》」を割り出して紹介するということなのだろう。『The one』は集めた情報をがん情報登録団体に提供するらしいけれど、「Gene Innovation, Inc.」はより多くの情報を集めて自社商品の参考にするとのことだった。

凪津はさっそく「ジーンマッチ」を利用するための手順を踏むことにした。オルタネート公式HPによると、まず「Gene Innovation」をダウンロードし、アカウントを登録、それから検査キットを注文するとある。

「起立」

凪津はすっかり夢中になっていて、教師の話が終わったことに気づかなかった。急いでスマホをしまい、立ち上がって再び賛美歌集を開く。礼拝最後の賛美歌は頌栄《しょうえい》といって先に歌ったものとは違い、短く、曲数も少ない。本校に入学してまだ二ヶ月も経たない凪津は賛美歌をあまり覚えられていないが、頌栄だけは知っているものが増えてきた。

深羽《みう》のオルガンが再び響く。その音によって高まった興奮がなだめられていく。凪津はおもむろに口を開き、軽妙な伴奏に合わせて声を発した。

ちちみこみたまの
おおみかみに
ときわにたえせず
みさかえあれ　みさかえあれ
アーメン

この先の運命がよいものになる。凪津はそう確信した。

礼拝を終えると志於李がかけよってきて、「ダイキもランランも、どっちも普通に席に座ってたんだけど。みんな噂してるのに、二人とも全然動じなくて、びっくりしたよ。やっぱり動画配信で有名になったりする人って、神経どうかしてるんだわ。ってか冴山さん、めっちゃうまかったね」と言った。

「わたしも思った。でもなんで弾くことになったんだろ、今まで三年生がやってなかった？」

「前の人は学校やめたらしくて、その代わりにお願いされたらしいよ」

「え、っていうかこの時期に学校やめるっておかしくない？　なんで？」

「さぁ、なんでだろ」

志於李はそれから少し言いにくそうに、「凪津、ちょっと話あるんだけど、いい？」と続けた。

「いいけど、次の授業もうすぐ始まるよ」

「すぐ終わるから。どうしても先に凪津に伝えたくて」

凪津と志於李は講堂の玄関を出てすぐの屋根のある建物に移動し、濡れないよう壁にもたれかかった。それでも地面で跳ね返った雨が足元にあたり、気持ち悪い。

「実はね」

雨は激しさを増していて、すぐ近くにいるのに声が聞こえにくかった。

「彼氏ができた」

えっ、と言う声が志於李に届いたかどうかはわからなかった。

「オルタネートで知り合った、違う高校の二年生」

おめでとう、という声は届いたようで、志於李は「ありがとう」と微笑んだ。

「凪津には最初に言いたかったの。オルタネートのことたくさん教えてくれたの、凪津だしね。大事な友達だから。でも少し言いにくくて。本当はもっと早く言うべきだったと思うんだけど」

「ううん」

講堂から吐き出された生徒たちは、雨の下を走り抜けて校舎へと戻っていく。慌ただしい景色のなかで自分たちだけがゆっくりで、時間の感覚がおかしくなる。

「ダイキ&ランラン」が別れて寂しく思うことと、志於李をすぐに祝福できないことは矛盾している。気持ちがぐちゃぐちゃになり、洪水のように思いが溢れてきて、でもそれを口にすることはできず、一刻も早く文字を打ちたい衝動に駆られる。

「凪津に言えてよかった。凪津のおかげ。ほんと、ありがとね」

志於李がそう言い終わると同時にチャイムが鳴った。「やばっ」と凪津の腕を握り、「急ごう」と校舎の方へ引っ張った。

「うん」

凪津は抵抗することなく、彼女に連れられるがまま走った。

＊

口の中に検査キット付属の細長い綿棒を入れ、内頰を左右五回ずつ擦ってケースに戻すと、それだけで検体の採取は終わった。検査同意書と解析申込書に記入し、返送用の封筒にそれらと検査キットを入れ、ポストに投函した。あとは結果を待つだけだ。

部屋に戻って、煮え切らない思いを誰も見ないネットの渦に投げ込む。ふと志於李が話していたダイキの動画を思い出す。あれほどファンだったのに、すっかり見忘れていたことに自分でも驚く。二人が別れてしまって、興味が薄らいだのかもしれない。

サムネイルをクリックすると、ダイキは涙ぐみながらランディとの別れを伝えたあと、「これからはひとりで活動していきます」と震える声で話した。

「ランディ今までありがとう！　そして応援してくれたみんなも本当にありがとう！」

凪津は思わず、はぁっ、と声を漏らした。

こんなに苦しい思いをしても、人は「その時間が成長させてくれた」とか「大切な思い出になった」などと感謝する。悲しんだり、傷ついたりした時間を無理やり肯定する。

そんなわけない。したくない経験はしない方がいいに決まってる。感謝するのは自分の失敗を認めたくないだけだ。

玄関の方からドアノブに鍵を差し込む音がしたので、凪津は動画を止めた。帰ってきた母は、相手の男を立てるようにしおらしい声で笑っている。ノックされたので適当に返事をすると、覗いた母が「遅くなってごめん、今からご飯作るから」と言った。その笑顔は仮面でもつけているみたいに固まっていた。戻りがけ、母が両手に持つスーパーのビニール袋と太ももが擦れて、しゃりしゃりと鳴った。この人も苦しみに感謝する人、と凪津は思った。

6　相反

二度目の東京はもうすっかり見知った土地で、駅まで来るのも慣れたものだった。前回のように慌てふためくこともなく、こうして東京に馴染んでいくのかと思うと、人の適応能力に感心するとともに、豊《ゆたか》もそうだったんだと寂しくなった。

待ち合わせ場所は円明《えんめい》学園高校のある南口ではなく北口の改札で、そっちは南口の華やかな感じとは違って落ち着いている。時計台の上には裸婦が片方の拳を突き上げ、もう一方の手を前に突き出し、片膝を折り曲げて立っている奇妙な銅像があった。

豊が指定した約束の時刻より五分ほど早い。近くのベンチに腰かけ、暇つぶしにスマホを開く。ついオルタネートを開こうとするが、すでにアプリはない。たった一年しか使っていないのに、すっかり癖づいていることが苛立たしく、尚志《なおし》は電源を切った。

あの日、帰りの夜行バスも行きと同じように寝ることができなかった。豊との再会は想像していたよりもあっけなく、そして一瞬だった。

小学生の頃はずっと一緒にいるんだろうと思い込んでいた。時が経てば豊が違う場所で違う人といることは当たり前だとわかっていても、自分のなかの何かが受け入れることを拒んだ。

窓の向こうの暗がりに目を凝らす。そのとき脳内に響いた旋律は、チャペルで聴いたパイプオルガンの音色だった。あの女子生徒の姿が景色と重なるようにして浮かぶ。次第に気は静まり、夜闇に悶々とした思いが放たれていくけれど、しばらくすればまた豊のことを考えてしまう。そしてパイプオルガンを思い出す。繰り返しているうちに景色は白んでいき、車内を明るく染めた。

豊から連絡があったのは、大阪に戻ったその日だった。弟のスマホにフロウの通知が届き、ようやく直接やりとりできるようになった。

豊いわく、オルタネートは同級生たちとノリでアカウントを作ったもののほとんどやっておらず、開くこともしていなかったらしい。尚志の姿を見て、ひょっとしてとフロウされた人のリストを見たところ、尚志の名前はなかったが、楤丘《たらおか》という珍しい苗字を発見し、それが弟であることも予想がついたそうだ。

それから数回やりとりした。豊は連絡をおろそかにしがちなことを初めに謝り、できれば直接会ってこの何年間かのことを話そうと提案された。最初からそのつもりで会いに行ったわけだから、もちろん承諾した。バイト以外に特にすることはない尚志は、豊の都合に合わせて改めて東京まで行くことにした。


待ち合わせ時間より十分ほど遅れて豊はやってきた。尚志を見つけて駆け寄ってくる豊は両手を合わせてなにやら言っていて、おそらくそれは遅刻に対する詫びの言葉だった。

「ちょっとＨ　Ｒ《ホームルーム》がのびちゃって」

「おう」

ぎこちない返事をごまかそうと、「あの銅像なんの意味があんの」と裸婦像を指して聞いた。

「さぁ。考えたことないな。でもああいう謎の銅像って、よくあるよね」

「せやねん、めっちゃ気になんねんけど、だいたい調べたりせえへんまま忘れてまうよな」

「どこで話そっか。近くにマックとかカフェとかならある。お腹空いてる？」

二度の遠征で財布はかなり薄くなっていた。ファストフードくらいならいいのだけれど、この時間に食べると結局また夜にお腹が空いてしまうので、今は我慢しておきたい。

「なんでか東京におると腹減らんわ」

そう笑ってみせると、「懐かしいな、大阪弁」と豊も笑った。

「んじゃ、ちょっと歩こうか、こっち」

そういって歩き出す豊を追いかける。あの頃はどちらかといえば豊が後ろにいた。

「しかしでかなったな。なんかスポーツでもやっとん？」

「バスケやってる。そんなに上手くないけどね。尚志は？　部活なんかやってるの？」

「一応軽音部入ったけど、おもんなかった」

「なんで過去形？」

「高校やめてん」

豊はちらっとこっちを見て、「そう、そっか」と頷いた。その言い方が妙にひっかかった。

「なんか、気つかってへん？」

「なんで？」

「なんでって、普通聞かへん？　なんでやめたか？」

尚志は豊の隣に並び、「気つかってるやろ」ともう一度言った。

「つかってないよ」

カラスが一羽、二人の頭上を滑空する。

「じゃあ、どうしてやめたの？」

「じゃあってなんやねん」

尚志は苛立つ自分をずっと抑えていたが、つい語気に漏れてしまう。取り繕うように「なんでってこともないけど」と話を続けた。

「馴染めんかってん。そんでちょっとさぼってるうちに出席たらんくなって、どうせ留年すんならもうやめてまうかって感じ」

「家族には、止められなかったの？」

「止めなかったなぁ、うちは放任主義やから。せやなかったら、こんな気軽に東京こんやろ」

尚志はまた笑ってみせたけれど、さっきよりもうまく笑えなかった。

「逆にな、豊はなんで軽音部ちゃうねん。ギターやれや」

勢いに任せてそう言うと、豊は「もう、とっくにやってないよ」と呆れるように言った。

「嘘やろ、なんでやねん、あんなに好きやったのに」

「ねぇ、あれ見て」

歩いているうちにたどり着いたのは木々が並んだ小高い土手で、見下ろすと川が流れている。網代川《あじろがわ》というらしい。奥に建つ工場からは煙突が伸びていて、煙が空に溶けて流れていた。手前にはサッカーコートや遊歩道があり、豊が指差した方には花が咲いていた。その花は高さがまちまちで、色もばらばらでありながら、どことなく無機質だった。その奇妙さに引きずられ、二人はそこへと向かった。

近づくにつれて花ではないことがわかる。風車だった。ペットボトルで作られたもので、鮮やかに色が塗られている。忠実に花を模しているものもあれば、ロケットのようなメカニックなものもあり、ペットボトルのままというものさえあった。風を受けるといっせいに回転し、からからと小刻みに音を鳴らす。

「これ、円明学園の小学生たちが作ったんだ。かわいいよね。見ていて楽しいよ」

そう言って豊はゆっくりと回る風車の羽根をつまんだ。まるでそこだけ時間が止まったみたいだった。尚志は「俺、お前とバンドやろうと思っててんで」と呟いた。

「いつかやろうって、大きなったらまた一緒に音鳴らそうって、そんなこと言ってたやん」

「かわいいなぁ、俺ら」

「かわいいことあるかいな。ってか、かわいいってなんやねん、そのちょっと距離とった言い方めっちゃ気になるわ」

「医者になる」

豊が羽根を離すと風車は迷子になったみたいに左右にふらつき、それから他と同じように回転を始めた。

「俺、医者になるんだよ。親父の背中を追いかける。ちゃんと俺自身が決めたことなんだ。どうせ目指すなら、必死でやりたい。医者になることが目標じゃなくて、いい医者になりたい。だから、遊んでる時間はあんまりないんだ」

風車を囲むようにして伸びた緑の葉が、慰めるように手を撫でる。

豊の家は代々医師の家系で、祖父は大阪の総合病院の院長だった。豊の父もそこに勤めていたが、院長の方針に納得できず仲違いし、そんな折に都内にある日本屈指の大学病院から教授として迎えたいという引き抜きの話があった。迷った末に父は祖父と袂を分かち、東京を選んだ。そのせいで豊は転校することになり、引っ越しが決まってからはずっと父への恨み節を吐いていた。「医者になんてなるか！　医者全員死んだらええねん」「死んだら、病人まで死んでまうで」「医者だけ死んで、ほかの人は健康になれ」。そんなやりとりを今でも思い出す。

「矛盾してんで。ほんならバスケやってる時間はどやねん。へたくそなんやろ。ほんなら無駄やん。それやめてギターやったらええやん」

「へたでも好きなんだよ。息抜きっていうのかな」

「いやいや、ギターめっちゃ好きやったやん。ずっと弾いてたやん。しかもうまかったやん。それやのに、なんでやねん」

「あのときは、だよ。今は全然好きじゃない」

「嘘つけや、一回ギターやったやつが今はもう好きじゃなくなりましたなんて聞いたことないで。不可逆やで、音楽は」

「でも俺が好きだったギタリスト、もうほとんど見なくなった。みんなギターやめちゃったんじゃないかな」

「んなわけあれへんやろ。みんな見いへんだけでどっかで元気にやってるわ。海外で活躍してるかもしれへんし、プロデューサーとかになってるかもしれへんし。せや、『前夜』は？　『前夜』は今もやってるやん」

「あぁ、『前夜』ね。そう言えば好きだったね、俺たち」

「嘘やろ。もう聴いてへんのかいな」

「俺にとってギターは、なんていうか、すごくやっかいなものになったんだ。ギターを弾いてると時間を忘れるし、そういう意味では大好きだよ。でも夢中になりすぎて頭がおかしくなるんだ。ずっと弾いていたいって思う。医者なんかやめて、ギタリストになりたいと思ってしまう」

「思ったらええやん」

「ギタリストでやっていける人なんて一握りだし、俺には不幸せな末路しかイメージできない。なのに自分はできるかもって気もする」

「できるかもしれへんやん。ってか絶対できるで」

「だめなんだ。そんなふうにぐらついてる時点で俺には無理だ。客観視してしまった時点でいいギターなんて弾けないよ」

「んなことわからへんがな。そんなんが個性となるんちゃうんか。客観視上等やろ。バンドに大事なんは俯瞰で見ることやってまさおさんいってたやん」

「とにかく俺はギターを嫌いになるって決めたんだ」

「あほか、決めることちゃうやろ。ギターやらんせいで逆に頭おかしなってるやん」

「もう決めたことなんだよ」

「お前がお前自身を決めんなよ。可能性を見限ることがギターに対しても、自分に対しても、いっちゃん失礼やで」

「なんも知らんくせに知った口利くなや」

大阪弁で声を荒らげた豊に、小学生時代の顔が重なる。感情的になる彼とは反対に、尚志はそれが嬉しかった。やっと会えたと思った。もっと怒れ、と尚志は心のなかで叫んだ。しかし小学生の豊はすぐに薄らいでいき、それから驚くほど優しい声で「尚志はドラム、叩き続けなよ。いつか聴きに行くからさ」と言った。「俺これからもずっと、尚志のファンだよ」

「なんやねん、それ。気色悪っ」

それ以上言い返せなかった。尚志自身、この状況が覆せないことをよくわかっていたし、彼の頑《かたくな》な性格は当時のままだと思い知った。

二人はどちらからともなく土手に腰かけサッカーコートにいる中学生を眺めた。けー、パッパス、スタッ、ぬけぬけおい、しゅー、しゅー、キン。

少年たちの声、ボールを蹴る音、ゴールポストに当たる音。五時を知らせるチャイムが鳴っても少年たちはまだサッカーを続けていた。

　陽は雲に隠れ、灰色の空はその濃度を高めていった。二人のあいだにあった熱も次第に薄れ、豊は「誤解しないで聞いてほしいんだけど」と不意に口を開いた。

「俺は尚志がうらやましかったよ」

「誤解しかせぇへんわ、そんなん」

　当時の豊は明らかに異質な存在だった。裕福でありながらそれをひけらかすこともなく、いつも自然体だった。それは彼自身が高い水準の生活に何も違和感を抱いていないからで、他人との差に気づかないような鈍感ともいえる純粋さを持っていたからだ。それでも豊の端正な佇まいは隠しきれず、周囲からは一目も二目も置かれていた。

　尚志の家庭は違った。小さな文具メーカーに勤めていた父は、給料のほとんどを病気がちだった母の治療費に充てた。借金もした。貧乏を嘆きたくなることもあったけれど、母を思うとしかたなかった。なのにそれだけ堪えても生き長らえることはなかった。母が他界したのは尚志が六歳になってすぐだった。辛かったけれどこれで親父は苦しみから解放される、お金も今よりは自由に使えるようになる、そう思って悲しみに耐えた。しかし父はだめだった。仕事ができなくなり、引きこもるようになった。尚志と弟はそんな父を必死に励ました。半年後にはどうにか復職できたが、母を失った代償は大きく、三人の生活はままならなかった。

　見かねた父方の祖母が、三人を助けようと神戸から移り住んだ。それに甘えた父はこれまでの分を取り戻そうと、少しでも高給を求めて転々とするようになり、遠洋漁船に乗るなど長期間家を空けるというのもざらだった。今も家にはおらず、父と最後に会ってからもう一年になる。お金は振り込まれているので働いてはいるのだろうが、どこにいるかは知らない。

「尚志はいつも熱狂していたように俺には見えたよ。その熱狂は、こんな言い方してごめん、満ち足りてなさみたいなものが影響してるのかなって」

「えらいかっこいい言い方してくれるけど、関係ないやろ」

「でも子供ながらに、ほんとうらやましかった」

「ぴっかぴかのギター弾いてた豊に言われると、ほんまもんの嫌味やわ」

父の趣味ということもあって、豊は小さい頃からギターを買い与えられていた。小学生にしては不自然なほど指が長く、その甲斐あって小学三年生にしてほとんどのコードを押さえられた。

尚志がドラムに興味を持ったのは小学生になった頃で、近所に住んでいたまさおさんの影響だった。父は仕事を終えてから保育園に寄って弟と帰ってくるため、小学一年生の頃は一人で下校し、遅くまで二人の帰りを待たなければならなかった。祖母は家にいたけれど、二人きりの時間がなぜか苦手で、だんだん近所を散歩して帰るようになった。

ある日の帰り道、遠くからリズムが聴こえた。祭りでもやっているのかと思った尚志は、引き寄せられるようにその音を目指した。たどり着いたのは雑居ビルで、階段を駆け上がって音の鳴る部屋を探した。二階の突き当たりにある部屋だった。扉の隙間からなかを覗くと、額と頬に深い皺を刻んだ長髪の男性が激しくドラムを叩いていた。それがまさおさんだった。

尚志に気づいたまさおさんは動きを止め、手招きをした。部屋の壁にはレコードが一面に飾られており、棚とテーブルには酒の瓶が無数に並んでいた。そこがバンド演奏のできる『ボニート』というバーだと知ったのはもう少し大きくなってからだったが、以来尚志は下校時に寄ってときどきドラムを教えてもらった。

初めて『ボニート』へ行った日、まさおさんはドラムのスティックをくれた。「まくらでもティッシュ箱でもなんでもええから、叩いて練習しい」というアドバイスのもと、尚志は自室に音のしないドラムを作って練習した。

そのうち8ビートが叩けるようになると、誰かと一緒に演奏してみたくなった。しかし『ボニート』に客が来て演奏が始まる頃には、尚志はもう寝ている。まさおさんはドラム以外演奏できなくて、自分の腕が上がれば上がるほどそのもどかしさが募った。

小学三年生のクラス替えで豊と一緒になり、彼がギターをやっていると聞いたので『ボニート』に誘った。初めて彼とセッションしたときの高ぶりは今でも鮮烈に覚えている。豊はフェンダーのギターをアンプに繋いで、「どうする？」と尚志に言った。誘ったはいいものの、ふたりの音楽性は全く合わなかった。尚志はまさおさんの影響でビートルズやビーチ・ボーイズ、クラッシュ、ソニック・ユースやニルヴァーナなんかを教えてもらっていた。一方で豊は父親の影響でジャズをよく聴いていた。ウェス・モンゴメリー、パット・メセニー、ジョー・パス、ジム・ホール。なかでも特にパット・マルティーノを敬愛していた（尚志はもちろん彼らを知らなかった）。他に流行りのＪ－ＰＯＰなどを聴いているみたいだったけれど、反対に尚志は家にテレビもラジオもなかったから今の音楽を知らない。そんな調子だから、セッションしようにも何をどうしたらいいかわからなかった。

「適当に叩いてみてや。俺も適当にやってみるし」

豊がそう言うので、シンプルなドラムパターンをループさせると、豊がそれに合わせてコードを鳴らした。音の振動が尚志を貫いて天井へ抜けたかと思うと、そのコードの上を泳ぐようにしてソロを弾き始める。尚志はびっくりしながらもどうにかテンポをキープし、彼の演奏に耳を傾けた。決してギターに詳しいわけではなかったが、それでも豊の指に宿る清らかなものを感じた。尚志は悔しくなって、無理やりブレイクを作って、リズムを急に変更した。一気にBPMをあげると、豊は一瞬戸惑った顔をしたものの、すぐにソロを続けた。それを聴いたまさおさんは手を叩きながら「レイラかいな、かわいらしいクラプトンだこと」と笑っていた。

今度は悪戯にテンポを落としてみる。かなりスローで、さすがの豊もついてこられないだろうと考えた。しかし豊はふざけた顔を作ると、牧歌的なメロディを奏でた。彼はなんの曲か当てて欲しそうに尚志をみていたが、全然わからなかった。ただ、どこかで最近聞いたような気はしていた。

しばらくして尚志が気づくと、豊は嬉しそうに頷き、二人は息を合わせて「あかねだーすきにすげのーかさぁ」と一緒に歌った。『茶つみ』はこのあいだ音楽の授業で歌ったばかりだった。

「まさかの曲や」

「気づくん遅すぎやって」

そのときの『ボニート』には『茶つみ』のせいか、それともセッションの初々しさからか、青葉の香りが立ち込めていた。尚志は今でもあの匂いをときどき思い出す。

それからも二人は定期的に『ボニート』に行ってはセッションした。豊のおかげで尚志の音楽の知識は格段に広がっていった。

小四のときは二人でよく『前夜』をコピーした。『前夜』のメンバーは当時高校生で、それなのに大人顔負けのテクニカルな演奏と、無邪気でありながら挑発的な歌詞が話題になっていた。

夕日の差し込む『ボニート』で『前夜』の曲を演奏すると、いつだって胸の奥が熱くなった。豊は鼻の下に小粒の汗を浮かべながら必死にギターをかき鳴らし、曲が終わると大きく息をしてその場にへたり込んだ。尚志が豊に手を差し出して「せーのっ！」と引き上げようとするも、自分も力尽きているため一緒に倒れ込んでしまう、というのがお決まりだった。それでも飽きずに何度も演奏を繰り返した。豊が小五で転校するまで、そんな風に二人は放課後を過ごしていた。

「今でもお前のギターを思い出すねん。っていうか、勝手に出てくんねんな、あんときの記憶が。映像と音が。豊がおらんくなってから六年くらいか、ギターやるやつとか増えてきて、そいつらとバンド組んだんやけどな、やっぱり全然もの足りへんねん。お前と比べて、全然面白みがないねん。うまいやつはときどきおる。まぁそれでもあの時点の、小学生のお前の方がうまかったけどな。あのときの動画、配信とかしとったら、俺ら絶対人気者なったで」

「そうかもね、尚志の動きも全然子供っぽくなかったから、面白いって評判になったかも」

「なんで面白いで人気になっとんねん、かっこええでええやろそこは」

豊はくすりと笑って、「まさおさん元気？」と聞いた。

「死んだで、まさおさん」

「えっ」

豊は自分の笑顔をもみ消すように頭を振った。

「なんで」

「がんで。豊が出て行って一年くらいしてからかな。まぁ、あんなにタバコ吸って酒飲んでたらそら死ぬやろ。ほかにもわけわからんもんやってそうやったし」

尚志が冗談めかしてそう言っても豊の顔は沈んだままだった。

「なぁ、『ボニート』ってなんでボニートっていうか知っとお？」

「考えたことなかったな。ボニートか、ボニートって……」

そう言ってスマホで調べようとしたので、尚志は「『ボニート　スペイン語』で調べてみ？」と伝えた。

「美しい、きれい、素敵。そうそう、そんな感じの意味だと思ってた。よくあるもんね、『ボニート』って店は」

「せやねん、俺もそう思っててんけど。でも多分ちゃうねん。他の意味があんねん。今度は『ボニート　英語』で調べてみ」

豊は首を傾げながら、指を素早く動かしていく。

「かつお」

「葬式の時に知ってんけどな。まさおって、勝つに男って漢字書くねん。だから『かつお』からの『ボニート』やねん」

「なるほど、そうかも」

豊の顔に笑みが戻る。

「そもそもな、スペイン語のボニートって柄ちゃうやろ、まさおさん。絶対かつおやで。たたきやで、あんなもん」

気づけば、サッカーコートには誰もいなかった。

「ごめんな。尚志」

「謝んなや。俺はまだ、お前を諦めてへん」

「ごめん」

広い空は暗く塗りつぶされ、対岸のマンションの明かりがぽつぽつと灯っていた。二人の間には静けさが横たわっていて、尚志はたまらず立ち上がり、片手を上げて片足で立った。

「なにしてんの」

「駅前のやつのマネ」

豊は笑ってくれたけれど、それも慰めのように感じられ、尚志は耐えきれず「帰ろうか」と言った。風車は今も回っているだろうかと思って遠くを見たが、闇に紛れて、もう見つけることはできなかった。

7 局面

「これで一学期の終業式を終えます」と担任の挨拶を聞いて、高校三年生の三分の一が終わったことを実感する。教室の窓から降り注ぐ日差しを撥ね返すように、クーラーは冷たい空気を吐いていた。ここから出たらその恩恵に与《あずか》れないとわかっている生徒たちは、夏休みの解放感を楽しみたいのになかなか教室を後にすることができず、ぐずぐずしている。しかし蓉《いるる》に解放感など味わっている暇はなかった。しばらく会わなそうなクラスメイトに「また二学期ね！」と明るく挨拶を交わすと、まっすぐ調理室に向かった。

ドアを開けるとダイキがひとり調理台のイスに腰掛けていて、「蓉、サマータイムだね」と手を挙げるなり、ビリー・ホリデイの『サマータイム』を口ずさんだ。あれからダイキはすぐにいつもの調子を取り戻し、頻繁に動画をアップしていた。初めはその程度の気持ちだったのかと訝《いぶか》しく思ったが、せわしなくしているのは空元気にも見え、その話題にはなるべく触れないようにしていた。

「蓉は今年の夏休みも忙しいの？」

「去年と同じくらいだと思ってたんだけど、今年は男子バスケ部からも差し入れ頼まれちゃってさ」

夏休みは農家やＯＢの経営するレストランのお手伝い、食品会社への見学という基本的な活動以外に、大会に出場する部に差し入れを持って行くのが決まりだった。例年の部活はサッカー部とバレー部の地区大会くらいだったが、今年はインターハイへ勝ち進んだバスケ部の分も増えた。

荷物を置いてエプロンをつけ、頭にバンダナを巻きながら「ダイキは？　夏は何かすんの？」と蓉も尋ね返す。

「んー、彼氏もいないしなぁ」

ふざけるように言ったあと、「俺がこないと夏野菜死んじゃうっしょ？　こんな暑いと誰も園芸部手伝ってくれなそうだし」と付け加えた。

「そう言ってくれると助かる。出来る限り手伝うつもりだけど、ばたばたしちゃうとついおろそかになりがちで。日焼け嫌がる人も多いし」

「ったく、自分たちが使う野菜なんだから、ちゃんとやってほしいよ」

「ありがとね」

「とうもろこし、来週には食べごろだと思うよ。先っぽから出てるヒゲが茶色くなったら、もうタイミングだと思って」

「うん」

「できたら早く取らないとどんどんだめになるからな。あと、収穫は朝早くってのがとうもろこしの鉄則だから」

「じゃあ来週のバスケ部の差し入れ、それにしようかな」

蓉はホワイトボードの真ん中に線を入れ、左に『差し入れメニュー』、右に『ワンポーション』と書いたところで、笹川《ささがわ》先生がやってきた。

「いたいた」

そう言ってバインダーから紙を引き抜き、「これ文化祭の企画提案書。まだ先だけど、夏休みの間に考えておいた方があとあと楽だと思うから」と渡した。続けて「これは、園芸部のね」とダイキにも差し出す。

「去年みたいにぎりぎりに出すのはやめてね」

笹川先生はダイキに顔を近づけてそう言った。抵抗するようにダイキは「こういうの苦手なんだよ」と顔をそむけたが、それでも笹川先生は正面に回り込んで「そうは言っても、部員はあなたしかいないんだから。嫌なら増やしなさい」と言い返す。

蓉はホワイトボードの字を消し、左から『差し入れメニュー』『ワンポーション』『文化祭』と書き直した。それを見た笹川先生は「それ、新見《にいみ》さんじゃない人に渡すべきだったかな」と遠慮がちに言った。

『ワンポーション』は次で第三回となるコンテストで、円明《えんめい》学園高校の生徒がエントリーするのもこれで三度目だ。インターネット動画配信サービス会社『スーパーノヴァ』のオリジナルコンテンツとして企画された番組で、全国から選抜された調理部の高校生ペア十組が優勝の座を競う。

出場には書類審査とオーディションがあり、本選に選ばれた十組は第一回戦で五組、準決勝で三組に絞られて決勝戦となる。この三試合は生配信されるが、あとからでも過去作を見ることができる。

『ワンポーション』の特徴はそのルールにある。本選全ての対決では、使う食材をその場で指定される。加えて、各試合でテーマが与えられる。それは「時間」「海」「願い」「風の音」などさまざまで、決められた制限時間のなかで料理を作り終えたあと、どのように料理に取り入れたかをプレゼンする。物語性も大きな評価基準となり、それぞれの組がどうアプローチするかが見所のひとつだった。

二年前、当時の部長が遊び半分で『ワンポーション』へエントリーしたところ、意外にも書類審査を通過し、当時二年生の多賀澪《たがみお》をペアに選んでオーディションに臨んだ。さすがに受かるわけないだろうと誰もが思っていたが、そんな周囲の予想に反し見事合格、あれよあれよと本選への切符を手にした。

番組への出演が決まると、調理部は校内の注目の的となった。部員はすれ違う生徒に激励されたり、差し入れをもらったりした。浮かれる部の空気とは裏腹に、蓉の気持ちは落ち込んだ。部長はリスクを考えているのだろうか。このまま勝ち進むとは限らない。恥をかく可能性だってある。オルタネート絡みの苦い経験をした蓉は、後先考えず行動した部長を恨んでいた。

しかし、円明学園高校は第一回戦を勝ち抜き、準決勝まで駒を進めた。そこで敗退したものの、彼女たちの善戦に校内外から賛辞が送られた。二人の活躍を間近で見ていた蓉も、考えを改めた。

挑戦する彼女たちの姿に心揺さぶられ、特に澪の立ち居振る舞いには料理人を志すひとりとして感銘を受けた。

彼女の繊細で機敏な手さばきと的確な判断力、また視野の広さと設計力は、どの出場者にも引けをとらないものだった。普段の調理部での活動では、それほどの実力があるなんて気づかなかった。蓉と同じく料理店の娘というのも親近感を深めるところであり、誰かのようになりたいと思ったのはこれが初めてだった。

初回の評判がよかったこともあって、『ワンポーション』は翌年も開催されることとなった。次の部長になった澪は、再挑戦したいと部員たちに語った。「あんな形で負けてしまった自分が許せない。どうかみんなの力を貸して欲しい」。いつも冷静で一歩引いている彼女からは、思いがけない言葉だった。

調理部員は賛同し、みんなで書類審査のメニューを作った。ここで落ちることもありえたが、円明学園高校はオーディションへ進んだ。澪はペアの相手に蓉を指名した。「蓉は経験豊富だし、料理の引き出しも多い。ほかにペアを務められる人はいないよ」。澪にそう言われたときは涙が出るほど嬉しかった。人目に晒される不安はあったが、それでも挑戦すると決めたのは前年の澪たちの活躍が心に残っていたからだった。自分も料理で人を感動させたい。その思いは日に日に高まっていった。

「精いっぱい澪さんをサポートさせてもらいます」。澪にそう伝えると彼女は頷き、「絶対に勝とう」と蓉を抱きしめた。両親には相談しなかった。

オーディションを見事合格し、円明学園高校は再度本選へ挑戦することになった。

『ワンポーション シーズン2』の第一回戦、緊張する蓉をよそに澪は淡々と調理を進め、テーマに合った料理を完成させた。作品そのものもよかったが、なにより前年とは見違えるような澪の成長と柔軟な発想に審査員たちも圧倒され、満場一致で準決勝へ勝ち進んだ。彼女のたくましい姿に刺激を受け、準決勝では澪に負けず劣らず腕をふるい、円明学園高校は再び審査員を味方につけた。

そして決勝戦。勢いのままに勝ち切るつもりだった。

しかしこの日、澪の体調がおもわしくなかった。気分が悪く、熱はないがぼおっとするという澪に、蓉は棄権しようと言い張ったが、澪は出場すると言ってきかなかった。ここまできたのにみんなの期待を裏切るわけにはいかない。彼女は何度もそう口にした。

澪の不調は隠して二人は決勝戦へと向かった。食材は「ヤマブシタケ」と「魚介」。テーマは「銀河」。ヤマブシタケは二人とも扱ったことがなく、手にしたこともなかった。白くふわふわの、タンポポの綿毛のような、はたまた小さな雪男のようなその食材を、どう調理していいかわからず、それでいてもうひとつの「魚介」という広いカテゴリーが余計に二人を混乱させた。途方に暮れる二人をよそに他のペアは着々と作業を進めていく。

澪はやはり辛そうだった。そして彼女は言った。「蓉が決めて」。自信はなかったが、そうするしかなかった。蓉は魚介にヤマブシタケの中華あんかけはどうかと提案した。澪は一瞬顔を曇らせたが、最後には首を縦に振った。

蓉は伊勢エビを蓮の葉に包んで蒸し、澪はホタテをグリルした。できあがったものにハマグリの出汁とほぐしたヤマブシタケで作ったあんかけを回しかける。見た目は悪くなかった。味も問題ない。どうにかなる。そう信じたかった。

円明学園高校の料理が審査員五人の前に運ばれる。彼らは表情ひとつ動かさなかった。代表者として蓉がテーマの解釈を述べる。

「宇宙は私たちの想像の及ばないほど、謎めいています。そこに地球があり、地球のほとんどが海です。私たちの近くにある海にも、まだ明らかにされていない謎がたくさんあります。なので深海を連想するような、海底で生活する魚介を使いたいと思いました。エビ、貝、うに。それらで地球の神秘から宇宙の神秘への結びつきを表現しました。ヤマブシタケはそれ自体が神秘です。この、はっきり言って奇妙な見た目、宇宙人みたいなキノコをほぐしソースにすることで、地球を覆う銀河や流れ星を演出しました」

蓉はまくしたてるようにそう話した。

審査員たちが料理を口にする。味はいいが調理法に関しては褒められる部分がない、というのが総合的な評価だった。そして最後に前年度はいなかった審査員、料理研究家の益御沢《ますみざわ》タケルが口を開いた。審査員のなかで最も若く三十代半ばだが、射るような目つきとざらつきのある声色から威厳は誰よりもあって、その出で立ちは不動明王を思わせた。

「君のプレゼンは、後から無理やり当てはめたものじゃないかな」

彼はそれまでもかなり辛辣なコメントを残したので、蓉は覚悟を決めてぐっとお腹に力を入れた。

「つまり君たちは知らない食材を目の前にして試すのではなく、自分たちの想像の範囲に収めた。魚介をメインに、ヤマブシタケをソースに。しかし他の二組はそうではないね。ヤマブシタケをメインにしている。どっちがチャレンジングかは、言わなくてもわかると思うけど。君自身の言葉を借りれば、奇妙な見た目の宇宙人みたいなキノコ、それこそがヤマブシタケの魅力だろう。そしてこの食材はとてもセンシティブで口溶けがいい。そこを楽しませるべきなのに、ほぐしてしまうなんてね。想像の及ばない銀河をテーマにして、この食材を自分たちの想像に押し込めてしまうのは非常に退屈だよ。そうだな、まるでガイドブック通りの旅行みたいだ。本当につまらない」

隣の審査員が、「ちょっと、言い過ぎでしょ」とたしなめた。蓉の頬はかつてないほど赤らんだ。もうお腹に力は入っておらず、涙をこらえるので必死だった。背中をさする澪の手が、虚しさを余計に膨らませた。

蓉に反論の余地はなかった。事実、他の二作品は、実験的でありつつも高い完成度を誇っていた。

ひとつはヤマブシタケをバンズに見立てたハンバーガー風の料理だった。フィレオフィッシュよろしく白身魚のフライを挟み、海苔や醤油のソースで味付けしたそれは、見た目は洋風なのに味付けは和風で、とてもユニークだ。

テーマの「銀河」については、盛り付けで太陽系を表現し、ヤマブシタケのハンバーガーは木星の部分に置かれていた。太陽の部分にはトマトソース、地球は芽キャベツのグリル、土星は栗をキャラメリゼして糸飴で環を表現し、それらを覆うようにして炭塩がまぶされている。華やかさと驚きとユーモアに溢れた、意匠の凝らされた一品だった。

もう一つはヤマブシタケと魚介を具にした小籠包だった。それはスープが弾けて口に広がる瞬間を、ビッグバンに見立てるという発想から来ていた。小籠包の皮にはほうれん草から緑、ナスの皮から紫、人参のオレンジなどを混ぜ込んでマーブル色に染められたものを使用し、そこにもコズミックな意味合いを込めていた。

放送終了後、蓉はそれまで我慢していた涙を一気に溢れさせた。澪に何度も謝った。「体調を崩した私のせいだから」と彼女は言ってくれたが、蓉にはなんの慰めにもならなかった。放送後、両親に報告しようと『新居見《にいみ》』のドアノブに手をかけると、中から客の声がした。「娘さん、大丈夫か。オルタネートで大変なことになってるってうちの子が言ってたぞ」。母はごまかすように会話を続けたが、父の声はしなかった。

「本当に出るのね？」

「そのつもりです」

「そう。今年も日程は同じ？」

「まだ、具体的なスケジュールは聞いてないけど、可能性はあります」

「じゃあ、また部長不在になるかもしれないのね」

昨年は文化祭の初日と『ワンポーション』の決勝の日程がかぶってしまい、二日目からしか参加できなかった。

「ごめんなさい、いつも面倒かけて」

「謝らないで。みんな応援してるんだから。企画提案書は別の人に任せてもいいし。じゃあ私は一度生物室に戻るけど、あとでまた来るから、自由に進めててね」

笹川先生が調理室から出ていくと、「そんなに躍起になんなくてもいいんじゃないの」とダイキが言った。

「躍起になってるんじゃない。チャレンジしないことにダメ出しされて、チャレンジしないわけにはいかないでしょ」

「去年あんなに泣いてたのに」

本当は今でも逃げ出したいと思っている。エントリーしなければ、高校生活最後の文化祭を思う存分満喫できる。だけど「ガイドブック通りの旅行が好きなんだね」ともうひとりの自分が皮肉交じりに挑発する。

オーディション以降はペアでの戦いになる。まだ誰を指名するかは決めていない。

申し込み用紙には出場する代表者の氏名だけでいいので、そこには自分の名前を記入する。応募に必要なのはテーマに沿った料理の写真、レシピ、作品の意図。書類審査での指定の食材は「イチジク」。テーマは「美と調和」だった。

この条件で部員各自に料理を考えてきてもらう。そこからペアの相手を選出する。蓉はホワイトボードをまっすぐ見つめ、力強く「イチジク」と書いた。

＊

バスケ部のインターハイが行われるのは船橋の総合体育館で、蓉たちは電車に揺られて出来立ての差し入れを持ってやってきた。渡すだけだから誰かが代表して届けても問題ないのに、なぜかほとんどの部員が参加してくれた。記録的猛暑の夏に外で応援する気にはならないが、屋内なら面白半分で顔を出してみてもいいということなのだろう。

バスケ部の応援は初めてで知り合いもおらず、会場に入るのに少し手こずった。体育館は選手の身体を冷やさないためか、それほど涼しくなかった。調理部員たちはがっかりしながら、円明学園高校の応援エリアを目指す。すでに疲れ切った身体を埋めるように、蓉は青いプラスチック製のイスにへたりこんだ。

早朝にとうもろこしの収穫をしたせいで、昼前でもかなり眠い。とうもろこしの炊き込みご飯をおにぎりにするというアイデアは一見簡単そうに思えたのだけれど、実際に作ってみると骨の折れる作業だった。

すでに試合は始まっていた。疲労困憊の蓉をよそに、部員たちはバスケをする男子に色めき立っている。勝手についてきたダイキは、「みんないい顔してるなぁ」と熱心に試合を見ていた。

「蓉もほら、未来の彼氏があのなかにいるかもよ？」

恵未《めぐみ》のちゃかすような声が耳に響く。

「疲れてそんな気になれない」

何度も手を洗ったにもかかわらず、爪を嗅ぐと隙間からバターの匂いがしてお腹が空く。さすがに選手より先に差し入れに手をつけるわけにはいかないと、蓉は意識を逸らすためコートに視線を向けた。ブザーが第三クォーターの終了を知らせる。

円明学園高校はこの時点で相手チームに59対54でわずかにリードしていた。初めてのインターハイにもかかわらず、思いのほか善戦している。

バスケにまったく思い入れのない蓉でも、この試合には絶対に勝ってほしいと祈っていた。負ければインターハイはここで敗退、となると選手たちは泣きながらおにぎりを食べるだろう。今までもそういったことはよくあって、あれはなんともいえないやるせなさがある。どうせなら笑顔で食べてもらいたい。勝てば次の試合に向けてのエネルギー補給ということになるし、試合に一緒に参加したような気分にもなれる。

とはいえ五点差。いつ抜かれてもおかしくない。

第四クォーターの最初の得点は円明学園高校だった。チームのコミュニケーションはうまくいっていて、覇気もあり、素人の蓉からみても悪くない空気だった。

「あいつがうまいな」

ダイキが指差したのは背番号2の男子だった。隣にいた二年生の部員が、「あの人、同じクラスです。安辺豊《あんべゆたか》」と言った。

「二年生で選ばれたんだ」

ダイキはスマホを開き、オルタネートでその名前を検索して「どうやら恋人はいないみたいだ」とつぶやいた。残すところ二分で同点となり、そのまま第四クォーターは終了、延長戦へともつれこむこととなった。

インターバルの間、応援に来た選手の家族や友人たち、出場できなかったバスケ部員、そして蓉たち調理部員にも、たまらない緊張が漂った。こういうときに軽口を言いがちなダイキでさえ、口を一文字に結んだままコートで集中する彼らを眺めていた。

蓉は豊に何か物足りなさを感じていた。素人目に見ても確かに技術はある。しかし、試合の流れに抗う気迫がなくて、自分で勝利を引き寄せるという欲が見えない。その摑みきれなさは武器でもあるのだろうが、彼のドライな気配が士気を下げているようにも見える。

五分間の延長戦はここまでの健闘が嘘のようにあっけなく点を入れられて負けた。選手たちは相手に礼をして握手を交わし、監督とコーチのいるベンチに集まってお互いに背中を叩き合った。

しばらくして応援席に選手がやってくる。三年生の選手たちは大声で「最後の夏にインターハイに出場できただけでもよかったんだよ」と、言い訳するみたいに話した。そんななかでも豊は表情に悔しさを滲ませることもなく、不自然なくらいの自然体で、周りからかけられる声に合わせて適当な相槌を打っていた。

「まぁ、これ食べて、元気だしなよ」

恵未は明るく振る舞い、アルミホイルに包まれたおにぎりを配った。泣きながらおにぎりにかぶりつくバスケ部員は、食べるというよりは貪るというような食べ方だった。

こんなんじゃお米もとうもろこしも浮かばれないなと、蓉は自分の分のおにぎりを手にした。なかなか食べる気にはなれなかったのは、試合の興奮がまだ残っているからで、いつのまにか食欲はどこかへ消し飛んでしまった。それにこのおにぎりはカロリーが高い。今日はもう帰るだけだしな。だったら帰ってヘルシーな夜ご飯を作って、明日の朝にとっておこうか。そんなことを考えながらアルミホイルのおにぎりを両手で上に投げてはキャッチしていた。

「あの」

突然後ろから声をかけられ、蓉は思わずおにぎりを取り落とした。急いで拾おうとしたけれど、転がったおにぎりはイスの下の奥の方まで行ってしまって、なかなか手が届かない。

「これですか」

振り返ると、男の人がおにぎりを持っていて、蓉の方に差し出した。背もたれの後ろからとってくれたらしく、「ありがとうございます」と蓉は恥ずかしそうにそれを受け取った。

「ごめんなさい、急に話しかけて」

彼は肌も瞳も髪の毛も色素が薄く、涼しげだった。熱かったはずの体温がすっと引いていく。どこかで見た気がするのだけれど、どこでだったか全然思い出せないでいると、「去年、『ワンポーション』で」と自分の顔を指差した。

「あっ」

あのときは白衣で、しかもキャップをかぶっていたから、今と印象が違った。

「思い出してくれましたか。三浦栄司《みうらえいじ》です」

彼は昨年の『ワンポーション』の決勝で、あのヤマブシタケのハンバーガーを作って優勝した永生《えいせい》第一高校の生徒だ。先ほどの相手チームの選手たちを見ると、ユニフォームには「ＥＩＳＥＩ」とある。自分のチームばかり注目していたせいで、相手チームが自分が『ワンポーション』で負けた対戦高校だということに気づかなかった。わかっていたらもっと必死に応援したのに、と思いながら「どうも、新見蓉です」と改めて自己紹介をした。

「もちろん覚えてます。だから声かけたんです」

彼は目尻に皺を寄せて笑った。あのときはもっとおとなしいイメージだった。蓉は彼の記憶を手繰り寄せようと、じっと顔を見つめた。角ばった頬骨にぽつぽつとそばかすが浮いている。

「差し入れしにきたんだ」

「あ、うん、初めてのインターハイだから、調理部みんなで」

つられて蓉もタメ口になる。

「何を作ったの？」

「とうもろこしのおにぎり」

「あ、それ？」

おにぎりを指差すので「そう」と蓉はこたえた。彼は自分の手を鼻に近づけ、「バターの匂いだ」と言った。外側のアルミホイルにもバターの油分が少しついていたんだろう。

「これは喜ばれるね、特に試合のあとは」

「でも負けちゃったから。あんまり味なんてわかってないよ、みんな」

「そんなことないよ」

彼が蓉の隣のイスに腰かける。コートでは次の試合に出場する選手たちがドリブルやパスをしてウォーミングアップしていた。

「嬉しい時に何食べるかよりさ、悲しい時に何食べるかの方が、大事だと思わない？」

選手たちを見ると、おにぎりを食べ始めたときとは打って変わって笑みを浮かべており、バスケ部の部長はすでにこれからの話をしていた。

「そうだね、その通りかも」

「ねぇ、それ食べないなら、くれない？」

「えっ？」

「新見さんがどんなおにぎり作ったのか知りたいし」

蓉はあげてもいいかと思ったが、『ワンポーション』で負かされた彼に、そして自分の失態を見ていた彼に寸評なんかされたら、立ち直れる気がしなかった。迷っていると、「吟味されるとか思ってる？」と見透かされてしまい、蓉は強がって「そんなことないよ」とおにぎりを渡した。

アルミホイルを丁寧に剝いてしばらく見つめたあと、ゆっくりと口を寄せてかじった。思いのほか小さい一口はバスケ部員とは対照的で、彼らが口にしたものと同じかどうかよくわからなくなった。

「どう、かな」

「最高じゃん、これ」

すっかり審査員のようなコメントを想定していたので、肩の力が急に抜けた。

「本当に？」

「試合終わって食べたいのって、こういうのでしょ。バターちょっと多いかなって思ったけど、汗かいたあとだし、運動部にはこれって感じ。とうもろこしの甘みも、素朴でいいなぁ」

「このとうもろこし、うちの高校の畑で育てたの。園芸部と共同で野菜の栽培してて」

「もしかして、今朝採った？」

「そう。わかる？」

「うん、わかるよ。そっかぁ、だからハリがあって食べごたえがあるんだ」

蓉は「こんなシンプルなおにぎりを褒めてもらえるなんて思ってなかった」と素直に伝えたあと、「ねぇ、三浦くんだったらこのおにぎりどうする？」とおそるおそるきいた。

「んー、俺だったら肉欲しいかなって思って、ベーコン加えたり、肉巻きおにぎりにしたりするかもだけど、これくらいシンプルな方が絶対に正解だよ。だって差し入れってご飯っていうより、間食じゃん。それに変なアレンジして賛否分かれるようなもの作ってもしょうがないでしょ」

『ワンポーション』であれほど奇想天外なものを生み出した彼のことだから、もっと突拍子のないことを言うとばかり思っていた。だけど食べる人のことを考えたり、相手のことを尊重したりできる人と知り、蓉は褒められているのに二度負けたような気分になった。

「ありがとう」

「こちらこそありがとうだよ。こんなに素敵なものごちそうになって」

目を見てそう言われたので、耐えられずつい視線を落とした。ごまかそうと、「ねぇ、三浦くんはどうしてここにいるの？」ときいた。

「あぁ、俺らもバスケ部の応援」

「じゃあ何か作ったの？」

「サンドイッチ。ちょっと下ごしらえ手伝ったくらいだけどね」

「それ、もうないの？」

「あるかもしれないけど食べさせられないよ。コンビニの方が断然マシくらいのでき。うちの調理部、めっちゃコンサバだから」

「意外。三浦くんのいる調理部がコンサバだなんて」

「俺ともうひとり、ペアだった室井《むろい》ってのが、ちょっと変わり者なんだよ」

そのとき、遠くから、「えいじー」と声がした。彼はその人を指差して「あれが室井ね」と教えてくれた。「ごめん、もう行かなきゃ」と立ち上がった。「あっ、今年も『ワンポーション』、出るの？」

次の試合の開始を告げるホイッスルが鳴り、選手たちがポジションにつく。

「一応、エントリーしようかと思ってる」

バッシュの擦れる音が細かく響く。

「書類審査を通過すればオーディション」

「そうなんだ。俺らはシードでいきなり本選。チャンピオン枠として出場しなきゃいけないみたい。でも勝ち上がってきたらまた一緒に戦えるね」

そう言うと屈託のない笑顔を蓉に向け、戻っていく。途中振り返り、「あ、新見さんのこと、フロウするから！　よろしくね！」と手を振った。「私やってないの」と言い返したけれど、その声は誰かが決めた先制点の歓声にかき消され、彼の耳には届かなかった。

8 起源

「お話ししたいことがあるんですけど」

一学期最後のＨ　Ｒ《ホームルーム》が終わったところで、凪津《なづ》は担任の笹川《ささがわ》先生に声をかけた。

「ちょっと予定があるから、待てるなら」

「大丈夫です」

「じゃあ生物室で待っててくれる？」

「わかりました」

志於李《しおり》と少し話をしてから生物室に向かう。通りがかった調理室には、笹川先生とダイキと女子の先輩がいて、ホワイトボードには『差し入れメニュー』『ワンポーション』『文化祭』という文字が書かれている。

あれは去年の十一月だった。校内見学を目的に、塾の仲間たちと円明《えんめい》学園高校の文化祭へ遊びに来た。その学園風景は、凪津がこれまでに見たものとはまるで違った。生徒も先生もみんな学園生活を心から楽しんでいて、なおかつその充実のためならどこまでも奮闘してみせるという気概が感じられた。

学園生活は苦痛なものだと決めつけていた。気の合わない人たちと興味のないことをして過ごす無駄な時間。同級生たちも同じで、ただ時間が過ぎるのを待っているだけだった。

こんな教育制度になんの意味があるのだろう。凪津はずっともやもやしたものを抱えながら、せめて社会に出た時に損をしないように勉強だけはしておこうと、偏差値の高い高校に入学することを希望していた。

そんな凪津にとって、円明学園高校の生徒の充足した表情や先生との距離感、自発性を促す柔軟な校風は、衝撃そのものだった。他の高校の学園祭にも行ってみたが、円明学園高校ほど活き活きとしたものは感じられなかった。ここにいくべきだと思った。そのことを母に伝えると、あまりいい顔はしなかった。学費が決して安くない、できれば公立にしてほしいというので、特待生になるからと説得した。凪津は無事に合格したが母は喜んではくれなかった。

奨学金制度を利用してまで入学した憧れの高校を、自分はどれだけ満喫できているのだろう。

生物室に入ると薬品の臭いが強く残っていて、凪津は思わず顔をしかめた。耐えきれず窓を開けると、夏の熱気がここぞとばかりに流れ込んでくる。その勢いは凄まじく、たった数分で部屋の気温は外と変わらないほどになった。全身が汗ばんできたところで再び窓を閉める。いくらかましになったものの、臭いはまだかなり残っていた。

スマホのアプリ「Gene Innovation」を開き、今朝届いた遺伝子解析の検査結果を確認する。がんや生活習慣病のリスクや、何によってどう太りやすいかなどが事細かに記され、それらへの対策などがわかりやすく表示されていた。凪津はひとつひとつちゃんと読んでみたが、その種の項目には興味をそそられなかった。高校生にとって、がんや生活習慣病というのははっきり言って現実味がない。項目の中でもっとも気になったのは自分のルーツについてだったが、専門用語が多くてなかなか理解しきれなかった。

「待たせてごめんねー」

先生は生物室に入るなり、「なんだか暑いわね」と言ってエアコンの設定温度を下げた。

「そういえば伴《ばん》さん、期末テスト頑張ったね。中間テスト同様、全体的にすごく好成績だった。特に生物はよかったわよ」

二週間前に行われた期末テストの答案が返ってくるのは二学期になってからだ。先に結果を教えてくれるのはありがたいけれど、教師の振る舞いとして問題にならないのか心配になる。

生物の成績がよかったのはオルタネートの新機能「ジーンマッチ」のおかげだ。偶然にも試験範囲に遺伝子のことも含まれていて、凪津はこれまで全く関心のなかった遺伝学をみるみる吸収していった。試験範囲だけでは飽き足らず、生物の教科書を先まで読み進めたり、専門書を読んだりした。それでもまだ、「ジーンマッチ」を全面的に支持するというほどにはなれなかった。

先生は上着を脱いで腕まくりし、雑巾を水で濡らしてテーブルを拭いていく。

「明日からここを地元のボランティアに貸し出すのよ。実験のイベントとかを子供たちとするの。だから片付けなくちゃいけなくてね。で、話ってなに？」

「先生、遺伝子って、好きですか」

「えっ？　まー、好きかどうかはよくわからないけど、興味は尽きないわね」

「最近、オルタネートに遺伝子レベルで相性を割り出すっていう機能が追加されたんですけど」

「ネットニュースで読んだよ」

「率直に、どう思いますか」

「ジーンマッチ」は日に日に話題となり、このところネットニュースによく取り上げられていた。しかし科学的根拠がないと批判する専門家もそれなりにいて、また「Gene Innovation」にアカウントを作ったり、遺伝子検査をしたりする手間がかかるので、実際に利用するユーザーは少なかった。「ジーンマッチ」は失敗した、というのが大方の見方だった。それでも凪津は「ジーンマッチ」への期待を捨て去ることができなかった。

「んー、遺伝子レベルの相性ねぇ」

「あっ、手伝います」と手を差し出すと、先生は「本当？　ありがとう。じゃあ」と持っていた雑巾を渡した。それから新しい雑巾を取り出し、「まぁ夢はあると思うけど」と話を続けた。

「それだけで完璧な相性がわかるというのは、どうなのかしらね」

「ヒト白血球抗原《HLA》っていう遺伝子が、フェロモンに関係してるって」

「よく知ってるね」

「体臭に関わっていて、自分と遠いＨＬＡを持っている人を求めることで、免疫力の高い子孫を残すように脳ができてるって話でした」

「そっちの列はまだ拭いてないから、お願い」

テーブルを拭き終えた笹川先生は、次に骨格模型やプレパラートなどが並んだ標本棚に移った。

「でもどうかしらね。生物学的にはありえる話だと思うけど、でも相性ってそれだけじゃないでしょう。いい子孫を残すための相性でいいの？　あなたは」

「私はそれが生物として正しいのなら、いいと思ってます。逆に外見で好きになったりするほうが、とても曖昧で、危険だと思ってます」

「あはは、ずいぶんとはっきりいうのね」

テーブルを拭き終えた凪津は、ホワイトボードの近くにある水道で雑巾を洗った。

「ＨＬＡの話、あくまで仮説の域を出ないと私は思うけどな」

「でも実験で証明されてますよ。Ｔシャツの」

「変な実験よね」

一九九五年、スイスの動物学者が、四十四人の男性に二日間同じＴシャツを着てもらい、それを四十九人の女性に嗅がせて反応を調べるという実験を行った。その結果、ほとんどの女性がいいと感じたものはもっとも自分とかけ離れたＨＬＡを保有する男性のもので、それは近親交配を避けるために生物学的に備わったシステムだという。

「理に適っているように思えるけど、でもその考え方からすると、私は相性がいい人を見つけるというよりは、悪い人を排除するシステムのように感じるわ。ねぇ伴さん、そもそもあなたの思ういい相性って、どういうことなの？」

「合理的かつ持続的な関係です」

凪津は前の方のイスをひとつ引っ張り出し、そこに座った。

「お互いの利害が完全に一致していて、二人の人間性のいびつな部分でさえぴしっとはまる、その人以外いないというような相手。そんな人がいれば、ずっと一緒にい続けられると思うんです」

「でも人は変質するし、不定形とも言えるわ。あなたの条件を生物学的な裏付けに求めるのは難しいように思えるけど」

「そうかもしれません。でもオルタネートみたいな、膨大なデータを利用したＡＩなら、かなり近いところまでいけると思いませんか？　長く続いた夫婦の傾向は人間よりＡＩの方が知ってるはずです」

「そうね。あくまで統計や確率論ではあると思うけど」

「先生はなんだか否定的ですね」

「私は、生き物ってそんなに簡単じゃないって思ってるからかな」

笹川先生は、「ねぇ、ちょっと見て欲しいものがあるんだけど」と、掃除を終えたばかりの棚に手を突っ込み、奥から筒型の容器を取り出した。ホルマリン漬けらしく、中には色の褪せた動物が入っている。遠くから見てもグロテスクで、凪津は思わず目を背けた。

「そんなに怖がらないで。大丈夫だから。これはね、私が作った猫の液浸標本なの」

そう言って笹川先生は凪津の前にホルマリン漬けの瓶を置いた。猫はとても小さかった。しかし目を引いたのは、その人形のようなサイズ感ではなく、奇怪な形をした頭部だった。

「この子は、実家で生まれた猫でね、五匹のうちの一匹だったの。いや違うか、二匹と言う方が正しいかも」

　猫の頭部は二つに分かれ、顔がふたつになっていた。目も鼻も口も耳も二匹分あるのに首から下は一つで、まるで双葉のようだと凪津は思った。

「私の宝物なの。名前はラリーとバリー」

　猫が瓶のなかでふらりと揺れた。

「生まれて間もなく亡くなっちゃってね。母は気味悪がってすぐに埋めようとしたんだけど、私は妙にこの子たちに惹かれて。どうしても手放せずに、ホルマリン漬けにすることにしたの」

　そう話す笹川先生がちょっとこわくて、後ずさりする。

「この子たちを見てるとね、いろんなことを考えちゃうんだ。思い通りにいかないこととか、生きることの複雑さとか。科学で解明できないことの方がまだまだ多いんだ、自分ってなんてちっぽけなんだろう、みたいなよく聞くありきたりな思考回路、あれに本当になっちゃうんだよね」

　嫌なことがあったときもいいことがあったときも、笹川先生はラリーとバリーに報告するらしい。人形遊びをするみたいで子供っぽいと思ったけれど、自分にとってのオルタネートも似たようなものだった。

「自然界だって完璧じゃないのに、私は人がそれを超えられるとは思わない主義なの。だからその遺伝子レベルの相性ってのにも懐疑的なわけ」

　それから笹川先生は「このことは内緒ね。理解できない人の方が多いだろうし、保護者とか他の先生に難癖つけられるのも面倒だから」とラリーとバリーをまた棚の奥に戻した。

「で、伴さんはもう遺伝子解析の検査はしたの？」

「はい？」

「見せてよ、どんな風に分析されるのか興味ある」

自分の遺伝子解析の結果を見せるのはちょっと照れくさいけれど、笹川先生も秘密を見せてくれたから断りにくい。凪津は躊躇《ためら》いつつも結果をスマホに表示し、笹川先生に渡した。

「へぇ、こんな風に来るんだ」

彼女はしげしげとそれを眺め、「伴さんのハプロはBグループなんだね」と呟いた。

「あ、それ、よくわからなかったんですけど。そもそもこのミトコンドリアハプログループってなんですか」

凪津が項目の部分を指差すと笹川先生は「あー、これはね、んーどこから話そうかな」と言いながらホワイトボードの前に行き、ざっくりとした世界地図を書いた。

「今の人類につながるホモ・サピエンスは、ミトコンドリアDNAの解析が進んだ結果、アフリカで生まれたという説が有力でね。ミトコンドリアDNAは父親ではなくて母親からしか受け継がれないから、それを辿っていくと最終的に『ミトコンドリア・イブ』というひとりの女性に行き着くんだけど。今の人類はその『ミトコンドリア・イブ』から派生した三十五人の母親の子孫とされていて」

笹川先生はアフリカ大陸を起点に矢印を書き足していき、線を分岐させていく。凪津は『ミトコンドリア・イブ』と小さく口を動かした。どことなくロマンティックな語感で、凪津は密かにボッティチェリの『ヴィーナスの誕生』の裸婦を思い浮かべていた。

「まぁこんな感じでアフリカから世界中に散らばっていったわけ。それぞれのグループは『誕生時期』『場所』『移動の経路』なんかが全く異なってる」

分岐した矢印のいくつかが日本に集まる。

「日本人の約九十五パーセントは三十五人のうちの九人を起源とする『ハプログループ』に分類されるのね。つまりこの九つのルートのどれかで来たってこと。遺伝子を調べれば自分がどのグループに属しているかがわかるんだけど、伴さんは、Bね」

笹川先生は「ちょっと待ってて」と言って生物室を出ていった。しばらくして戻ってくると、一冊の本を見ながら凪津の属するグループについて話してくれた。

Bグループは約四万年前に東南アジアで誕生し、最初に日本に到達した移住民だと言われていると彼女は話した。

「日本人の約十五パーセントはこのタイプみたい。他にもアメリカ大陸とか環太平洋の島にもたくさんいて、例えばハワイの先住民の九割もこのBグループだったりする。つまり海を渡って広がっていったのね」

「当時はどうやって海を？」

「おそらくカヌーでしょうね。たくましい精神よね」

凪津はその瞬間、まるで自分自身が海を渡って旅してきたかのような錯覚に陥った。

何もない四囲に水平線だけが果てしなく続いていて、時に荒波に揺さぶられ、この旅は永遠に終わらないのではないかと思う。しかしそれでも太陽と星の位置から方角を割り出し、木のオールでひたすら東へ漕いでいく。やがて小さな島が見える。それは自分だけの島だ。果実が実り、水が湧き、花が咲いて、鳥が鳴く。ここで生きていく。求め続けた理想郷を、私はたったひとりで見つけた。

＊

生物室を後にし、教室に戻って「オルタネート」を「Gene Innovation」と連携させる設定を済ませた。そして「ジーンマッチ」で検索をかける。「matching now…」という文字が点滅して、結果を待つ間にどんどん胸が高鳴っていく。と、そんな想像をしていたが、実際は拍子抜けするほどあっという間だった。

パーセンテージで数値化されたリストが上から順に表示される。

凪津は自分の目を疑った。

エラーかもしれない。そう思ってしまうほど、信じられない数字だった。

今までは、どれほど相性がよくても六十パーセント台だった。七十以上が出たという話はネット上の噂話では聞いたことがあったけれど、どれも信憑性に欠けるものだった。ましてや、九十二パーセントという嘘のような数字が表示されることなど絶対にありえない。

最も上位に表示された彼の名前は「桂田武生《かつらだむう》」だった。

九十二・三パーセント。

二番目は七十九・五パーセント、三番目は七十八・一パーセントだった。それに続く七十パーセント台は十二名で、六十パーセント台は数えきれないほどいた。

桂田武生だけが、他の人と比較にならないくらいの好相性だった。あまりの現実味のなさに凪津はしばらく放心した。

これほどの数字なのだから、すぐにフロウするべきだ。しかし、目の当たりにするとなかなか指が動かない。まだこの機能を使っている人は少ないだろうから、もう少し待てばもっといい数字が現れるかもしれない。

でも、そんなことはないまま彼にいい相手が出てきたら。そもそも彼にとって自分が一位とは限らない。

いろんな考えが頭のなかをぐるぐる回る。考えても埒が明かなくて、やけっぱちになってフロウした。

彼はフロウを返してくれるだろうか。無視されたらどうしよう。自分だけがはしゃいでバカみたいじゃないか。

いちいちやっかいな自分に呆れていると、スマホから軽快な音がした。画面には「桂田武生さんとコネクトしました！　直接連絡することが可能です！」という通知が表示されていた。

9　衝動

大阪に戻った尚志《なおし》は、ほとんどの時間をベッドで過ごすようになった。高校生の頃によく遊んでいた友達とは、オルタネートが使えないせいで連絡しにくくなった。退学してすぐの頃は電話やメールでのやりとりもあったが、不便に感じるのか次第に減っていった。会うこともなくなり、尚志は時間を持て余した。しかしオルタネートなしでどう過ごせばいいかわからず、かといって何かをする気力も起きなくて、バイトもさぼりがちになり、やることと言えば音楽を聴くくらいだった。

そんな尚志を、祖母も弟も特に気にはとめなかった。祖母はだいたい近所の友人と出かけていて、また高校に上がって充実した日々を送る弟も、無気力な兄の影響を受けたくないのかできるだけ接触を避けているようだった。

食欲もわかず、あまり食べない日が二ヶ月ほど続いた。久しぶりにドラムでも練習するかとスティックを持ってみると力が入らなくて、数回ティッシュ箱を叩いただけで手からすっぽ抜けてしまった。

どれくらい大声が出せるか試してみる。その声は驚くほど乾いていて、自分のものに感じられなかった。閉じっぱなしのカーテンの隙間からこぼれた陽は、尚志の顔の下半分だけを照らし、まさにその口にスポットライトを当てているみたいだった。

突然全てが嫌になり、スティックを拾って家を出た。生まれてからの十七年間で知り尽くした地元でも、足はつい慣れた道を選ぶ。手にしたスティックで、電信柱やガードレールや植え込みの草木を叩きながら、ひたすら夕暮れの街を歩いた。

商店街には人の気配がなく、シャッターに埃が溜まっている店も少なくない。開いている店を覗いてみても人の姿は見えず、中に入って店の人を呼ばなければ誰もやってこない。それでも夜になるとスナックや飲み屋が営業を始め、酒に酔った人でいくらかうるさくなる。喉からぬるい空気を吐き出し、その場しのぎの高揚で苦しみをごまかす。

子供の頃はこの街を面白がれた。きっと動物園みたいな感覚だったんだろう、観察して楽しんでいたのだ。しかし大人に近づくにつれ、他人ごとのように思えなくなってきた。いずれ自分もそうなるのかもしれない。逃げ出したかった。東京の豊《ゆたか》に会えばどうにかなる気がしていた。しかし孤独は東京に行く以前よりも膨らみ、虚無感が身体中を浸した。

商店街を抜けると、汗が滲んだ。ずいぶんと洗っていないTシャツから痺れるような臭いがする。これが俺から出た体液の煮詰まった臭いか。その臭いは自分の亡霊のようだった。尚志はその亡霊に導かれるように歩いていった。やがて雑居ビルが目に入る。アスファルトが照り返す夕陽は、亡霊の濃度をどんどん濃くしていく。

ここにきたのは五年ぶりだった。まさおさんが亡くなったあとも店はしばらく残っていた。まさおさんには親族がいなかったため、『ボニート』を畳むのはビルのオーナーの役目だったが、彼はめんどくさがってなかなか手続きに着手しなかった。それをいいことに、親しかった常連たちは、「献杯」を逃げ言葉に余っていた酒を勝手に飲んだ。ただ酒にありつけるとあって、店主不在の店は以前では考えられないほど盛り上がり、とはいえそれも酒が残っている間だけ、長くは続かず、最終的に『ボニート』に残ったのは空き瓶とバンドセットだけだった。

尚志はそこでドラムを叩き続けた。豊もまさおさんもいなくなった『ボニート』で、黙々とリズムを刻んだ。ドラムの音は塵の舞う室内で暴れていた。

ほどなくドラムもなくなった。オーナーが売ったという。そのお金で店内を清掃し、新たなテナントを募集するという噂《うわさ》だったが、実際にはドラムはほとんど金にならなかったらしい。

ビルの二階に上がると、細長い廊下が懐かしかった。ランドセルを大きく揺らし、廊下を走り抜けていく自分たちの背中が目に浮かぶ。尚志は鮮やかに二人の姿をトレースしていた。『ボニート』の看板は剝がされ、すすけた壁のその部分だけが白く浮いていた。扉は閉まっていたが、ドアノブをひねってみると回った。真っ暗な店内に一歩入ってスイッチを探す。押しても反応せず、パチパチという頼りない音が響く。光を吸い込むような闇が奥へと広がり、果てしなく続いているみたいだった。

見えなくてもわかる。あのときのまま、がらんどうだ。きっと清掃もされていない。

雑居ビルを出て、三年前にできた近くのショッピングモールへと足を延ばした。ここができたせいで商店街から人がいなくなったという文句をよく聞くけれど、そう愚痴っていた人をこのシヨッピングモールで見かけたことがある。

平日とはいえ親子連れで賑わっており、子供達の声がそこかしこで響いていた。エスカレーターで四階に上がり、レコードショップを覗いて試聴してみる。入り口に近いところに設置された新譜コーナーには、ネクストブレイク必至のオルタナバンドと書かれていた。その編成はボーカルとギターボーカル、ベース、キーボード、サンプラーで、ドラムはいなかった。

レコードショップを出て、斜向かいにある『カシワ楽器』へ向かう。

『カシワ楽器』は横に広く、通路からでも誰がいるかわかるくらいオープンな店だ。今は家族連れや、制服姿の中高生がちらほらいて、彼らに対応する三河《みかわ》くんの姿も見えた。

彼は尚志を見つけるなり、よぉ、と手をあげた。

「久しぶりちゃうか」

「忙しかってん」

『カシワ楽器』は廉価な電子ピアノやギター、ベース、ウクレレ、他にはサックスやトランペットといった管楽器など、幅広く楽器を揃えている。しかし各楽器の種類は少なく、専門的というよりは初心者向けの楽器店だった。

「三河くん、叩いてええかな」

レイアウトに困るのか、そんなに売れるものでもないのにドラムは店の中央に置かれていた。購入可能だが誰でも試打可能なので傷がたくさんついていて、もはや売り物というよりもアトラクション用と呼ぶ方が適していた。

「ええよ、お客さんおるから、いつもみたいに頼むわ」

『ボニート』がなくなってからは、『カシワ楽器』に来てこのドラムをよく叩いていた。ここができたばかりの頃からきているから、店長や店員の三河くんとは顔なじみだった。三河くんは五歳上で、中高のOBということもあり、尚志のことを特に可愛がってくれた。客がいないときは迷惑にならない程度ならドラムを自由に叩かせてくれたし、人がいても「お客さんが楽しめるプレイ」という条件付きでやらせてもらえることもあった。特に中学生の頃は、まだ子供っぽい顔立ちだったこともあって、手慣れたドラムプレイとのギャップに店内から拍手が起こることも多かった。つまりこのドラムの傷は、ほとんど尚志がつけたものだった。

自分のスティックを、何度となく叩いてきたライドシンバルの縁にそっと置いてみる。それだけで忙しなかった頭のなかがゆっくりと整っていく。

軽く叩いてみる。凜とした金属音が、水切りの石のように小気味よく遠くまで跳ねていく。そのたった一音が、今の尚志にはとても優しかった。続けて1、2、1、2、3と、スティックを五回重ねてカウントする。

お気に入りのイントロの後、初めて覚えた8ビートを少しゆったりとしたテンポで刻む。走りだしたリズムに身を委ねるようにして、尚志は打音に没入した。やがて16ビートに変わり、間にフィルインを挟むたびに、強弱を変化させながら、様々なニュアンスで遊ぶ。店内にいた客や通路を渡る人がちらちらと視線を向ける。しかし尚志は気にせず、無心に自分から溢れるリズムの海で泳ぎ続けた。

――俺これからもずっと、尚志のファンだよ
なんやねん、それ。

――俺は尚志がうらやましかったよ
なんやねん。

――満ち足りてなさみたいなものが影響してるのかなって
確かに全然満ち足りてへん。なんやずっと空虚や。この空いたところには、いつかなにかが埋まるんやろうか。

豊の諦めを貼り付けたような顔が、頭にこびりついてはなれない。

あいつ、なんであんなおもんなくなってん。もっと気の利いたこと言うやつやったんちゃうんか。なんやねん、つまらんことをつまらん顔でいいやがって。なんやねん。なんやねん。

尚志は突然、手足を止めた。

それまで浮遊していたリズムが不意に消え、眺めていた人たちは表情を変えた。音が止まっただけなのに、妙な緊張感がショッピングモールの一角に張り詰めた。

それまで力まずにドラムを叩けていたはずが、急に手足が不規則に震え始め、身体が縛られたように動かしにくくなった。

誰かに押さえつけられている。さっきの亡霊の仕業に違いない。

尚志は振り払うように、そして震えに構うことなく、思い切りクラッシュシンバルを鳴らした。

それは破壊的で、建物を一瞬で崩してしまうような爆発音だった。

もう一発叩く。続けざまにもう一発。単発の破壊音は、繋げることでリズムになった。

オープンにしたハイハットとスネア、バスドラを力一杯鳴らす。耳をつんざく音に、聞いていた人たちは顔をしかめた。尚志は大音量で耳障りなアタック音を欲した。どうせならもう自分の耳など壊れてしまえばいいのだ、耳どころか手も足も、全身が弾け飛んでしまえばいいのだ。

苦しさは増す一方だったが、尚志は手足を止めることができない。まるで子供が無邪気にものを壊すような動きで、次第に打音の甚雨《じんう》は耐えられないほどになった。

ビートの向こうで誰かが「なおし」と呼ぶ。

これも亡霊だろうか。

肩を摑まれた。しかし身体を止めるわけにはいかなかった。尚志はさらに残りの力を全て注いで、シンバルを打ち鳴らした。

「なおし！」

まぶたを閉じると、身体は手と足先だけになったみたいだった。四肢だけの生き物。尚志は想像して少し笑った。その瞬間、ふっと腰が浮いた。それでもなお、ドラムに手を伸ばす。しかしほどなく後ろに吹き飛ばされ、背中を壁に打ち付けた。

「なにしてんねん」

尚志の顔をのぞき込んだのは三河くんだった。眉間に皺が寄っている。

「なに、してんねん」

三河くんはもう一度そう言ったが、その声はさっきよりも優しかった。

＊

『カシワ楽器』のスタッフルームに連れていかれた尚志は、「少し休め」とパイプイスに座らされた。三河くんは何も尋ねず、「いつまでいてもいいからな」とだけ言って店内に戻った。

スタッフルームは楽器店とは思えないほど静かだった。換気扇の回る音だけが一定の音程で響いている。尚志はそのまま眠りに落ちた。起こされたのは店を閉めるタイミングだった。目を開けた尚志は不思議なほど落ち着いていて、「今日はご迷惑をおかけしました」と三河くんに謝り、ショッピングモールを後にした。

商店街にはぽつぽつと電気がついていて、飲食店の扉の隙間からは笑い声が漏れてくる。持ち歩いていたスティックでその店の扉を叩いた。カシャン、と鋭い音がすると、店の奥から誰かが向かってくる。尚志は駆け足で家へと戻った。

その帰路で祖母の姿を見た。声をかける気にはならなかった。尚志は一定の距離をとりながら、後をついていくようにして歩いた。

アパートの四階まで階段を上がっていく祖母を建物の外から眺める。「エレベーターがないぶん、この家は安いんや」と父が言っていたのを思い出す。祖母はしんどそうで、ときどき踊り場で休んでは、またゆっくりと上がっていった。

姿が見えなくなったところで、自分も階段を上がる。前まで行くと窓が少し開いていて、「あれ、尚志は？　おらへんの？」という声が聞こえた。

「家帰ってきたら、もういいひんかった」

「どこいったん」

「知らんわ、そんなん」

「ずっと家におるかと思ったら、急にいなくなって、ほんま変なやっちゃな。ご飯はどうする？」

窓を挟んですぐのシンクで手を洗いながら、「野菜炒めとか、作ろうか」と祖母が弟に声をかける。

「せやな、カップラーメンにそれのせて食うわ」

冷蔵庫を開ける音がする。数えきれないほど聞いてきた生活音がひとつひとつ際立って、姿は見えないのに部屋での二人の様子がありありと目に浮かぶ。

「家の外にでるようになっただけええか」

祖母が野菜を切りながらそう言った。

「このままずっとおられたらどないしようかと思ってたし。あんたかて、豊くんにちゃんと言ってくれたんやろ？」

「言った言った、『変な期待持たせんといて』って」

まな板を叩く包丁のリズムが不安定で気になる。

「その『変な期待持たせんといて』って言い方がちゃう方にとられたんちゃう？」

「そんなことないと思うで」

「ほな何て言ったん？」

「『兄貴は高校やめてふらふらしとって、しゃあなしにバンドの夢を追ってる。東京行って豊くんと会ってそんなこと言われると思うから、ちゃんと断ってくれへんかな』ってそう言うた」

「そしたら？」

「医者の親の後を継がなあかんから、そんな余裕はないゆうて笑うてた」

かちかちかちっどぅふっ、とコンロに火がつく。

「それは尚志が豊くんに会う前の話やろ？　会ってからはなんか言ってたんかいな」

「『ちゃんと言った』って言うてたで。しかも『ドラムもやめたほうがいい、働いたほうがいい』とも言ってくれたって」

——尚志はドラム、叩き続けなよ。いつか聴きに行くからさ
「ほんなら、それ真に受けて落ち込んでたってことやな」

熱せられたフライパンに野菜が放り込まれ、水分が空中に放出される。窓の隙間からその蒸気がもれ出し、夜の空へと立ち上っていく。壁にもたれかかって耳を傾けていた尚志は、しゃがみこんでその蒸気を見上げた。空の向こうには名前のわからない星が三つほど光っている。

目線を前に向けると、柵の隙間から街の景色が覗いていた。明かりはまばらで、商店街の街灯だけが通りをなぞるように灯っている。車はないのに、信号はひとり青から黄色、赤、そして青を繰り返している。やっぱりここは亡霊の街だ、と尚志は思う。

自分の知らないところでやりとりが行われ、そのやりとりとは違うことが自分には伝えられ、そんな風に、みんなが嘘をつきながら自分の話をしている。混乱はしなかった。全部亡霊のしわざにすぎひんもん。だけどいつまでも亡霊と仲良くしてられへん。ちゃっちゃと成仏してくれへんかな。頼むわ。

「そろそろ尚志も帰ってくるやろか」

「と思うで、もうええ時間やし」

「もう一人前作っといたろうか」

「せやな」

「ほんなら肉入れたろ」

「なんで兄貴だけ肉入れんねん」

「ええやろ、今日は」

「しゃーないなぁ」

「おばあちゃんが腕によりをかけてうまいもん作ったるからな」

「だから俺のも腕によりかけろや」

二人の笑い声が蒸気とともに窓からこぼれる。二人は尚志の知らない人を待っている。

10　予感

「私のなかではほぼ決まってるんだけど」

　プリントアウトした部員からのメールを、ホワイトボードにマグネットで貼っていく。紙にはイチジクを使った料理の写真とレシピ、それを作るに至った意図が書かれていた。ダイキと笹川《ささがわ》先生と昨年度部長の澪《みお》がひとつひとつ丁寧に読んでいく。すでに目を通している蓉《いるる》は、全てを貼り終えると後ろの調理台に寄り掛かった。

　澪は円明《えんめい》学園大学の文学部に通いながら、料理修業のために実家の料理店と並行して数軒のレストランで働いている。決して余裕のある生活ではないのに、卒業後も蓉を気にかけ、二人は頻繁に連絡を取り合っていた。先日『ワンポーション』に今年も応募すると報告したところ、「なんでも相談に乗るよ」と言ってくれたので、蓉はその言葉に甘えて「ペアの相手を一緒に考えてほしいんです」と頼んだ。彼女は快く受け入れ、今日も勉強や仕事の合間を縫ってかけつけてくれた。

　調理室の静寂とは対照的に、炎天下のグラウンドではサッカー部員の声が激しく飛び交う。

「スイーツばっかりね」

一通り目を通した澪が、独断で選外としたレシピを取り除いていく。

「スイーツでもいいとは思うんですけどね。既視感がないものだったら」

蓉はそうこたえながら、調理台から離れた。

部員全員から『ワンポーション』へのエントリーに必要なイチジクのレシピを募集したものの、そのほとんどが特に工夫のないケーキやタルト、パイやジェラートなどのスイーツだった。

「恵末《めぐみ》のレシピは悪くないじゃん。でも出る気ないんだっけ？」

ダイキは腕を組んで、そう言った。

「うん。なんとなく恵末と組むことになるかなって最初は思ったけど、断られちゃった。だけど、それでもレシピは一応考えてくれたの」

蓉としては、同じ三年生で経験豊富な恵末が最有力候補になるだろうと考えていた。しかし彼女から送られてきたメールには「参加する気はないんだ。ごめん」と添えられていた。理由は聞かなくてもわかった。彼女は傷つく蓉を間近で見続けてきた。

「恵末にもし出る気があったとしても、私は選ばない」

澪は恵末のレシピも外し、厳しい口調でそう言った。蓉も同じ意見でほっとした。

恵末のレシピはベトナムのサンドイッチ「バインミー」風に、バゲットにイチジク、レバーパテ、生ハム、スライスオニオン、パクチーを挟み、ナンプラーとチリソースで味付けをしたものだった。スイーツではない点はよかった。ただ、いまひとつ面白みに欠ける印象で、自分が好きなものを組み合わせて得意な方法で調理しただけに思えた。

「この子なんでしょ？」

澪はホワイトボードに一枚だけ残ったレシピを指差した。

「そうです」

ダイキがレシピをぐっと覗き込んで、「あの子がこんな大胆なアイデアを出すなんてね。人は見かけによらないねー」と言うと、笹川先生は「テストの成績はあんまり良い方じゃないのよ。好きなことに没頭するタイプなのかしらね」と返し、すぐさま「こんなこと教師が言っちゃダメよね」と口を押さえた。

一年生の山桐《やまぎり》えみく。彼女のメールには、「イチジクの寿司」というタイトルが付けられていた。写真を見ると、イチジクだけではなくレモンやオレンジなどの寿司もあった。とてもカラフルな写真でかわいらしかったが、第一印象ははっきりいって幼稚なアイデアだと思った。

しかしメールの本文に書かれたえみくの意図には引きつけられるものがあった。


――この料理は、私の好きな詩にインスパイアされました。それはウルグアイの詩人フアナ・デ・イバルブルの詩です。

続いてその詩が引用された。

イチジクの木

ごつごつしてみっともないから、
どの枝もくすんだ色をしているから、
私はイチジクの木を気の毒に思った。

私の農園には百本の美しい果樹が植わっている。
丸みを帯びたプラムの木、
まっすぐなレモンの木、
つややかな芽を出すオレンジの木。

春には、
すべての木々が花で覆われる
イチジクの木のまわりで。

可哀想な木はとても淋しそう
ねじ曲がった枝が
固く締まった蕾をつけることは決してない……

だから、
彼女のそばを通るたび
私はこう言う、なるべく
優しく、楽しげな調子で。
「イチジクの木がいちばん美しい
果樹園のすべての木々のなかで」

もし彼女が耳を傾けることができるなら、
私の話す言葉を理解できるなら、
深々と甘い喜びが
木の感じやすい魂のなかに宿るだろう！

たぶん、夜になって、
風がその梢を煽ぐとき、
嬉しさのあまり得意になって話すだろう、
「今日ね、私、きれいだって言われたの」

ファナ・デ・イバルブル
訳・斎藤文子

──私はこの詩が好きです。読むといつも励まされます。イチジクの花は外側から見えないから、無花果と書くそうです。不格好な木に見えても、イチジクには秘めた美しさがあります。

だから私はイチジクで、お花のような、きれいなお寿司を作りたいと考えました。そしてイチジクだけでなく、この詩に登場する、プラム、オレンジ、レモンも使ってお寿司にしました。だけど主役はイチジクになるような盛り付けにしています。

ご飯とフルーツを合わせることに抵抗がある人もいるかもしれません。けれどひとつひとつにフルーツを合わせ、イチジクのご飯にはオリーブオイルを加え──


それから、各寿司について説明があった。写真にあるイチジクの寿司は米の上にバラのように盛られており、生ハム、チーズ、バジルなど、一般的に相性のよいとされるものを合わせて花を再現していた。そのほかのフルーツも同様でそれぞれの特性を活かしたレシピになっていた。

問題点は多い。えみく自身も言っているようにフルーツと米という組み合わせを快く思わない人もいる。それにイチジクの果肉はかなりやわらかく、薄切りにして巻いて花に見立てるためには、何かハリのあるもので支えなければならなかった。このレシピでは生ハムにイチジクをのせてそうしているが、となるとかなりの大きさになる。少なく見積もっても十センチくらいはあり、寿司というには無理がありそうだ。ダイキはこれを見て「どっちかって言うとチラシ寿司だな」と言った。それを聞いた澪が「無理に寿司にしなくてもリゾットとかにした方がいいかも」と続けた。固めのリゾットをセルクルで型抜きし、その上にイチジクで作った花を盛りつけるのは確かに悪くない。

このように、新たな提案をしたくなるレシピは他にはなかった。なにより彼女の発想に驚かされた。この詩からフルーツで花の寿司を作るというひらめきは、どれだけ考えても自分からは出てこない。

「いろんなこと置いといてさ、必要な相手だと思うよ、この子。蓉はこういう遊び心のある子とやったら、きっとうまくいくんじゃないかな」

「ただ山桐さん、包丁さばきとか、手際に不安があって。スピード、大事じゃないですか」

「だからそこは蓉がカバーするんでしょ。お互いに、助け合わないと」

しかし本当の懸念はそこではなかった。

『ワンポーション』ではお互いの信頼がとても重要なのに、彼女は部員の中で最も遠い存在だった。

チヂミを作ったあの日、本格的じゃだめですかと言ったのは彼女だった。対する蓉も高圧的にこたえてしまったことで、二人の関係はぎくしゃくするようになってしまった。以降も似たようなことが度々あり、他の調理部員たちは蓉とえみくが不用意に近づきすぎないよう気づかったりしていた。

しかし『ワンポーション』は刻一刻と迫っている。優勝を目指すなら、彼女から逃げるわけにはいかない。そう思って蓉はえみくをここに呼び出していた。

待ち合わせの午後一時ちょうどに山桐えみくはやってきた。制服姿の彼女は明るく染めた髪を後ろで一つに縛り、毛先をしっかりとカールさせている。アイラインは目尻から跳ねるように伸びていて、夏休み限定のファッションを楽しんでいるらしい。

「なんですか？」

えみくは顎を上げ、気だるげにそう言った。

話があるから学校にきてほしいということ以外に何も伝えていなかった。もしダイキや澪や笹川先生が他の部員の方がいいと言った場合は、まだ彼女に決めきれない可能性もあったからだ。

「山桐さんのレシピが一番よかった」

蓉は率直にそう言った。彼女にはひねったアプローチをするよりも正面から体当たりする方がよさそうだった。「ここにいるみんなも同じ意見だったの」と続けると、えみくの表情が突然晴れやかになる。ただ彼女の視線は蓉ではなく澪に向いていた。

「多賀《たが》澪さん、ですよね」

えぇ、と澪が困惑していると「ファンです！」とえみくは勢いよく近づいた。

「『ワンポーション』、何回も見ました。多賀さんに憧れて、この高校に入学したんです。澪さんって呼んでもいいですか？」

澪は面喰らいながらも「あなたのレシピ、とても面白いと思ったよ」と言うと、えみくは口元を押さえ「澪さんに褒められるなんて」と今にも泣き出しそうな声をあげた。彼女の反応はイメージと全く違って、あまりの健気さに蓉は唖然とした。一方ですとんと腑に落ちるものもあった。

蓉は背筋を伸ばし、改めて「だから山桐さんに、私とペアになって『ワンポーション』にエントリーしてほしいの」と言った。

「私のこと、好きじゃなくてもしかたないと思う。それでも、私と一緒にエントリーしてもらえるかな」

彼女が初めて参加した部活の終わり、あんなことを口にしたのはきっと澪のファンだったからだろう。最後の挑戦となった昨年の『ワンポーション』ではどうしても彼女に勝ってほしかったはずだ。自分はそのチャンスを潰した張本人なのだから、敵視するのもよくわかる。

「新見《にいみ》先輩のこと、嫌いなわけじゃないです。だって澪さんが選んだペアですし、新見先輩がいたから円明学園高校はあそこまでいけたわけで、今も一緒に部活をやれて光栄だと思っています」

「でも私のこと、冒険しない人ですもんね、って」

「それは」

えみくは顔を歪め、うつむいた。

「入部したら、絶対に仲良くなろうって思ってたんです。新見先輩に会えるのを楽しみにしていたんです。それで入部してすぐオルタネート始めて先輩のアカウントを探しました。でも、やってなくて。勝手だってわかってるけど、裏切られたような気がして、だけどやっぱりとも思ったんです。あの決勝戦とかぶっちゃって」

彼女はそれから胸に手を置いて「ひどい言い方してごめんなさい」と言った。飾り気のある外見とは裏腹に、爪だけは何もしていなかった。彼女と初めて話した日は、そうじゃなかったことを思い出す。

「そんな風に思ってたなんて。ごめんね」

「謝らないでください。全部、私のわがままなんです」

そう言い合ったものの、積もったわだかまりがすぐに解けるということはなかった。彼女の言い分はわかったけれど、それにしたってなかなかの振る舞いだったし、オルタネートをしていないだけでこうまで思われてしまうことがいまいちピンとこなかった。

こんな状態では『ワンポーション』での優勝は夢のまた夢だ。私からまずは彼女を許すべきなのだろう。しかしその考え方も傲慢な気がする。

「じゃ、えみくは『ワンポーション』出るんでいいんだよね？」

蓉の思いをよそに、ダイキは楽観的な口調でそう声をかけた。

「本当に私でいいんですか」

蓉がこたえる前に澪が「山桐さんじゃなきゃ、だめなんだと思うよ」と言うと、えみくは頰を紅潮させ「はい、よろしくおねがいします」と力強くこたえた。

それからえみくの話を聞いた。彼女は中学二年生まで料理を全くしたことがなかったが、偶然見た『ワンポーション』でその面白さに目覚め、円明学園高校の受験勉強と同時に料理のことも学んだ。とはいっても料理にまつわる映像作品を見たり、本や漫画を読んだりする時間の方が多く、料理は受験に合格するまで家事を手伝う程度の経験しかなかったという。だとすると、今の調理技術は入学が決まってからこの夏休みまでの間で身につけたのだから、すさまじい成長ぶりだ。

来週までにエントリー用紙を完成させ、『ワンポーション』事務局に送らなければならない。それまでにこのイチジクのフルーツ寿司をブラッシュアップして仕上げ、その制作をしながらチームワークと技術の向上を狙う。部長としての仕事は恵未や他の部員の力を借り、蓉とえみくは『ワンポーション』に向けた作業に集中させてもらう。澪とダイキは時間のあるときは顔を出すと言ってくれた。

フルーツ寿司をリゾットに変える案が出たとえみくに話すと、彼女は「その手がありましたね」と納得した。他にも澪から「フアナ・デ・イバルブルってウルグアイの人なんだよね？　少しウルグアイの要素があってもいいかも」という意見もあった。蓉も賛同したけれど、ウルグアイ料理に馴染みがないので、織り交ぜるかどうかは次回までの宿題にした。

「山桐さん、よろしくね」

蓉が改めて手を差し出すと、えみくはおもむろにその手をとって「はい、よろしくお願いします」とかしこまった。距離を縮めるつもりだったが、彼女とは目が合わず、手のひらからもよそよそしさが伝わる。どうしたものかと手を重ねながら考えていると、突然調理室の扉が開いた。

五人が目を向けると、男子がおそるおそる顔をのぞかせた。その顔に蓉は驚いたが、それ以上にえみくが「え!?」と驚嘆の声をあげた。

「三浦栄司《みうらえいじ》!?」

三浦くんは「どうも」と小さく会釈する。

「やばっ、なんで？　なんでここに三浦栄司がいるの？」と興奮するえみくをよそに、「いたー、よかったぁ」と嬉しそうに笑って入ってくる。

「『ワンポーション』出るって言ってたから、もしかしたら夏休みでもいるかなぁと思ったんだよ」

「どうして？」

「警備員に止められそうになったんだけど、その人『ワンポーション』観てくれてたみたいで。『調理部に挨拶に来たんです』って言ったらすんなり入れてくれた。こんなにセキュリティ甘くて大丈夫かな？　あ、そういう意味じゃなくて？」

蓉が思わず後ずさりすると、「迷惑だったかな」と鼻をこすった。

「フロウしようと思って検索したんだけど、新見さんいなくて。てっきりやってるものだとばかり思っていたから」

「それで、わざわざ？」

「うん、連絡先教えてもらおうと思ってね。次会うのが『ワンポーション』になるのは、いやだったから」

このやりとりを見ていたえみくは何を勘違いしたのか、「もしかして敵情視察ですか」とか「もしかして新見先輩って永生《えいせい》第一高校のスパイですか」とか的外れなことを大まじめに言っていて、それを耳にした三浦くんは「あはは、そう思われてもしかたないか」とこめかみのあたりを掻いた。

「そんなことないよ。本当に純粋に、新見さんに会いに来ただけ」

ダイキがにやにや笑ってこっちを見る。蓉は三浦くんの腕を引っ張って、ひとまず調理室から出た。

廊下は調理室よりも暑くて、それでも歩いていると、どこかの教室からエアコンの冷気を感じる。校舎を出ると激しい熱気と蟬の声が二人に押し寄せた。「外、暑くない？」と彼は心配するように言ったが、「平気平気」と蓉は強がった。

高校の敷地を出て大学の方へ行くと、メインの通路にケヤキが植えられていて、その下にあるベンチに並んで座る。早足で歩いたせいか、心臓がどくどくする。だけど三浦くんは平然としていて、男の子だなぁと感心する。

それから二人の間に変な沈黙があった。バスケのインターハイのときも、さっき調理室にやってきたときも、三浦くんはよく喋っていた。だから彼の方から何か言い出すだろうと思っていた。しかし黙ったままで、蓉が困っていると彼がようやく「今、すごい気まずいって思ってるでしょ」と言った。

「人がいきなり黙るとさ、すごく嫌だよね。相手は何考えてるんだろうとかぐるぐる考えちゃうし、こっちが何か言わなくちゃいけないみたいな気になるし。沈黙ってマジで暴力だよ」

何をしたいのかさっぱりわからない。とても自分勝手だと思うけれど、彼は悪びれる様子もなく、手を組んで大きく伸びをした。

「甘い、におい」

「えっ」

「バニラ？」

蓉が尋ねると彼は、あっ、と自分の髪を見るように目線を上に向けた。

「あぁ、においする？　バニラオイルが髪についちゃってさー。もう自分がバニラになったみたいで、この暑さで余計にもわっとにおいが湧き上がっちゃって、気持ち悪いんだよね」

蓉が考えるような表情を浮かべると、「昼に妹とシフォンケーキ作ったんだ」と話を続けた。

「中学生の妹がいるんだけど、作り方教えて欲しいって言うから。それで久しぶりにバニラオイル使おうとしたら蓋が固まってて、無理やり開けたら、中の液が飛んできてさー。髪、水で流したんだけど、やっぱりちゃんと洗わないとだめなんだよなぁ。オイルって手についてもなかなか取れないから、ほんと大変」

三浦くんが妹とシフォンケーキを作っているところを想像すると、なんだか微笑ましかった。

「ねぇ、今度俺の料理、食べてよ」

地面には葉の影が落ちていて、三浦くんはぎざぎざの縁を足でなぞった。

「新見さんに食べてほしいって、こないだおにぎりもらったときに思ったんだ」

それから足の甲に影を乗せて、じゃれるように動かした。

「あれを食べた時にね、新見さんって、いい人なんだって思ったんだ。あのおにぎり握ったのは新見さんじゃないかもしれないけど。でも、俺、ちょっと新見さんを食べた感じがしたというか」

どきっとして顔を見ると、彼は「ごめん、なんか気持ち悪い言い方しちゃったね」と取り繕った。

「でも変な意味じゃなくて、本当にそう感じて。だからさ、俺の料理も食べてほしいって」

「あれ握ったのは私だよ」

「やっぱり」

セミの抜け殻がどこからともなく落ちてくる。

「わかるんだよ、伝わるんだ」

セミの抜け殻はまるで迷子になったみたいに風でいったりきたりした。

「三浦くん、私に食べられたいの？」

蓉がいたずらな調子でそう言うと、三浦くんは少し困った顔をして「うん」と言った。その表情にこれはまずいと思って視線を逸らした。

「今月、来週とか、空いている日教えて」

彼はスマホを取り出し、電話番号を表示した。

「さすがにスマホは持ってるよね」

「オルタネートしてないだけで、原始人扱いだね」

電話をかけると、三浦くんのスマホに蓉の番号が表示された。

「ありがとう。絶対、食べにきてね」

それから三浦くんはスマホで時間を確認し、「ごめん、もういかなくちゃ。会えてよかった。いないかもと思ってきたから。じゃあまたね」と手を振った。

「うん、バイバイ」

三浦くんは大学門から帰っていった。彼の背中を見送ると、ダイキからショートメールが届いた。(彼女いないって)という文面とともに一枚のスクリーンショットが添付されていて、それは三浦栄司のオルタネートのプロフィールだった。

まだバニラの香りが残っている気がした。セミの抜け殻は、どこかに流れて消えていた。

11　執着

目的地が近づくにつれて、電車内に浮ついた気配が強まっていく。窓から見える景色は、都会のビル群から住宅地へと様変わりしていき、建物の高さはどんどん低くなる。男の子が鮮やかな青空にちりばめられた雲を指差し、笑顔で母親に話している。

その光景は凪津《なづ》を少しだけほっとさせた。だけどまたすぐに落ち着かなくなる。

桂田武生《かつらだむう》は埼玉に住んでいて、地元の高校に通っている同い年の高校一年だった。オルタネートの写真ははっきり言って地味で、特に印象に残らないような顔をしていた。プロフィールにあるのは誕生日だけで、それ以上のことは知りようがなかった。凪津はというと、プロフィールには好きな芸能人から苦手な食べ物まで細かく載せていて、他のＳＮＳのリンクもいくつか貼っていた。そんな風に情報はほとんど公開していたので、自分の方が不利な気分になる。

コネクトしたあと、凪津の方から（よかったら会いませんか）とメッセージを送った。返事はすぐ届いた。（よろしくお願いします）。ふたりのメッセージが表示される画面は驚くほどシンプルだった。

順調だったのはここまでで、ふたりのやりとりはぴたりと止んだ。デート経験のない凪津にとって、彼とどのように会えばいいのか考えが及ばなかった。彼の方から提案されるのを待ってみたものの、いつまで経っても画面に変化はなく、凪津はしかたなく志於李《しおり》の力を借りることにした。

桂田武生のことを話すと、彼女は自分のことのように喜んだ。すぐにデートプランを組み立ててくれて、「もし付き合うことになったら一緒にダブルデートしようね！」と凪津の考えもしなかった未来を口にした。

駅を抜けると夏特有の彩りが目に飛び込み、凪津の心もいくらか躍る。海水浴目当ての観光客たちは照りつける太陽に目を細めつつ、海岸に向かっていた。凪津はその流れに逆らい、スマホの地図を見ながら歩いた。

すでに待ち合わせの時間を過ぎていた。わざと遅刻したつもりだったけれど、相手をいらつかせていないか心配になる。

五分ほどして、『カフェ　ランドゥー』という古びた看板が路地の奥に見えた。近づいて薄汚れた窓から覗いてみると、暗い店内にたったひとり、メガネをかけた青年がうつむいてスマホを弄《いじ》っている。彼の風貌はオルタネートの写真とほとんど同じだった。

実感はなかったが、そういうものなのかもしれない。水槽のメダカを見るようにじっと観察していると、窓越しに店員と目が合う。凪津は覚悟を決めてドアに手をかけた。

ドアベルの音がチリンと鳴った。桂田が視線を上げて凪津を一瞥する。会釈したり、手をあげたりしないまま、桂田は再びスマホに視線を戻す。拒絶されたみたいで引き返したくなるが、おそるおそる彼のイスの前に腰を下ろした。

「遅くなってごめんなさい」

凪津が声をかけると、「大丈夫です、ゲームしてましたから」と小さい声が聞こえた。その声は思いのほか高く、少し鼻にかかっていた。テーブルには乳褐色のドリンクが置かれている。カフェオレだと思ったが、気泡が浮いているので微炭酸の飲み物のようだ。

「それなんですか？」

グラスを指差すと、「キューピットです。すみません、ちょっと待ってもらえますか」と彼は言った。意味がわからなくて聞き返そうとしたけれど、切りが悪いのか桂田は真剣な面持ちでゲームを続けていて、凪津はそれが終わるのを待つことにした。機敏に指を動かす彼をよそに、店員が水とおしぼりを持ってきて「何にしますか」と尋ねたので、メニューをもらう。そこには確かにキューピットも載っていた。

凪津はクリームソーダを頼んだ。上にのったアイスを口に運びながら、桂田を眺める。

癖のある髪の毛が、言うことを聞かない幼稚園児たちみたいに好き勝手に暴れていて、前髪のかかったメガネのレンズは傷つき、皮脂で曇っている。その奥の黒目はスマホの中の何かを求めてさまよっていた。無地の白いTシャツの襟首はのびてだるんだるんで、そこから突き出た細い首や腕は白く、頼りなかった。

彼のTシャツを見てフェロモンテストのことを思い出す。このTシャツを思い切り嗅ぐ自分を想像して、思わず顔が歪んだ。几帳面な凪津からすれば、彼の出で立ちは自分の性格とは全く違う。もし自分が男の子だったとしても、桂田のような外見にはきっとならないだろう。だけど相性というのは共通点だけじゃない、と自分に言い聞かせる。

凪津がスマホをテーブルに置くと、待ち受け画面に時間が表示された。画面が暗くなると、タップして再び時間を表示させる。どれくらい待たされるんだろう。時間を気にしないようにスマホをひっくり返す。最近買ったばかりのスマホケースには飛行船のイラストが描かれていて、凪津はそれを指でなぞった。すると桂田は「あぁ」と落ち込んだような声を出し、「すみません、お待たせして」と謝った。

「だめですよね、初対面なのにゲームが終わるまで待たせるなんて。ちょうどイベントが始まっちゃってやめられなくて」

桂田は悪びれて肩を丸めた。

「なんのゲームですか？」

凪津が尋ねると、桂田はスマホの画面を向けた。そこにはデフォルメされた美少女キャラがたくさんいて、「この子たちが戦うバトルRPGです」と説明された。

「ゲーム、しませんか？」

「うん、あんまり難しいのにはついていけなくて」

「そうですか。オルタネートで『ジーンマッチ』する人は、絶対ゲーム好きだと思っていたんだけどな」

そう言って彼はキューピットを飲んだ。

「そういう目的ですか？」

「えっ？」

『ジーンマッチ』をしたのはゲーム好きの人を見つけるため？」

桂田は面食らったような表情で「いえ、そうじゃないんですけど」と目線を泳がせた。

「ただ、勝手にそう思っていただけです」

「じゃあ、どうして？」

桂田はメガネのツルの左右に手を当て、「えっとぉ、新しいものが好きだから？」と言った。

「高校生しかできないオルタネートって、僕には新しかったし、この新機能を試してみたかったし。それに、自分の遺伝子のことを知りたかったですし」

それまで無表情だった彼は突然「僕の祖先は中国大陸発祥のDグループで、日本で一番多い遺伝子でした。稲作文化を持ちこんだグループらしいです」と言ったので、「私はBグループ、海を渡って広がったそうです」と返した。

凪津はアイスをソーダに押し込んだ。炭酸が浮いてきて、グラスから溢れそうになる。

「伴《ばん》さんは、どうして『ジーンマッチ』を始めたんですか？」

伴さん、と呼ばれ、びっくりした。コネクトしているのだから当たり前のことなのに、彼が自分の名前を知っているということをまだ受け入れられていなかった。

「それは」

凪津は少し言いかけて、「いつか、言える時がきたら話します」とぶっきらぼうにこたえた。

桂田は「そうですか、そうですよね」とうつむいた。

「まだ会ってちょっとですしね」

桂田は窓の外に目をやった。申し訳ないような気もしたが、ちょっとだけ復讐めいた気持ちもあった。

オルタネートに裏打ちされた出会いならば、どんな相手でもきっと後から恋心がやってくる。だから最初の出会いはそれほど重要ではない。そう思っていたはずなのに、どこかで劇的なものを期待していた。完璧な相性には自ずとそういうものが付いてくるはずだと信じていた。だけど彼の一挙手一投足になんらときめきはなく、学校にいる男子と何も違わず、むしろそれ以下かもしれなかった。

「桂田さんは」

彼も名字を呼ばれたことに少し戸惑ったようだった。

「『ジーンマッチ』で繋がった人と、会ったことはありますか?」

「いえ、ないです。伴さんは?」

ない、と言われて安心するくらいには、心は冷め切ってはいなかった。それでもまだ、復讐心の残り火が「はい、何人か」と凪津に嘘をつかせた。

「そうですか」

それから長い沈黙があった。凪津は自分から口を開かないことに決めたが、彼も話す気がないようだった。

志於李は、初デートは映画館だったと話していた。何を話せばいいかわからなくても映画を見ていれば時間は過ぎていくし、見終わったあと映画について話し合えるから、初対面同士にはうってつけだった、と言った。けれど凪津はそうは思わなかった。むしろ何を話せばいいのかわからないときこそ、その人の人間性が見える。沈黙こそ相手の本質なのだ。

そう息巻いていたのに、自分がいざその立場になると相手の人間性を確かめる余裕がない。今の自分は彼から意識を逸らそうとしている。

もっと飛躍したことを考えようと思った。最近発売になったコスメとか、昨日見た泳ぎが下手なペンギンの動画とか、ランディがひとりであげている動画がつまらなくて再生回数が伸びないからダイキに復縁を迫っている話とか。けれど、どれもぶつ切りになって続かない。その間、桂田武生は冷凍保存されたみたいに固まっていて、微動だにしなかった。

どのくらいの時間が経ったのか。そしてあとどれくらいの時間をこうしているつもりなのだろうか。不毛すぎる。桂田武生はありえないと今すぐジャッジして、引き返すべきだ。それでも凪津の背中をオルタネートが引き止める。

「九十二・三パーセント」

頭の中で言ったつもりが、つい声に出てしまった。桂田は凪津に向かって顔を上げた。うっかり我慢比べに負け、悔しくて拳をぎゅっと握った。凪津は諦めて、話を続けた。

「私と桂田さんの相性はオルタネートによると、九十二・三パーセントだそうです。これは、平均から見てもかなり高いです。私のリストの中では断トツでした」

「そうですね」

久しぶりに口を開いたからか、桂田の声はかなり粘ついて聞こえた。

「僕も、そうでした。他の人は、七十パーセントいくかどうか」

桂田にとっての凪津は、凪津にとっての桂田よりも群を抜いているようだった。

「この相性は、オルタネートの膨大なデータに裏打ちされているわけで、私は間違っていないと思っています。でも今のところ、そうでもなさそうじゃないですか」

桂田がばつが悪そうに、頬を指でこする。

「私たちは本来は相性がいいはずなんです。そして、どのように相性がいいのか、私は知りたいんです」

彼は明らかに困っていて、その態度がまた凪津をいらつかせた。

「ねえ、なんで、新しいものが好きなんですか？」

キューピットが入ったグラスのまわりは結露で濡れ、店名の書かれたコースターを湿らせた。クリームソーダのグラスも同じように濡れている。

「なんでだろ、考えたことなかった」

桂田はまたメガネのツルの左右に手を当てた。

「でも、多分、可能性」

頭を働かせながら話しているからか、言葉が途切れ途切れになる。

「そう。新しいものは、自分を今いるところから別のところへ連れ去ってくれる可能性があるじゃないですか。過去から現在までと、現在から未来は、基本的に地続きだから、何か起きなければ今と同じような未来しか待ってないけれど、新しいものは、その未来を変化させる可能性、いいものか悪いものかはその先にいかなきゃわかんないけど、起爆剤、分岐点、そういうのになるから。そしたら今とは違う自分が」

「じゃあ、今いるところは、いやなの？」

凪津は前のめりになってそう言った。

「新しいところへ行っても、そこだっていつかは古いものになるし、変化ばかりを求めていたら、永遠に安定しないでしょ。新しいものがいいってことは、どこにいっても満足できないということの裏返しじゃないですか」

アイスの溶け切ったクリームソーダは濁っていて、汚らしかった。

「変わりたいなら新しいものに期待しないで、今、自分で動くべきでしょ。誰かが、何かが変えてくれるなんて、そんな都合のいい未来がやってくる保証なんてない。願ってばかりじゃ何も変わらない。だから私は今までだって」

そこで凪津は口を閉じた。目は乾いて、身体は熱くなった。もどかしくて、歯がゆくて、どんな言葉も自分に向けて言っている気がする。

「そうかもしれないですね」

桂田は言い返したりせず、首を上下に動かした。それからおどけたように笑って「僕は逃げてるだけなのかも。伴さん、頭いいですね」と言った。

「頭いいとか、悪いとか、そんなの」

彼と話していると、自分のことが嫌いになる。

「あの」

桂田の声がちょっとだけ大きくなった。

「伴さんは、どうして、僕と会ってくれたんですか？」

「それはだから、九十二・三パーセントで、一番高かったから」

「でも、僕以外の人とも会ったんですよね？」

「え？」

「さっき、何人か『ジーンマッチ』で会ったって言ってたから」

「それが？」

「いや、普通、一番高い人から会うんじゃないかなって。でも初めは僕を外して他の人と会ったんですよね？　どうして、このタイミングで僕と会うことになったのかなって」

何も考えずついた嘘が、ここで蒸し返されるとは思っていなかった。確かに彼の言う通り、少しおかしいかもしれない。けれど凪津は変に取り繕うのも嫌で、「高い確率の人に同時に声をかけたの。それでたまたま予定があった順で会っただけ。特に意味はないです」と突き放すように言った。

「そうですか」

これが最後の沈黙だった。

しばらくして桂田がおどおどしながら、「これ、飲みます？」とキューピットを差し出した。

「これ、コーラとカルピスを混ぜたものなんですって。初めて見たんで注文してみたんですけど、結構美味しいです」

それから「やっぱり、新しいもの、頼んじゃってましたね」と冗談交じりに笑った。凪津にはとても笑えなくて、「いらない」と返した。桂田は「美味しいですよ」とまた笑ったけれど、その口元は小刻みに震えていた。

桂田とはこの喫茶店で別れることにした。一緒に駅まで帰りませんかと言われたが、とにかく彼から離れたかった。

予定していた水族館と海岸線の散歩はひとりで行こうかとも考えたけれど、お金がもったいないし、ペンギンの動画を見た方がてっとり早いと思って、すぐに電車に乗った。夕日が反射した海はきれいだった。でもそれはきっと、この窓から見ているからだと思う。近くで見るより、遠くから眺めた方がいいものだってある。

窓に自分が映る。しっかりメイクをして、美容室で髪をセットしてもらって、クローゼットの中で一番のお気に入りの服を着ている。私が一番好きな格好を彼に見せたくてそうした。だけど彼女を眺めているうちにひどい言葉がどんどん溢れてきて、破裂しそうなまでに頭に満ちてくる。急いで処理しなくてはと、スマホを取り出して必死に指を動かした。

12　門出

　夏の間は三浦半島にある旅館で住み込みのバイトをすることにした。祖母にそのことを伝えると、「働くいうんは、とても大切なことやで。頑張りや。夏が終わったら、いつでも帰ってきてええからな」と嬉しそうに言った。祖母は自立することが嬉しいわけじゃないんだろう。部屋から出るようになったこと、家にいない分食費が浮くこと、あわよくば仕送りを期待していること。楤丘《たらおか》家からすれば、尚志《なおし》が家から出て働くことは、いいことずくめだった。祖母は本心を隠しながら、尚志を送り出した。弟も兄がティッシュ箱を叩く騒がしさから解放され、清々しているはずだ。尚志は淡々と家を出る準備をし、家族に別れを告げた。

　バイト先の旅館はブラックバイトをリスト化したサイトで見つけた。「バイト代に比べて激務すぎ」だの「住み込みの部屋が汚い」だの「スタッフが最悪、女将がパワハラ」だの、さんざんだった。尚志は即決し、電話でバイトを申し込んだ。過酷であればあるほど、気が紛れると思った。

　しかし実際に行ってみると、仕事はきっちり一日八時間、それが終われば温泉に入れるし、まかないも豪華で、文句のつけどころはひとつもなかった。部屋も清潔で、窓の外には海が広がっており、景観も抜群だった。女将に「ブラックバイトだと思ってました」と正直に伝えると、「時々いるのよ、逆恨みして辞めたバイトのなかに、そういうデタラメ流す子が」と屈託なく笑った。「でも、それでも働こうとする人はきっと困っている人だし、一生懸命頑張ってくれると思ったからそのままにしておいたの」

それでは客が減りそうなものだが、旅館は連日満室だった。ほとんどの客がリピーターで、この旅館がいかに愛されているかを実感させられる。

まんまとはめられた尚志だが、不満はなかった。仕事の内容に退屈することはなく、女将や仲居さんたちは可愛がってくれたし、休日はバイト仲間にサーフィンを教えてもらった。日に日に肌が黒くなり、それだけでなぜか強くなった気がした。充実した日々に、豊《ゆたか》や家族やオルタネート、全てがどうでもよくなり、心を曇らせていた卑屈さは少しずつ薄まっていった。あまりの清々しさに、ずっとここにいてもいいと思えるくらいだった。

しかしバイトの期限はいつかやってくる。夏も後半に差しかかると、そろそろ出ていく準備をしなくてはならなかった。貯金は最終的に二十五万弱貯まっていた。かつてない大金を手にし、シンバルが買える、と思うけれど、ここを出たあとの生活にどれくらいかかるのかわからない。これからのことはまだ何も決めていなかった。

そんな矢先、同じリゾートバイトに来ていた憲一《けんいち》くんが、コンセプトシェアハウスについて教えてくれた。共通の趣味や目的を持つ人が集まって一緒に住むらしい。そうすればひとり暮らしより家賃や光熱費も低く抑えられるし、同居人とのコミュニケーションから知識や人脈も広がるという。

大学を一年でドロップアウトした憲一くんは、以降三年あてもなく放浪してきたそうで、一度だけシェアハウスにも住んだそうだ。

「ドラムやってるんだったら、ミュージシャン限定のシェアハウスがいいんじゃない？　そういうの詳しい友達いるから、興味あるなら聞いてみるけど」

一度憲一くんの前で、ドラムを叩いたことがある。とはいってもドラムセットなどないのでジェスチャーだけだった。それでも憲一くんは楽しんでくれて、「ボンゾの再来だー！」と嬉しそうに叫んでいた。

ほどなく憲一くんは空きのあるシェアハウスを見つけてくれた。音楽を志している人だけが借りられる楽器演奏可のシェアハウスで、『自鳴琴荘《じめいきんそう》』という都内の古い一軒家だった。

尚志は迷わずそこに決めた。いい物件だったので憲一くんも一緒に入りたがったが、音楽をやっていないのでオーナーに断られた。しかし憲一くんは諦めなかった。「自分は作詞家志望なんです」とずるい言い回しで交渉を続け、最終的に根負けしたオーナーは「次の入居者が決まるまでなら」と受け入れた。

九月になり、二人は次の住処に向かった。最寄り駅から二十分ほど歩くと、密集した住宅街に佇む二階建ての家が目に入った。木造で、楽器演奏が可能なわりに壁が厚いようにも見えなかった。本当にここでいいのだろうかと疑いたくなるが、表札には確かに『自鳴琴荘』とあった。

チャイムを鳴らすと、住人らしき三人が扉を開けた。彼らは笑顔で二人を迎え入れ、「どうぞ」

と家のなかを案内してくれた。

玄関を入ってすぐにリビングがあって、各自の部屋は一階に二つ、二階に三つある。尚志の部屋は二階で、憲一くんの部屋は一階だった。どちらの部屋も五畳ほどで、旅館の寮と比べてしまうと汚いし小さいけれど、実家とはほぼ同じくらいのサイズで、不満はなかった。

その夜、二人の歓迎会が行われた。デリバリーで注文したピザを頬張りながら、順番に自己紹介をしていく。先の入居者は、音大生でホルンを専攻しているマコさん、マコさんとは別の音大に通うビオラのトキさん、『ホタルイカのつじつま』――『ホタつじ』と略すらしい――というロックバンドでドラムを担当している坂口《さかぐち》さんだった。三人とも同年代で二十代前半らしい。坂口さんが「作詞家ってありなのかよ」とふざけた調子で憲一くんにつっかかると、「言語こそ、最大の音楽である。ソシュールはシニフィアンとシニフィエの恣意性を唱えたわけだが、それぞれ独立して考えた場合、果たしてどちらの方が音楽的か、これはまた別の議論になり、ソシュールと言えば彼の言語学を文化人類学に適用したレヴィ＝ストロースのように、僕は音楽にも言語学を適用させたならばどういう作用をもたらすか考えているわけで、そうそう、その点で行くとラングとパロールという観点も忘れてはならず――」とそれらしいことを言って、煙に巻いた。

自鳴琴荘が楽器演奏可というのはほとんど嘘だった。実際には、アコースティックの楽器なら――打楽器と金管楽器は除く――日の出ている時間のみ、そのほかの場合は近所にある音楽スタジオ『ピピ』で練習するのが通例だという。つまり今のメンバーのなかで、家で演奏をしていいのはビオラのトキさんだけだった。ここができた当初はもっと緩かったらしいのだけれど、隣に口うるさい家族が引っ越してきてそうなったらしい。

「『ピピ』はここのオーナーとつながりがあって、俺たちは格安で借りられるんだ。だからそんなにがっかりすることはないよ」

トキさんがゆったりとした口調で説明してくれた。彼はビオラのよく似合う、素朴で品のある人だった。

「そうそう。全然悪くないよ、『ピピ』。ツーフロアセッティングで、チャイナシンバルもある。ツーバスにはしないの？」

「はい、したことないです」

「気持ちいいぞ。ツーバス、基本的に常設してないけど頼んだらやってくれる。結構融通きくんだわ。なんか気に食わないことあったら俺に言え。間入ってやるからよ」

坂口さんは大柄で、豪快に笑う。その度に大きな口に吸い込まれそうに思える。

五人はすぐに打ち解け、盛り上がった。尚志以外の四人はお酒を飲んでいることもあって、話す距離は初対面とは思えないほど近かった。尚志が十七歳だというと彼らは一瞬固まったが、事情を話すとすぐに理解してくれ、それからはまるで仲のいいクラスメイトのように接してくれた。そのスピード感に尚志は人知れず感動した。

話題は音楽が中心だったが、みんな聴く音楽も生み出す音楽も全く違っていた。なのに不思議と会話は途切れず、話題はあらゆるところに行っては円を描いて戻ってきた。

『ボニート』が思い浮かぶ。まさおさんが酒を振る舞い、客が自由に喋ってはバンド演奏するあの光景。尚志はいつも客が来る頃には家に帰っていたので、直接そんな場面を見たことはないはずなのに、なぜか盛り上がる店内の様子がクリアな映像で脳裏に再生される。頬に刻まれた皺をより深くして笑うまさおさん。顔を赤らめ、口からタバコ臭い息を吐き出すまさおさん。くだを巻くまさおさん。喧嘩っ早く、納得がいかないとすぐに手を出してしまうまさおさん。

「ここは禁煙？」

憲一くんが尋ねるとトキさんが「ベランダで吸うルール」とこたえ、坂口さんを合わせた三人が窓を開けて外へ出た。するとことのほか大きなコオロギの鳴き声が入り込んで、リビングに反響した。

「この家ね、結構虫が出るんだよ。虫平気な人？」

マコさんの顔のパーツはどれも丸みがあって、お酒が弱いからか、目がとろんとしている。ピアスの先には薄い紫の石が光っていた。女の人のピアスをこんなに近くで見たのは初めてだった。

「大丈夫やと思います。マコさんは平気なんですか？」と尋ねた。

「慣れちゃった。三年もいるしね」

「三年すか」

「そう、大学一年生から。音楽ってお金かかるのよ。特にああいう楽器はね」

指を差した先には、ホルンを吹く天使の置き物があった。

「せやからここにいるんですか」

「そう。ここは安く済むし、学校まで電車で一本だから。尚志くんはこれからどうするの？」

「どないしたらええんすかね。リゾバで貯めたお金もすぐなくなるやろし、まずは次のバイト探さなとは思ってるんですけど。東京よおわからへんし、どんなんしたらええんかも迷ってて」

「じゃあさ、とりあえず明日私と散歩しない？　この辺のこと教えてあげる」

「ほんますか、めっちゃ助かります」

「ピザ冷めちゃったね。温め直す？」

「いや、このままで平気です」

薄汚れたプラスチックのコップも、煤けた壁紙も、中で虫が死んでいる天井の照明も、目に映るどれもが愛おしく感じられた。今度こそ。そう思って乾いて冷たくなったピザを一口かじった。

＊

疲れが溜まっていたせいか、目を覚ますと午後二時を回っていた。マコさんとは待ち合わせの時間を決めていなかったから、もしかしたらもうどこかへ出かけてしまったかもしれない。起こしてくれてもよかったのにと思いつつ、ひとまず一階に下りる。

リビングへ行くとマコさんとトキさんがダイニングテーブルでコーヒーを飲んでいた。

「よく眠れた？」

トキさんがそう声をかけてきたので尚志は頷き、「マコさん、すんません。めっちゃ寝てもうてました」と謝った。

「大丈夫だよ。どうせ夕方くらいだと思ってたし。何か食べる？　それともコーヒー飲む？」

「コーヒー飲まれへんのです。食べるもんって、なんかあります？」

「あるよ。昨日のピザだけどね」

「マコちゃん、しばらく食べ物に困らないように昨日ピザいっぱい頼んだでしょ」

「そんなことないって。若い男の子はもっとたくさん食べると思ったの」

「たしかに、尚志くん、あんまり食べてなかったもんね」

「最近、ちょっと胃が小さくなってしもうて」

「マコちゃんの方が食べてたんじゃない」

「やめてよ、人を大食漢扱いするの」

「マコちゃんね、ここに来たとき、今よりずっと痩せてたんだよ」

「いい加減怒るからね」

　マコさんがそう言うと、トキさんは小さく舌を出して「さてさて、練習に戻りますかねー」と席を外した。ふたりのやりとりはとても親密で、もしかするとそういう関係なのかもしれなかった。

　家を出たのは午後四時前だった。尚志は手ぶらだったが、マコさんは「来週大学の課題があるから帰りに練習してく」と、ケースに入ったホルンを背負っていた。はまぐりのような形をした黄色いケースは、ホルンが入っていると言われなければきっと何かわからない。

　九月初旬とはいえまだまだ暑かった。それでもオレンジがかった陽の色合いからはわずかに秋の気配が感じられた。アスファルトの焼ける匂いにくらくらする。マコさんは額の汗を小さなタオルで拭いながら、「もっと涼しい日にした方がよかったかな」と言った。

「俺は大丈夫です。なんやろ、こっちは暑いねんけど、地元とは種類の違う感じがするんすよ。向こうの夏はもう鍋やから」

「鍋？」

「煮よるんすわ。人を。しかもあれですよ、無水鍋。もう己の水分でいってまう感じです」

ふふっ、とマコさんは笑った。そんな風におとなしく笑う人を初めて見た。「私の顔、何か変？」とマコさんが心配そうに言うので、尚志は思ったことを素直に言った。

「そう、自分がそんな珍しい存在だなんて感じたことがなかったから、意外だな。でも誰かにとって自分が違う側ってことがわかると、やさしくなれる気がする」

「マコさん、十分やさしいやないすか」

「やさしいって自分のことを思ったら、もうやさしくないよ。やさしくないことに気づいてから、やさしくなれるの。無知の知、みたいなね」

「むちのち？　なんすかそれ」

「ソクラテスだよ。あ、中退だともしかしてやってない？」

マコさんが小馬鹿にして笑う。

「そんなん急にいじるとか、二日目にしてひどないすか」と尚志も笑った。マコさんがしんどそうに手のひらで自分の顔を煽ぐので、「それ、持ちますよ」と背中のホルンを指差した。

「ありがとう。でも大丈夫。私が運ばないとね、拗ねていい音出してくれないんだ」

　それからマコさんは近所のコンビニと、その先にある大きいスーパーの場所を教えてくれた。

『ピピ』は駅前にあった。そのビルは八角形の窓ガラスが張り巡らされた近代的なデザインで、まさに東京といった出で立ちだった。店に入ると店員が「おつかれっす」と親しげに挨拶をし、マコさんは「この子、新しくうちに来たの。梛丘尚志くん」と尚志の肩を叩いた。

「よろしくお願いします」

「そのうちここ借りることになると思うから、お願いね」

　店員が料金システムの説明や店内の案内をしたあと、マコさんが「だいたいわかった？」と尚志に聞くので、「はい。思ってたよりめっちゃよかったっす。こんなん地元にはなかって」とこたえた。

「よかった。じゃあ、いこうか」

　てっきりマコさんはここに残って練習していくものと思っていたけれど、彼女は「またね」と店員に挨拶して店をあとにした。このあとどこに行くのかはあえて尋ねなかった。知らない場所を歩くのは新鮮で、ゲームの主人公になった気がする。マコさんは来た道を戻っていく。途中コンビニでスイカのアイスを買い、身体を冷やした。お金はマコさんが払ってくれた。会計のときにこっそりホルンケースに触ってみたらかなり熱くなっていて、「これ、温度変わったら、音色変わるんとちゃいます？」と尚志は聞いた。

「微妙に変わっちゃう。温度差はどんな楽器にも負担だよね。あっ人間にもか」

自鳴琴荘の前を通り過ぎ、三百メートルほど先の角を曲がる。すると視界がすっと広くなった。階段を上がって土手に出ると横幅のある浅い川が夕日を絡めて静かに流れていた。

「あそこが私のお気に入り」

マコさんが指差したのは、桁橋の高架下だった。

「天気のいい日はあそこで練習するの。タダだし、気持ちいいんだよ」

橋の上をトラックが続けて通っていく。

「私あそこでしばらく練習してくから、尚志くんはここで帰っていいよ」

「マコさんのホルン、聴いたらあかんのすか」

「え？　別にいいけど」

「めっちゃそのつもりでした」

「そんな風に言われると、ちょっとやりにくいけど」

高架下は近くに見えたけれど、歩いてみると意外に距離があった。高く伸びていたはずのヒマワリはくったりとして折れ曲がっている。脇に咲いたサルスベリは対照的に、桃色の花を弾けたみたいに咲かせていた。草むらを軽く蹴ると、バッタが一匹高く跳ねる。

高架下の陰に入り、マコさんは慣れた手つきで準備を始めた。マウスピースを取り出し、ウォーミングアップで軽く吹く。その音はどことなく間抜けで、音の高低を行ったり来たりし、また細かく刻むなど、いろいろなバリエーションをつけていた。

マコさんはホルンを構え、朝顔《ベル》と呼ばれる先端に右手を突っ込んだ。その持ち方は冗談かと思った。しかし彼女はいたって真面目な様子で、これで正しいのだと思い直す。

尚志を一瞥すると、マコさんは目を閉じて息を吸った。

一音目のロングトーンが響く。身体が音に共鳴し、震える。空気の形が変わった。芯のある音でありながら質感はふくよかで、殴られた衝撃と同時に、撫でられているような慈しみがあった。この音が近いのか遠いのかさえ摑み取れず、空間が歪んでいるのかと錯覚する。暑さも感じなくなって、地球から遠い惑星に飛ばされたみたいだった。

たった一音でその状態になるのだから、その後に続いた演奏に尚志の意識は一気に吸い込まれた。滑らかに進んでいく旋律の波は、尚志を浮かして転がし、戯れて包む。乱雑な内面がきれいに整っていくのを感じる。とてつもない力だ、と尚志は思った。

発見だったのは、それが間違いなくマコさんの音楽だということだ。初めて聴いたホルンの音色だから、他の人のものと比較はできない。なのにこの音にはマコさんの持つ性格がちゃんと反映されていた。優しくて丁寧で、弱さを肯定するような、そんな音色だった。

一曲聴き終えると、尚志は思わず拍手をした。とりあえず間を埋めるような拍手ではなく、心からの賞賛だった。

「すごいんすね、ちょっと、マジでびっくりしてますわ」

「そう？　嬉しい。なんか、私が初めてホルン聴いたときみたいな顔してる」

「ホルンって、全員おんなじ顔にさせるんちゃいます？　感動顔」

マコさんが練習を再開したので、尚志は耳を傾けながら少しずつ離れた。練習曲は尚志に聞かせてくれたものとは違った。つまりさきほどの演奏は尚志だけに向けたものだった。ホルンの音を背に河原を歩いていく。対岸にもヒマワリは咲いていて、奥には高いビル群がある。尚志は心なしか得意な気分だった。ぼんやりとした希望が旗のように風になびいていた。

適当な石を拾い、川へ投げる。思ったより遠くには飛ばず、浅いので水しぶきもそれほど立たなかった。それでも十分爽快で、尚志は大きく伸びをして対岸を眺めた。

ヒマワリ畑が目に入り、ふと感じるものがあって振り返る。高くそびえる煙突が白煙を吐き出していて、まさかと尚志はまた向こう岸を見た。

青い橋を走って渡る。近づくにつれ、推測が確信に変わっていく。

くたびれたヒマワリ畑の隙間に、カラフルなペットボトルの風車がちらばっている。そこは豊と話したあの河原だった。つまり先には円明《えんめい》学園高校がある。自鳴琴荘の最寄り駅は円明学園高校前駅とは路線が違ったので、全く気づかなかった。

尚志はつい噴き出した。三度も東京に来ているのに、どれも同じ川の付近に収まっていたなんて。

風車は新しくなっていた。きっと夏休みの間に円明学園小学校の子たちが作ったのだろう。羽根に息を吹きかけてみる。勢いよく動き出すものの、すぐに減速して止まる。

「お前、ノリ悪いなぁ」

独りごちてあたりを見回す。人はほとんどいなかったが、土手の上を日傘を差した制服姿の女の子がひとり歩いていた。彼女は尚志の存在に気付いていないようで、誰もいないのをいいことに、ときどきスキップをしたり、くるりと回ったりしていた。しかしターンした瞬間に尚志と目が合い、恥ずかしそうに小走りで歩き始めた。

尚志は急いで彼女を追いかけ、「待ってや」と声をかけた。

「なんですか」

彼女は歩きながらちらっと振り向いて言った。間違いなかった。

「あの、話があんねん、変なもんちゃうから、ほんまに」

追いついた尚志はどうにか彼女を引き止めようと言葉を継いだ。

「お願いや、ちょっとだけ、ほんま、ちょっとだけ。わかった、俺近づかへんから、離れとくから、それやったらええやろ」

彼女はスピードを落として、ゆっくり立ち止まった。こちらを見る目は明らかに警戒している。慌てた尚志は口をあわあわさせることしかできず、彼女はもう一度「なんですか」と冷ややかに言った。

「サッカー」

尚志は落ち着かない手をポケットに突っ込んで、「サッカー、うまいん？」と続けた。

「どうして」

彼女の声はあの時トイレで聞いた声と同じだった。

「パイプオルガンってめっちゃ足使うやん。せやからサッカーもうまいんちゃうかなって」

考えるようにうつむいたあと、ぱっと顔を上げ「もしかして、チャペルの」と尚志を指差した。

「今のでわかったん。探偵やん」

「うまくないよ」

「はぁ、探偵やろ、今のでわかったんなら」

「サッカー」

「あぁ、そっちか。ほんならダンスは？　うまいんとちゃう？」

「やったことないから、どうだろう」

「今めっちゃ踊ってる感じやったやん。ダンス、やったほうがええで。あ、でもやっぱやらんでええわ。そんなんよりオルガンやったほうがええわ」

尚志が自分で笑うと、彼女の方もつられて笑った。薄暮が二人を覆う。遠くから鳴り響くホルンの音はまるで汽笛のようだった。

13 約束

スマホのマップに送られてきた住所は赤く光り、現在地は青く点滅している。一歩踏み出すたびに、青と赤の距離が近づく。迷いが足取りに表れて、ペースはどんどん遅くなった。

連絡先を交換すると、三《み》浦《うら》くんから毎日のようにショートメールが送られてきた。妹の寝言の話とか、変わった名前の人気女優の本名が実はすごく平凡だったとか、顔のように見える木目の写真とか。蓉《いるる》にこれほど頻繁に連絡してくる人はダイキくらいだった。オルタネートじゃないのに、面倒くさくないのだろうか。そう思いつつ、蓉もクラスや調理部で起きた近況を報告していた。

彼とのやりとりはしばらく続いたが、ある日ぴたりと止まった。なにかあったのかと心配になり、とはいえ気にしていると思われたくなくて、道で見かけた猫の写真を送ってみた。返事はすぐに届いた。

(うちにランチ食べにきてよ。ご飯作るから)

思えば三浦くんが学校にやってきたとき、胸の奥に痺れるような感覚があった。ただびっくりしてそうなったんだと思い込んでいたけれど、このところその痺れをよく感じる。それは以前にダイキに感じたものとは全く違うものだった。

この正体が一体なんなのか、誰かに教えてほしかった。だけどどう説明していいかわからなかったし、他人から自分の気持ちを変に決めつけられるのもいやだった。それに相手は『ワンポーション』の前年度覇者だ。駒を進めたら必ずぶつかることになる。そんな相手と普通に連絡を取っているのもうしろめたいところがあり、ダイキにも話せないでいた。

(いいよ)

それなのに断ることもできなかった。避けていると思われるのが嫌だった。そんな風に考えてしまう時点で、自分はすっかりおかしくなっている。

坂道を登っていく。背中に汗が滲み、シャツが透けていないか気になる。

スマホが震える。画面には三浦栄司《えいじ》と表示されていた。

「はい」

「新見《にいみ》さん、場所、わかりそうかな？」

「うん、あと少しみたい」

「よかった。もう妹と玄関出て待ってるから」

そう言って電話は切れた。

角を曲がると、女の子と楽しそうに話している三浦くんがいた。きっと彼女が妹だ。すらっとしていて中学生にしては大人びて見えた。

目が合うなり三浦くんは大きく手を振った。

「大丈夫だった？」

「うん」

「これ、妹。瑠加《るか》ね。中学三年生」

「初めまして」

瑠加ちゃんは三浦くんと鼻の形が一緒で、高く尖っていた。蓉も「初めまして、新見蓉です」と自己紹介すると、「『ワンポーション』見ました」と笑顔で言った。気まずさを隠して、「ありがとう」と返したあと、兄が出ているから見たのだと気づき、自分の返事が間違ったみたいでばつが悪い。

「どうぞ、中入って」

その言葉に、三浦くんの背後にそびえ立つ三階建の邸宅が目に入った。全貌を目にした蓉は、要塞のような建物にただ呆然とした。

玄関に入ると、靴棚の上に可愛らしいフレームに入った家族写真が所狭しと並んでいる。

「江口《えぐち》フランチェスカ!?」

驚きすぎてつい変な声が出た。その反応を見た瑠加ちゃんが「栄司、言ってなかったの？」と話しかける。

「うん。公表してないし、わざわざ言うこともないかもと思って」

江口フランチェスカは有名な料理研究家兼タレントで、日本人離れしたルックスでありながら古風な口調が世間に受け、蓉が小さい頃からメディアに出ている。料理は本格的なものから家庭的なものまで幅広いため、あらゆる料理番組で重宝され、またその美しい容姿から婦人向けのファッション誌でモデルを務めたり、自身のプロデュースした商品がコンビニに並んだりと、活動は多岐に亘る。最近ではひとり暮らしを始めたばかりの視聴者に向けた料理の動画配信が話題になるなど、四十代半ばという年齢ながら時代の流れを敏感に摑んでいた。

蓉は以前から彼女のファンで、フランチェスカの著書はほとんど読んでいた。スタイルブックでは家庭のことにも触れていて、確かに子供が二人いるとあった。だけどそれがまさか三浦くんだとは思いもよらなかった。言われてみれば三浦くんと瑠加ちゃんに共通する尖った鼻は、フランチェスカのものによく似ている。

「わざわざ言うことだよ。そうか、だから、三浦くん、料理上手なんだ」

興奮気味にそう言うと、「だからじゃないよ」と三浦くんが応えた。その顔には暗い影が差していて、蓉はすぐに反省した。自分だってそんな言い方をされたらむっとしてしまうだろう。謝りたかったけれど三浦くんは蓉を待たずに中へと入っていったためタイミングを逃してしまった。

リビングのテーブルにはたくさんのお皿が並んでいた。三人で食べるには多すぎるくらいの品数で、まるでホテルのビュッフェみたいだった。香ばしい香りに反応して、胃がぐぅっと動き出す。

「お腹すかしてきた？」

「うん、朝からなにも食べてないよ」

「よかった。でも無理しないで。余ったら夜に誰かが食べると思うし」

　根セロリと梨のサラダ、芽キャベツとカリフラワーのグラタン、さんまと四角豆のオイルパスタ、ラムチョップなど、ホームパーティーにしても豪華なラインナップで圧倒される。ドリンクは三種類あって、ガラスのピッチャーに入っていた。それぞれアイスマンゴーティー、オレンジジュース、プラムのソーダだった。

「なんだかここまでもてなされちゃうと萎縮しちゃうなぁ。私が作ったの、とうもろこしのおにぎりなんだよ？」

　瑠加ちゃんに冗談ぽくそう言うと、「でも栄司、すごくおいしかったらしいよー。だからこんなに作っちゃったんだよね」と笑い、三浦くんは照れ臭そうに「あんまりやりすぎないように気をつけたんだけどな」と後頭部を掻いた。

「これ、もしよかったら」

　蓉が紙袋を渡すと、三浦くんは覗き込んで「ウィークエンドシトロン？」と言った。

「うん。作ってきたの」

　瑠加ちゃんはそれを知らないらしく、三浦くんが「レモンケーキだよ。フランスの伝統的なお菓子」と説明した。すると彼女は紙袋に顔を突っ込んで思い切り息を吸った。

「超爽やかー」

「まだ暑いから、ウィークエンドシトロンなら食べやすいかなって。カップケーキ風にひとつひとつ包装してあるから、余ったら誰かにあげて」

それから三人で食事を始めた。どの料理も格別で、三浦くんのユーモアを感じた。味付けは見た目どおりではなく、少し燻製のような香りがしたり、ハーブの香りがしたりと予想を裏切るものが多く、盛り付けも個性的で、自分にはないセンスがあった。

「で、『ワンポーション』どうだった？」

「書類審査通ったよ」

三浦くんは「ほんと!?　よかったー」と天井を見上げた。

「まだ書類審査だけどね。オーディションの方が大変」

「でもすごいことだよ。倍率、とんでもないんだから」

今年は約三千組の応募があったという。書類で百組に絞り、オーディションで選ばれた九組と前回の優勝校のみが本選に出場できる。

えみくが考えたものに改良を重ねて書類を提出した。イチジクの寿司は冷製リゾットに変更し、「美と調和」というテーマに沿って食用花《エディブルフラワー》を散らすなど、エレガントに盛り付けた。ウルグアイ料理を盛り込むアイデアは色々と検討し試したものの、情報量が多すぎて上手くまとまらず却下することにした。

えみくの調理技術はみるみる上達し、不安点だった包丁さばきも他の部員に比べても遜色ないほどにまでなった。『ワンポーション』に臨む姿勢も真剣で、ペアとして申し分ない。しかし肝心のチームワークには、いまだ手を焼いていた。

料理以外に熱中するものがなかった蓉と、良くも悪くも興味から出発しているえみくでは、料理に対する考え方が根本的に違った。料理の知識が多い蓉は、下処理や調理法全てに意味があることを知っている。しかしそれらがえみくには堅苦しく感じられることもしばしばで、丁寧に料理の基本を教えていても、納得できないときは露骨に不満げな表情を浮かべた。蓉も蓉で、自分の知識がえみくの自由な発想をさまたげてしまうとわかってはいた。それでも「こうしたらよくないですか」と提案するえみくに、つい「でも料理というのは」と否定してしまう。自分だってかつてはそうだったのだから、どんな無謀なアイデアでも一度は受け入れてあげるべきだ。だけど彼女と対峙するとどうしても頭ごなしの物言いになってしまう。そんな自分にまたいらいらし、えみくの方も蓉を前にすると萎縮するようになってしまった。

この状況を打破するには、オルタネートをするのが一番手っ取り早い。オルタネートでやりとり出来れば、もっと楽に距離を縮められるに違いない。たかがSNSじゃないか。とっとと始めてしまえよ。そう自分に言い聞かせ、ダウンロードだけしてみる。だけどどうしても開くことができなかった。オルタネートに対する忌避感は、すでに蓉の大部分を占めていた。

「オーディションはいつなの？」

「再来週の日曜日」

「テーマと食材は？　もう決まってる？」

「うん。食材は『ヤマブシタケ』と『魚介』。テーマは『銀河』」

「えっ？　それって」

瑠加ちゃんが目を丸くして三浦くんを見た。

「『ワンポーション』の製作者は本当に意地悪だよね」

昨年の決勝と同じものでオーディションをする意図は、前回を踏まえてどのように料理するかを試そうということだろう。ほとんどの学校にとっては初挑戦だが、円明《えんめい》学園高校は昨年決勝で披露している。それが吉と出るか凶と出るかはわからない。経験している分だけアドバンテージがあるか、はたまた考えすぎて墓穴を掘ってしまうか。審査員も蓉には一際注目しているに違いない。

「で、どういう料理にするか決めたの？」

今のところ、と言いかけて蓉は口を閉じた。

「言わないでおく。話しちゃうと三浦くんにアドバイス求めちゃうかもしれないし」

「マジ？　栄司、一緒に考えてくれるかもしれないのに」

「それじゃ、意味ないから」

「新見さん真面目ー、プロいわー」と瑠加ちゃんがはしゃぐ隣で、「そうだよね、ごめん」と三浦くんが言った。この人はちゃんと謝れる人だ。そう思って、さっき謝れなかった自分を悔やむ。

「三浦くんは、小さい頃から料理してるの？」

「うん。まぁほら、環境がね」

三浦くんはキッチンを指差し、「こんなおもちゃがあったら、遊ぶしかないでしょ」と言った。

「栄司、さっき家は関係ないみたいなこと言ってたじゃん」

改めて謝るなら今だと思い、蓉はフォークを動かす手を止めた。しかし会話は先へと続いてしまう。

「料理好きになったのは母ちゃんのおかげだよ。間違いなくね。でも上手くなったのは、俺自身の努力だろ」

瑠加ちゃんが冷やかすように「言うねー」と兄の肩を叩いた。

「そうだよね」

和食屋の娘だからといって、蓉は食事に恵まれてきたわけではなかった。『新居見《にいみ》』ではランチ営業もしていたので、両親は一日中店の切り盛りで忙しく、二人はまかないで食事を済ませていた。蓉はというと店の残り物を詰めたタッパーが冷蔵庫に並んでいたので、小学生の頃からそれをレンジで温めてはひとりで食べるという生活だった。休日も父は下ごしらえをしたり、食材を探しに出かけたりと、自宅を空けるのが基本で、そういう日は母が料理をした。

どうしてお店で食べないの、とよく聞かれる。「隣に行けば美味しく、楽しく食事ができるのに」

父は蓉が店にくることをあまりよく思わなかった。家族経営の、アットホームで生ぬるい店だと思われることを嫌がった。

幼い頃はひとりの食事が寂しかった。しかしだんだんと食べたいものを選ぶ楽しさに目覚めた。冷蔵庫の中のものからその日の気分で好きにメニューを組めるし、コース料理のようにちょっとずつ食べたり、大きなお皿にいっぺんによそうこともできる。同じ料理でも盛り付けによって全く違うものになることを、蓉は小さいときに知った。次第に盛り付けだけでは物足りなくなり、調味料を足して自分なりのアレンジを始めると、それだけで食卓は見違えるほど華やかになった。

そう話すと「お父さんの影響だね」とよく言われる。しかし料理に興味を持ったのはそれだけじゃない。まだ立つこともできない時分から料理番組が好きだったと母は言っていたし、幼稚園でおままごとが本格的すぎると評判になったこともある。生まれつきそういう子だったのだ。

料理の知識は独学で覚えた。父に聞いても絶対に教えてくれなかった。だから父の本棚にある料理本をこっそり読んだり、図書館で借りてきたりして勉強した。中学生になる頃には随分とレパートリーが増えていた。母よりも自分の方が料理上手だと思ったのはその頃だった。

料理の腕があがればあがるほど父の偉大さを知った。たったひとりで料理を振る舞うのに、どれほどの知識と技術と気配りが必要かわかるようになった。そして父の味を求めてたくさんの客が来る。尊敬の念は料理の数が増えるほどに増していったが、その頃には冷蔵庫からタッパーは消えていた。たとえ残り物でも、もう父の料理を食べることができなくなってしまった。

父は「料理人にはなるな」と事あるごとに言った。理由を聞いてもこたえようとはしなかった。父と料理の話がしたかった。しかし父はどれだけ求めても聞く耳をもたなかった。それでも料理への情熱はおさまらず、両親に相談なく調理部に入部した。

蓉が自分の幼少期のことを二人に話すと、「うわぁ、栄司とほとんど一緒じゃん」と瑠加ちゃんが両手で口元を押さえた。

「うちもさ、ママが料理研究家なのに、忙しいから全然ご飯一緒に食べてくれなくてさー。冷蔵庫のもの温めて自分たちで食べるスタイル。それも、料理研究の残りとか、失敗作とかばっかりだからね。で、栄司が食べたいものを自分で料理するようになったの。瑠加はその恩恵にあずかる担当」

「でも全くなかったわけじゃないよ。母ちゃんは記念日だけは仕事を休むんだ。俺達の誕生日とか自分の結婚記念日とか。イベントごとも好きだから、年末年始とかクリスマスとか七夕とかハロウィンとか。なんだかんだ、家族で食卓を囲むことはあった。それくらいは新見さんもあったでしょ？」

「どうだろう」

蓉は斜め上を見て、小さい頃の記憶を辿った。

ダイニングテーブルに置かれた小さなクリスマスツリー。電飾がたくさんついたケーブルが巻かれ、鮮やかな光がランダムに明滅している。しかしそのテーブルには誰も座っていない。ただ暗い部屋の真ん中で、宙に浮いたように見えるツリーがちかちかと光る光景。それが本当の出来事なのか、それとも夢や別の何かで見たものなのかははっきりしない。

「あんまり覚えてないや」

「覚えてないってことは、新見さんにとっても家族との食事は大したことじゃないんだよ」

三浦くんの突き放すような言い方はとても冷たいようでいて、慰めるようでもあった。なにより、新見さんにとってもという自分を含んだ言い方に、蓉は嬉しくなった。

「それじゃあお母様も、三浦くんが料理すること、よく思ってない？」

同じような境遇なら、三浦くんもきっとそうだと思った。そうであってくれたら、もっと共感し合える。しかし三浦くんは「いや、料理すること自体はとても応援してくれてる」と言った。

「なにより、家事のひとつを自分でするようになったわけだから、助かっただろうし。でも俺はもっと違うことを考えてる」

「違うこと？」

「俺は母ちゃんをライバルだと思ってる」

三浦くんの眼差しが少しだけ鋭くなった。

「あの人を尊敬もしているし、軽蔑もしている。母親としては大好きだけど、料理人として、今のあり方は甘えてるよ。求められることを忠実にしているだけで、それに何かオリジナリティを加えたりもしない。思考が止まってるんだ。俺はもっともっと自分にしかできない料理を作りたい。だから早く一人前の料理人になる」

蓉は昨年の敗北が圧倒的な差であったことを改めて思い知らされた。今回、もし決勝で当たっても、今のままではこの人には絶対に勝てない。

「俺もおままごとガチすぎるって言われたなぁ。俺の場合は、褒められるってより、男子のくせにっていじめられたけどね」

三浦くんに宿っていた鋭さは消え、もとのおだやかな人あたりに戻っていた。

「それでもやめなかったんだ」

蓉は特に何も考えずにそう言った。

「やめないよ、だって好きだもん。それでやめたらさ、俺の好きな気持ち、人に盗られたってことになるじゃん。俺の好きは自分で守るし、誰にだって奪えない」

彼は見えないくらい遠くにいる。

食事を終え、三人はウィークエンドシトロンを食べた。できたてを味見したときよりも舌ざわりがよくなっていて、風味もよく馴染んでいた。たらふく食べた後でも、レモンの香りのおかげで食べやすい。

「これすごいおいしー。新見さん、今度教えて、彼氏に作るから」

「いいよ。レシピだけでも三浦くんに送っておくね」

「えー、でもそしたら栄司と作ることになる」

「問題あるのかよ」

「新見さんと作りたいー」

片付けを手伝ってから、リビングでテレビゲームをしたり、三浦くんの部屋を覗いたりした。三浦くんの部屋はとても整理されていて、物も少なかった。本棚に料理本はあったけれど、蓉の方がよっぽど多い。きっとフランチェスカの仕事場から借りたりするんだろう。とにかくシンプルで、ごちゃごちゃした自分の部屋とは比べ物にならない。絶対にうちにはあげられないなぁと思ったあと、ダイキ以外の男性の部屋に来たのは初めてだと今さら気づき、そわそわする。

陽が傾いてきたのでそろそろ帰るというと、瑠加ちゃんはもっといてほしいと蓉の腕を摑んだ。

「忙しいんだよ。オーディションだって再来週なんだしさ」

三浦くんがその腕を解く。

「駅まで送っていくよ」

外は昼間の暑さとこれからやってくる夜の涼しさに挟まれて気持ちが良かった。瑠加ちゃんに手を振りながら角を曲がると、下り坂の向こうに街並みが広がり、太陽が遠くの山の端に触れていた。きれいだね、と蓉が呟くと、あのさ、と後ろにいた三浦くんが言った。振り向くと彼はまっすぐ前を向いて立っていた。

「俺の料理、どうだった？」

三浦くんの顔はとても真剣だった。夕日が彼の髪を透かし、喉仏の形をくっきりと浮かび上がらせていた。

「美味しかったよ。とても」

「他には？」

「楽しいと思った。料理が笑って踊ってる感じ」

「そう」

三浦くんは俯いて、小さくうなずいた。

「私には作れない。というより、私だとあんな風にはならないなぁって。もっと地味になっちゃうし、こぢんまりまとめちゃう。さすがだよ。褒めるのがバカらしくなるくらいすごいよ」

本心だったけれど、逆に嘘っぽいと思われたかもしれない。

「でも俺は、新見さんのおにぎりには勝てないと思った」

陽で赤く染まる三浦くんはまるで燃えているみたいだった。

「新見さん」

三浦くんに名前を呼ばれると、やっぱり胸の奥が痺れた。

「去年の『ワンポーション』のときから、君のことが気になってしかたなくて、それがなんでなのかわからなかったけど、偶然インターハイで会って、おにぎり食べて、あんなに素朴な味だったのに、俺は、この先、君のような料理は作れない気がして、でもそれが嬉しかった。自分以外の料理を食べて、そんな風に思えたのは初めてだったんだ。でも」

三浦くんが燃えている。燃えているのに、灰にならないで、ずっとそこにいる。

「君が料理をしていなかったとしても、俺は絶対君を好きになっている」

夏に取り残されたヒグラシが街の方へ飛んでいった。

「ウィークエンドシトロン」

三浦くんの声は温かかった。

「新見さんも、同じ気持ち、でしょ」

「わかってたんだ」

ウィークエンドシトロン。週末に大切な人と食べるためのレモンケーキ。

「付き合ってください」

恋なんてしたくない。誰のことも好きになりたくない。私が私じゃなくなるのがとてもこわい。

なのにもうひとりの自分は勝手に動き出して、三浦くんに近づこうとする。止めようと思ってもうまくいかなくて、そんなことしないで、とお願いしても、どんどん先へ行ってしまう。

ウィークエンドシトロンを作ろうとしたときから、もうきっと、ちゃんとそうだったんだと思う。見ないふりしていただけで、私の本当の気持ちはすでにそこにあった。

「ごめんなさい」

蓉は頭を下げた。

「えっ」

「親がフランチェスカさんだから料理がうまいみたいなこと言っちゃって」

「いや、それは今」

「どうしても謝りたかったの」

蓉はその姿勢のまま、「はい。よろしくお願いします」と言った。恥ずかしくて顔を上げられず、地面に映る三浦くんの影を見る。大きく伸びた影はガッツポーズをしていて、なんだか巨人がボウリングでストライクを取ったときみたいだ、と蓉は密かに笑った。

14
確執

テーブルに並んだ食事を見て「また、もやしか」と男が言った。母が「安かったから」と愛想笑いを浮かべる。

「なんだそれ、俺に対する嫌味か」

「そうじゃないよ」

また笑う。

「もやしでもいいけどさ。もう少し味付け変えるとか、工夫しろよ。なぁ」

男は凪津《なづ》に黄色い歯を向けた。

「明日は私が作ろうか」

凪津も母と似た愛想笑いをする。

「いいよいいよ。凪津ちゃんにはそんなことさせられない」

凪津は口にもやし炒めを放り込み、ご飯を噛んだ。ちゃんと醤油がかかっているのに、もやしは味がしないし、ご飯もゴムを噛んでいるみたいだった。

「ビール飲む？」

「おう」

母が冷蔵庫の方へ行くと、男が「どうだ、高校は」と顔を近づけるので、凪津はそっと身体を反らす。

「楽しいか」

「うん、それなりに」

「文化祭とかあるのか」

「十一月」

「そうかそうか。俺はいかなかったんだよなぁ、文化祭。どうせばれねぇだろと思って仲間たちとバイクで出かけたんだ。あれはあれでいい思い出だけど、凪津ちゃんはちゃんと謳歌したほうがいいよぉ、高校ライフ」

「うん」

不潔で粗野なこの男をどうしても好きになることができない。自分の嫌悪感を言葉にしてぶつけられたら、どれだけすっきりするだろう。でも、しない。口にしちゃいけない言葉がこの世にはたくさんある。

「はいどうぞ」

ビールを運んできた母が男のグラスに注ぐ。その顔にはシミが浮いていて、皺も以前より増えていた。三十五歳という年齢は高校生の母親としてはかなり若いはずなのに、クラスメイトの母親たちよりよっぽど老けてみえる。その苦労が自分のせいだとわかっていても、優しくしたいとは思えなかった。

急いでご飯を食べ終え、「中間テストの勉強あるから、部屋に戻る」と皿をシンクに持っていく。「ちゃんと頑張れよ。大学は特待生になれるようにな」と男が親指を立てた。男はよくこのポーズをする。

自室の扉を閉めて深呼吸する。今になって口のなかに残った味が感じられた。

自分が特待生になれなかったからだとわかっていても、それでも、どうして母はあんな男を、と思ってしまう。借りることになってしまった奨学金は、自分で返すつもりだった。なのに母は少しの足しを当てにして、あの男と一緒に暮らすことにした。相談はなかった。娘のためとはいえ、そこまでできることがおそろしかった。

机の上のスマホを見ると志於李《しおり》からの着信履歴があった。座って掛け直すと唐突に「凪津、二組の山桐《やまぎり》えみく、『ワンポーション』に出ることになったって聞いた？」と志於李の快活な声が耳に届いた。

「それってなんなの？」

「え？　『ワンポーション』知らないの？」

風で窓が音を立てる。台風が近づいているらしく、今夜はなるべく外出しないようにと学校で注意されていた。

「ネットで高校生が料理対決する番組だよ。うちの高校、去年も一昨年も出てるんだよ」

「すごいね、うちの学校」

「結構人気なんだよ。料理全然わかんないのに、なぜか見ちゃうんだよね。素人目にみてもさ、めっちゃすごい料理出てくんの。同じ高校生でこれできるのすごくない？　って感動するの。なのにさ、審査員がめっちゃ厳しいわけ。特にシーズン2からいる益御沢《ますみざわ》っていうのがね、マジきついの。むかつくんだけど、的確だからさー、納得しちゃうんだよねー。けなされてるとちょー辛い。でも褒められるとちょーテンション上がる。それで高校生たちがんばれ、って応援しちゃうんだ。自分も高校生なのに」

志於李の熱の入れようが激しくて、聞いていて少し疲れる。

「あれはもはやスポーツだね。手に汗握るってやつ。ってかさ、山桐えみく、あんな感じで料理うまいとかギャップありすぎない？」

山桐えみくは隣のクラスで、話したことは一度もない。だけど彼女のことは知っている。一年生で一番髪の色が明るくて、先生にばれない程度にメイクもしている。派手だからよく目に入るのだ。

志於李とは合いそう。聞いたことないけれど、もしかしたらすでに友達で、この話もえみくから直接聞いたのかもしれない。そう思ったところで、志於李が「オルタネートでシェアされてんの見たんだ。三年生の新見蓉《にいみいるる》と一緒にやるみたい。去年も出てた人」と続けた。

「『ワンポーション』、見てみようかな」

「息抜きにぴったりだよ。あー、うちのクラスに山桐えみくがいてくれたら、出し物簡単に決められたのになぁ」

「なんで？」

「だって『ワンポーション』出てる人の屋台ってだけで絶対人くるじゃん。勝ちゲーだよ」

「屋台になるかわかんないっしょ」

「屋台にしなきゃバカでしょ」

他のクラスが次々に文化祭の出し物を決めるなか、二人のクラスはだらだらしていて一向に決まらない。同学年のクラスとは内容が被ってはダメで、しかも早いもの勝ちだから遅れれば遅れるほど不利になる。

棚に仕舞ってあるノートを引っ張り出し、シャーペンを手に取って、紙の中心にぽんっと置いた。適当に頭をよぎったものを描いてみる。ふっと浮かんだのは鳥だった。鶴とかワシとかじゃなくて、すずめとかむくどりみたいな小さい鳥だ。

「でさ凪津、最近はオルタネートはやってないの？」

志於李の声はさりげなさを装っていて、とても慎重だった。

「うん」

自分も心配させないように、でも落ち込んでいるのは薄々感じさせるくらいのニュアンスで返事をする。

「そっか、次って気持ちにまだならないかぁ」

志於李にはある程度桂田《かつらだ》のことを話していた。

「そっちは？　うまくいってる？」

そう聞いてほしくて、彼女はこの話題を持ち出したのかもしれない。

「うん、まぁ。でもなぁ」

「どうしたの？」

「ちょっと新鮮味にかけてきたよね」

小鳥の絵はあまりうまくいかず、何度も上から線を描き足す。

「だんだん話すことも一緒になるし、することもなくなってくるし」

「同じじゃだめなの？」

「ん？」

「同じような話したり、同じようなことをするんじゃだめなの？」

「だめじゃないけどさー」

「新鮮さが欲しいってことは、裏を返せば安定してるってことでしょ。でも、それを飽きたと感じてしまう」

「飽きたとか、そんな」

「安定すると変化がほしいっていうのは矛盾しているよ、『ずっと一緒にいようね』とか言ったりするのに」

「え、それ、私に言ってる？」

母が捨てられずにとってある指輪の裏には、父からのプロポーズのメッセージが彫られていた。

「対象に変化を求めて、安定を打破する要求はどんどん強くなって、相手は期待に応えにくくなって、それで衝突して、耐えられなくなって終わるんだ」

父の記憶はないのに、なぜか母に罵声を浴びせる人の声が耳に残っている。あれは本当にあった出来事なんだろうか。

「対象って。凪津、どうした？」

鳥の下に海を描く。波は激しく荒れたものにした。

「だったら初めから安定なんか求めずにさ、変化だらけのところへいけばいいのにね。いっそその方が潔いよ。安定は安定で必要で、少しの刺激が欲しいとか虫が良すぎるでしょ。その刺激にだっていずれ飽きるくせにね」

私はそうはならない。せっかく手に入れた安定を手放したりなんてしないし、そもそもそんな自分勝手な相手を選ばない。

どんどん波のうねりを描き加えていく。

「凪津？　なんかあったん？」

「なんでもない。変なこと言ってごめん」

志於李は話題を変えるように、「で、どうすんの？」と凪津の気分を探るように言った。

「あんなにオルタネート一筋の凪津がやらなくなるなんて、よっぽどだったんだね。逆に会ってみたいよその人」

凪津は波を描き終え、紙からシャーペンを離した。

「そうだ、会わせてよ。私がかわりに復讐するからさ」

「なに言ってんの」

「恋愛しないで高校生活どーすんの。一年の夏は終わったんだからね。もう二回しかないんだよ、うちらの夏！　とにかく次行こう次。相性のランキングだって、変わってるかもしれないし」

オルタネートのことを考えているうちに、空に雷を描き足していた。

「志於李、私そろそろお風呂入る」

「そう、じゃあね。ダブルデート早くしたいんだから。真剣に考えてね」

電話を切って、「ジーンマッチ」の順位を見てみる。一位には変わらず桂田武生《むう》の名前があった。もうひと月以上この状態だから驚くこともない。けれどそれ以上の数字が現れない理由はなんなのだろう。遺伝子だけでそこまで裏付けられるものなんだろうか。

自分の内面や、外見だってどうにかすれば変えられる。けれど受け継いだ遺伝子は死ぬまでどうにもならない。

あのあとも桂田からは連絡が来ていた。

（なんか、つまらなくてすみません笑）（今日、ガチャでレアキャラ出たんです！）（好きな空港ってありますか？）（最近うまいチャーハンの店見つけたんで今度行きません？）

返事がなくても彼は気にしないらしく、次々にそんなメッセージを送ってきた。

今日はもう勉強する気が起きそうにない。今週からテストが始まるというのに、調子が出ない。

喉に刺さった小骨みたいに、あの日からなにかがずっと引っかかっている。

オルタネートのタイムラインを見てみる。友達のひとりが「円明《えんめい》学園高校、オーディションを通過し、今回も『ワンポーション』出場決定!!」というネット記事のリンクを貼っている。

出場者本人のアカウントでもないのにいろんな人が彼女たちに向けてコメントを書いている。エールに交じって、新見蓉を不安視するものや彼女に対する批判的なコメントがあった。オーディションは今日だったらしい。

『ワンポーション』をネットで調べる。期間限定で無料で見られるようになっていたので、シーズン1から視聴することにした。

テレビでよく見かけるアナウンサーが司会だった。彼は大げさな身振りでフランス語を披露すると、続けて十組のペアを紹介した。そのなかに円明学園高校の生徒もいた。

――会わせてよ。私がかわりに復讐するからさ

もう一度会ってみるのはありかもしれない。復讐するわけではなく、確かめるために桂田と話すべきだと凪津は思った。

オルタネートに裏切られたような感覚と、信じきれない自分を責めるような感覚、どちらも同時に存在していることがもどかしかった。だとしたらちゃんと決着をつけるべきだ。自分の判断とオルタネートの判断、どちらが正しいか。

凪津は波を黒く塗りつぶし、完成した絵を写真に撮っていつもの場所にアップした。

（やった！　自分はいつでもいいです！　チャーハン食べます？）

＊

彼の返事は早かった。

桂田とはテスト最終日の放課後に円明学園高校の近くで会うことにした。テスト終了直後にしたのはなるべく早く済ませたかったからで、学校の近くまで来てもらったのも移動時間を惜しんでのことだった。志於李にこのことを話すと、前向きになった凪津を喜びつつも、「本当に私行かなくていい？」と心配して何度も念を押した。

「絶対にこないで。少しでものぞいたりしたら、二度と口きかない」

会うと決まってからも凪津の心は落ち着かず、そんな調子で受けた中間テストは悲惨な結果だった。前回良かった生物でさえまともに解答できなくて、笹川《ささがわ》先生はきっとがっかりしているに違いない。

校内に充満する解放感をかき分け、校門をくぐる。振り返ると凪津を送り出した志於李が親指を立てて突き出していた。あの男みたいでげんなりする。いいから、と手の甲で払って、早歩きしながら桂田に電話をかけた。

「どこですか？」

「駅近くの喫茶店です」

ゲームをしていた桂田の姿が思い浮かぶ。

「GPSで位置教えるんで、そこまできてください」

路地の先にある土手へ行くと、昼間の陽を浴びても涼しいくらいの風が吹いていた。広く生い茂ったススキは一様に斜めに伸びていて、薄い金色の穂がうねるようにそよいでいる。空気は乾いていたが、昨晩の雨で地面は湿っていて柔らかかった。

河原の土手の中腹にポツンとベンチが置かれていた。妙な場所にあるけれど、凪津はひとまずそこに腰掛けた。スマホのマップを開き、現在地をスクリーンショットして送信する。

網代川《あじろがわ》の向こうでは煙突から白煙が立ちのぼっていて、やがて雲に混じって溶けた。マップによると、ゴミ処理場らしい。あの下では高温の炉が生活の残滓《ざんし》を燃やしている。どこからか金管楽器の音がした。音楽の授業で聴いたことのある曲だ。ブラームス。ホルン三重奏曲変ホ長調だ。凪津は目を閉じ、音に耳を傾けた。

「伴《ばん》さん」

その声に夢から覚めたような気分になる。桂田は本当に急いできたらしく、額に軽く汗をかいていた。

「どうぞ」

薄いグレーの半袖シャツに斜めがけのバッグという出で立ちで現れた彼は、「はい」と小さく言ってから凪津の隣に座った。ベンチは思ったよりも狭くて、距離が近い。

「テスト、どうでした？」

桂田はメガネを外し、肩口で額を拭いながらそう言った。凪津は何もこたえなかった。すると、「僕先週テストだったんですけど、全くだめでした。高校っていきなり難しくなりますよね」と自分の話をし始めた。

あのときは平気で黙ったりしていた桂田が、とりとめもない会話から入ろうとするのはどういうつもりなんだろう。凪津は付き合う気にはなれず、「あの」ときっぱり言って、桂田に向き直った。

「あれから、ずっともやもやしていました。それは桂田さんのせいじゃないんです。私のせいなんです。でもそれがどうしてだかわかりません。だから、私の勝手なんですけど、今日、もう一度会って、その理由が知りたいと思いました」

「そうですか。そうですよね」

桂田は立ち上がると、テレビの記者会見で見るような謝罪の仕方で、「ごめんなさい」と頭を下げた。

「謝らないでください。さっきも言ったように、私のせいなんです」

「だけど伴さんを嫌な気分にさせたのは事実だから」

「嫌な気分になったのは」

凪津はそこまでいって口をつぐんだ。自分の心境をどう言葉にしていいかわからなかった。桂田は座り直して膝をぴたっと合わせ、その上に手を置いた。神妙な顔つきになり、どうしたのかと思っているうちに「僕は伴さんが好きです」と唐突に切り出した。想像もしていなかった言葉に、凪津の頭は途端に真っ白になった。

「僕、今まで、誰からもフロウされたことがありませんでした。だから伴さんからフロウされて、すごく嬉しかったんです。あ、いや、それだけじゃないです。伴さんのSNS、見られる分は全部見ました。どんなものが好きで、普段どんな風に過ごしていて、どんな写真を撮るのか。いろんなことを知るうちに、伴さんのことが好きになっていました。まだ伴さんと会う前です」

ときどき唇をぎゅうっとしながら、彼は話を続けた。

「気持ち悪いのはわかっています。自分でもおかしいってわかってる。でも、こんな奇跡みたいなことがあるんだって思いました。自分が好きになった人との相性が九十二・三パーセントって、すごいなって」

「そんな風には、見えなかった」

凪津はぼんやりしそうになるのを堪えながら、静かにそう言った。

「そうですよね」

桂田は「間違えちゃったんですね、僕は」と自分の髪の毛を掴んだ。

「緊張しすぎちゃって、だから逆にいつも通りでいようって思って、変にカッコつけたりせずに、って言ってもカッコのつけ方なんてわからないんですけど、とにかく何も飾らずに会おうと思ったんです。正直に」

正直、という言葉がぽっと宙に浮く。

「でもあんなことになるとは思わなかった。好かれなくても、嫌な思いはさせたくなかった。僕はただ、もっと伴さんと話したかった。オルタネートの相性なんていうのも、僕にとって本当はどうでもいいことなんです。相性が悪くても、僕はきっと伴さんを好きになっていました」

「どうでもよくないです」

凪津はぴしゃりと言い切った。

「桂田さんの考えはわかりました。でも、私はオルタネートが、九十二・三パーセントと表示したからフロウしただけです。自分の直感とかそういうのは、それこそ私にとってどうでもいいことです」

桂田はじっと目を見たまま動かないでいた。

「私のSNSを見て、好きになったって言いましたよね。でもそれは、あくまで感覚的なものです。桂田さんが私を好きになったのは、やっぱり初めてフロウされたからだし、バイアスがかかって私のSNSをいいように思っただけです。すごく曖昧なものなんです」

「そんなこと」

桂田はそこで言葉を飲み込み、ポケットからスマホを取り出した。凪津を見た彼はスマホを握ったまま、何かを言おうとした。しかし「やっぱりなんでもないです」とポケットに戻した。

「どうしたんですか？」

「なんでもないんです。本当に」

「言いたいことがあるなら言ってください。正直でいるんですよね」

「いや、だけど」

「いいから」

凪津が声のボリュームを上げると、桂田は「わかりました」とびくびくしながらスマホを操作し、「これ」とゆっくり画面を見せた。

「伴さんの、ですよね」

血の気が引いていく。

「エンゲクタルソム」

自分以外の人間がこの言葉を発するのは、強烈な違和感があった。

「オルタネートのリンクから、伴さんのいろんなSNSを見ました。だけどそれ以外にもやってるんじゃないかと思って」

オルタネートはあらゆるSNSと紐づけられるようになっており、その個人情報が蓄積されることでインターセクション検索の精度が上がる。匿名のSNSでもそれは可能で、かつ非公開にできる。つまり誰にも知られていないSNSの情報でもオルタネートと連携できる。

凪津はオルタネートに全てを知らせていた。自分の情報をたくさん与えることでオルタネートは育っていく。オルタネートが成熟すればするほど、マッチングは精確になり、最良の相性の相手を提示してくれる。たとえその情報が、どれほど最低で、醜いものだとしても。

「読んだの？」

震える口を動かしてそう聞くと、彼は「はい」とこたえた。

「どうして？」

誰にも知られたくない思いを言葉にする場所が必要だった。高校生しか利用できないオルタネートだから、高校生がもっとも利用しない旧式のブログサービスを探し、ほとんど廃墟のようなサイトを見つけた。利用者はだいたいインターネット草創期の生き残りで、自分の言葉を吐き捨てるために活用していた。だから互いに見合うこともないし、好き好んで覗きに来る人もほとんどいなかった。凪津はその掃き溜めのようなサイトで、「エンゲクタルソム」というタイトルのブログを始め、毎日の出来事を個人名を伏せて詳細に綴った。

「伴さんほどオルタネートにのめり込んでいる人が、僕と会ったことを書かないのはおかしいと思って……だから探しました。いちかばちかでしたが、まさかオープンにしているなんて」

凪津がブログを開設したサイトはあまりに古いため、非公開にするという設定ができなかった。しかし理由はそれだけではない。非公開にしたいなら初めからそういうサイトを選べばよかったのだ。

海に投げ込んだボトルメールのように、誰かに読まれる可能性を残しておきたかった。読んだ人は自分を最低だと思うだろう。悪意に満ちた文面に、腹を立てるかもしれない。だとしてもそうせずにはいられなかった。誰の目にも永遠に触れない文章を書き続けるのはあまりにも虚しかった。

だけどその相手は彼のはずじゃなかった。

「伴さんが僕に感じた不快な思いや嫌悪感、怒りが、そこにはありました。どれだけオルタネートを信じていて、その理由が家族にあることも」

「知ったようなこと言わないで」

反射的に凪津は声を荒らげた。けれどその言葉はあまりにも無力で、耐えきれず両手で顔を覆った。

桂田は知っている。自分の全てを。

エンゲクタルソムは凪津が生み出した言葉だった。世界中、どこにもない響き。凪津はエンゲクタルソムを二酸化炭素という意味にした。自分の中で生成され、吐き出された化合物。

「でも僕は」

「黙って」

彼は自分の名前とか日付とか「ランドゥー」とか「キューピット」とかそういう言葉できっと検索したんだろう。でも実名や固有名詞はイニシャルに置き換えていたし、それくらいではひっかからないようにしている。自分だと特定されないように内容には細心の注意を払っていた。

だからどうやって彼が見つけたのかはわからない。執念深く検索し続けたんだろうか。そしてたどり着いた凪津の文章を読んで、悪意にまみれた言葉を見て、彼は一体どう感じたんだろうか。傷つかなかったはずはない。卑劣な言葉で自分が罵られているのだ。なのにどうして彼はこんなに謝れるのだろう。

「黙りません。でも僕は」

「いやだ」

「きいてください」

桂田は凪津の肩に手をかけたが、凪津はそれを振り払った。しかし桂田はもう一度手をおいた。

「僕は、伴さんのことを、悪い人だなんて思っていません」

あれを読んでも優しくしようとする桂田は、本心に嘘をついている。全然正直なんかじゃない。

「もちろん誰にも言わないです。僕だけの秘密にしておきます」

取り引きするみたいな言い方が、また凪津の気持ちを逆撫でした。

口外されたら凪津はひどい目に遭うだろう。学校だけでなく、生活が脅かされてもおかしくないくらいのことを書いている。だけど、それがこわいんじゃない。彼の目に触れてしまったことで、悪意が本物の悪になったような気がした。

「僕たちがどうして九十二・三パーセントだったか、わかってるんです」

桂田はそれからまたスマホを操作し、あるページを開いて凪津の目の前に差し出した。

「僕のブログ」

それは凪津とは違う、しかしかなり旧式のブログサイトだった。

「伴さんより、よっぽどひどいです」

彼は頼りなく笑った。

「もしよかったら見てください。今URLを送りますから」

凪津はそれにはこたえず、「もう、連絡してこないでください」と言ってその場を離れた。桂田が追いかけようとするので、逃げるように土手を駆け上がる。一心不乱に学校目指して走り、無我夢中で校門をくぐり抜けた。おそるおそる振り返ると、桂田の姿はなかった。ほっとして向き直った瞬間、前に人がいるのに気づかずぶつかった。それほど激しく当たったわけではなかったけれど、相手は倒れ込んでしまい、「ごめんなさい」と声をかける。冴山《さえやま》深羽《みう》だった。隣には知らない男子がいた。彼は何かを言いかけたものの、諦めて深羽に手を伸ばした。もう一度「ごめん」と言って生物室へと向かう。

なかには誰もいなかった。棚の奥からそっとラリーとバリーを取り出す。どうしても彼らの顔が見たかった。カーテンの隙間から漏れる陽に照らされたラリーとバリーは、羊水のなかで眠る胎児のようでかわいかった。ふたつの顔を交互に眺めているうちに、凪津の心は少しずつ和らいでいく。私は悪くない。そう自分に言い聞かせた。

15　結集

「大丈夫か？」

尚志《なおし》は手を差し伸べたが深羽《みう》はその手をとらず、ゆっくりと立ち上がった。

「今の人、クラスメイト」

「そうなんや。なんや、泣いてたな」

深羽は手の砂を払うと、「あっ」と呟いた。

「どした？」

「血が出た」

右手の親指の付け根のあたりがぼんやりと赤くなっている。

「痛くないか？　動かせる？」

「うん」

深羽はカバンからティッシュを取り出し、右手をぎゅっと押さえた。

「大事にせなあかんで、弾かれへんくなる」

「うん」

「歩けるか」

「うん」

再び円明《えんめい》学園の構内を歩いていく。こんな風に二人で歩いていることを、尚志はまだ現実と思えていなかった。


偶然深羽と出会った尚志は、いかにあのときのパイプオルガンが素晴しかったかを語った。その感動を伝える上で身の上話は欠かせなかった。尚志はなぜ自分が円明学園高校に忍び込んだかを話し、自分は怪しいものじゃないと訴えた。ほんまやねん、ただ友達に会いたかっただけやねん。そんなことより、あんたのパイプオルガンにはぶったまげた。しんどくなったとき、いつもあの音を思い出してん。救ってもらってん。ほんまありがとう。

話しているうちにどんどん早口になって、深羽は「落ち着いて」となだめるように言った。一呼吸置いて尚志は彼女に言った。「もしよかったら、また聴かせてもらえへんかな」

尚志は極めて気さくな感じで、そう言った。内心はどきどきしていた。彼女は「いいよ」と消しゴムでも貸すような気軽さで返事をした。そしてテストの終わる日の午後一時に、校門の前で待ち合わせした。

初めて侵入した時はあれこれ工作をしたのに、今日は普段着のまますんなり構内を歩けていて、いとも簡単に目的地までたどり着いた。あまりにあっさり到着したので本当にここだったか心配になったが、外壁には確かに“CENTRAL CHAPEL”という文字が刻まれている。

興奮する尚志をよそに深羽は慣れた様子で真鍮の取手に指をかけた。引くと扉は少し動いたあとガシャンと音を立てた。もう一度引いても結果は同じだった。尚志が代わって試したが、扉はやはり開かない。

「先生に聞いてくる」

「ええよ、またで」

「聴きたくないの？」

聴きたいに決まってるやろ、と心の中で言った。しかし一方で「また」があるならそれも悪くない。

「待ってて」

深羽が高校の方に戻っていったので、尚志はチャペル入口の石段に腰掛けて待つことにした。目の前に立っている銀杏には落ちるには早い実がなっていて、風で小刻みに揺れていた。

戻ってきた彼女の表情は暗かった。

「どしたん」

「しばらく使えないみたい」

深羽は尚志の隣に座った。

「アスベストの可能性があるんだって」

「なんなんそれ」と尋ねると、「昔よく建物に使われてた材料だよ。便利なものだったんだけど、すごく身体に悪いの。肺がんとかになるの。それが使われている可能性があるみたい。調査が終わるまでしばらく入れないんだって。確認されたら除去しなくちゃいけないから、当分使えないかも」と深羽は言った。

「肺がんは嫌やな。ってか、俺らもう入ってもうてたやん」

「あれくらいなら大丈夫だって先生は言ってたけど。音の振動でちょっと降ってきてたかも」

まさおさんも母ちゃんも死因は肺がんだった。

「しばらくって、どれくらいなんやろ」

「全然わからないみたい。もともとあんまり使われてない場所だから、そんなに急いでないって言ってた。最悪の場合、取り壊しもあるって」

「そんなら、あのパイプオルガンどないすんねん」

「さぁ。どうするんだろう」

自分のものでもないのに、尚志はなんだか許せなかった。どれくらいの値段かは見当もつかないが、音の価値は知っている。あのパイプオルガンはこの空間だからこそ響く。

「途方に暮れてもうた」

尚志は思ったことをそのまま声にしてみた。

地面を歩く蟻が大きくて、「でかいなぁ」と言うと、深羽は「小さいおだんごみたい」と言った。

「音楽スタジオでも行くか。川渡った先やけど」

「うん」

「オルガンはないけどな、キーボードやったらあるわ」

尚志は歩きながら、アスベストのことを考えた。かつては便利だと重宝されていた建材が一転して悪者になる道理はなんなんだろう。いいか悪いか判断しきれていないのにどうして使ったんだ。取り付けるより取り除く方がよっぽど大変に違いない。

一度始めてしまったらもう元通りにならないことはたくさんある。自分はきっともう大阪には帰れない。ドラムを知らなかった頃には戻れない。後戻りできないことだらけだ。

土手道を進んでいると、前から体育会系の部員たちが走ってくる。Tシャツはみんなバラバラだが、ハーフパンツは同じもので、エンジ色だった。

「うちのバスケ部」

尚志ははっとして深羽の手を引き、土手道から外れた。二列になったバスケ部が二人の後ろを横切っていく。振り返ると豊《ゆたか》らしき後頭部があった。彼が着ていたのは黒いTシャツで、細かい文字やデザインは見えなかった。それでもわかったのは、尚志も同じものを持っているからだ。『前夜』のライブTシャツ。それも去年のものだ。

「ごめん、急に」

「平気」

二人はまた土手道に戻った。

「忍び込んで会いにいった友達の話したやろ。そいつバスケ部やねん」

「なんて人？」

「安辺《あんべ》豊」

「安辺先輩だ」

深羽がそう言ったので「知ってんの？」と尋ねると、「後輩から人気だよ」と彼女はこたえた。

「今年初めてバスケ部がインターハイに出たの。それは安辺先輩のおかげだって、誰かが言ってた」


――下手なんちゃうんか。

網代川《あじろがわ》にかかる橋はとても長かった。川の左右の街並みはほとんど対称で、あまり変わりはない。しかし尚志にとって自鳴琴荘《じめいきんそう》のある側には現在があって、円明学園高校のある側には豊との過去があった。時間の流れはここでくっきりと分かれていて、橋を渡るといつも異空間へワープしている気分になる。

ただそこに深羽が現れたことで、過去は未来にもなりえた。ということは、どういうことなのだろう。時間の流れがどこに向かっているのかよくわからなくなって、頭がこんがらがる。

駅前の音楽スタジオ『ピピ』に上がると、店員が「おぉ、尚志」と声をかける。最近はよくここで練習していて、バイトをさせてもらうこともあった。

「キーボードの部屋、空いてる？」

「えっと」といいながら彼はパソコンの画面を見て、「Cスタがあと十五分で空くわ」と言った。

「それまで待てるか？」

「うん」

『ピピ』にはそれぞれの部屋で個性があり、広さはもちろん、アンプの種類や個数、キーボードの有無や、ドラムの組み方まで、本当にまちまちだった。とはいえ望み通りの部屋に入れるとも限らず、どうしてもそこがいい場合は待つしかなかった。

しばらくすると、他のスタジオから坂口《さかぐち》さんが『ホタつじ』のメンバーと一緒に出てきた。

「尚志じゃん。なに？　練習？」

坂口さんはそう言いながら深羽を見て、面白がるように「どちらさま？」と言った。

「キーボードできるんで、聴かせてもらいたくて」

「ほお、スカウトか」

坂口さんは尚志が新しいバンドを組むためにピアノを探してきたと思ったようだった。しかし尚志にはあのパイプオルガンと合わせるドラムはイメージできなかった。

「俺にも聴かせてくれよ」

坂口さんは図々しいところがある。一緒に住んでいてそれをよく感じる。トキさんと話が盛り上がっていると間から「何々？」と割り込んできたり、共用のトイレットペーパーを全然買ってこないくせにたくさん使ったりする。薄い壁の向こうで何周も巻く音が聞こえるたびに、みんな小さくため息をついている。

「ちょうどいいな。今、他のスタジオにマコもトキもいるよ。憲一《けんいち》も」

何がちょうどええねん、ほんで憲一くんは作詞家やのにこんなところで何してんねん、と声には出さずに言う。

　自鳴琴荘にはプライバシーもデリカシーもなく、こうなると歯止めが利かない。むしろ変に嫌がったりして、あとでからかわれる方が厄介だった。深羽に自鳴琴荘とそのメンバーのことを話し、それでもいいか聞いた。彼女はまた「うん」と言った。

　深羽は「うん」とか「いいよ」とか短い言葉で返事をすることが多い。無表情というわけではないのだけれど顔のパーツはどれもあんまり動かなくて、視線はいつも遠くを見ているようだった。声も平坦で、その摑みどころのなさに振り回されないよう、尚志は必死で自分を保っていた。

　Cスタから出てきたのは自鳴琴荘の三人だった。深羽のことを坂口さんが説明し、三人は追加料金を払うと言って再び同じスタジオに戻った。

　坂口さんは中に入るなりなぜか率先して動き、部屋のアンプを壁側に移してキーボードを引っ張り出した。「どうぞ」と深羽をキーボードの前に促すと、尚志たちはそれを囲むような形で床に座った。

「なんでもいいんですか」

「いいよ」

　なぜか坂口さんが場を取り仕切り、深羽も素直に従うので、尚志は内心ふてくされていた。しかし顔には出さず、鍵盤に重ねる深羽の指にだけ集中していた。

　彼女の指は動かなかった。正確に言えば、尚志は指が動くのが見えなかった。無音と一音目の境に気づけなかった。まるで幻のように、音はいつの間にかそこに現れていた。そして見えない流れに漂うかのように、揺れては姿を消し、また次々に現れた。ゆったりとした3／4拍子の上をシンプルな音色が泳いでいく。

クラシックに疎い尚志でもこの曲は聴いたことがあった。メロディはみずみずしく、甘くて、そして一抹の頼りなさがあった。一粒一粒の音の輪郭はくっきりしていながら、ふっと霞んではほどけるようになくなった。

「ジムノペディ」

マコさんがそう呟いた。

深羽の演奏に五人は聴き入った。音もさることながら、背筋が伸びた佇まいも優雅だった。尚志は一度、四人の顔を見た。マコさんはじっと彼女を見つめ、トキさんは目をつむっていた。坂口さんは腕を組んでいて、憲一くんはうっすらと微笑んでいた。どれも音楽を愛する人の姿勢だった。

物悲しい和音で曲は締めくくられた。五人はしばらくその余韻に浸り、ゆっくりと拍手をした。

「ジムノペディ第一番で胸がここまで苦しくなったの、初めてだよ」

トキさんがそう言うと坂口さんは「そうか、俺はすげー浄化された感じなんだけど」と返した。

「私は夕方と夜の境目にいるような気分だった」とマコさんが嬉しそうに言ったあと、「尚志くんはどうだった？」とこっちを見る。

「角生えそう」

尚志がそう言うと、みんなが顔を曇らせた。

「なんちゅうか、角生えてきそうな感じなんすよ、ほんまに」

頭に両人差し指を立ててそう言うと、深羽が、ふっ、と笑った。

「なんでこの曲にしたん」

「好きだから。それだけです」

深羽は淡々とそう言った。

憲一くんが「尚志もやる？」とドラムに目をやったが、首を横に振った。度胸がないと思われてもよかった。他の音を耳に入れたくなかった。

六人は『ピピ』を後にした。尚志はここで深羽と別れるつもりだったが、マコさんが「うちでご飯でも食べていかない？」と誘ったので、「せや、来たらええやん」と続けた。

「まだ夕方やし。ピザ頼むで」

深羽は「うん」と言った。

途中、レンタルビデオ店の前で憲一くんが「せっかくだからみんなでルイ・マルの『鬼火』を観よう」と言い出した。全員が無言で憲一くんを見ると、「え、ジムノペディといえば『鬼火』でしょ」と言った。

憲一くんいわくジムノペディはこの映画で世界的に広まったらしい。ウィキペディアで『ジムノペディ』と調べると同じことが書いてあって、憲一くんもきっとこれで知ったんだろうと思った。尚志は『鬼火』も調べた。「エリック・サティの印象的な旋律を背景に、アルコール依存症の男が自殺に至るまでの四十八時間を、抑制の効いたモノクロームの画面で描く」とあらすじにあった。トキさんが観てみたいというのでＤＶＤを借りることにした。

とても賑やかな夜だった。深羽はすっかり馴染み、みんなと普通に会話していた。特に坂口さんは深羽に興味津々で、立て続けに質問するから、まるでインタビュアーのようだった。

深羽は二歳でピアノを始めた。母親がピアノの先生だったことと、二つ上の姉も習っていたことで自然とそうなった。オルガンも弾くようになったのは小学校の頃だったらしい。音楽室に置いてあるのに興味を持ち、休み時間に勝手に弾いて独学で覚えたという。

深羽はオルガンの方が好きだと言った。「息してる感じがするの」と、理由を語った。

深羽が円明学園高校に進学したのは、姉もそこの生徒で両親が円明学園大卒だからだった。あの日、チャペルで深羽がオルガンを弾いていたのは、礼拝の伴奏者としてふさわしいかを先生が見極めるためだったらしい。それまでは深羽の姉が伴奏を務めていたが、体調を崩して急遽入院することになり、代役として深羽に白羽の矢が立った。

「彼氏はいるの？」

坂口さんは脈絡なくそう尋ね、「いません」と深羽がこたえると、「そうなんだぁ」と尚志に目を向けた。

「でもさ、よくこんなやつと仲良くしようと思ったね」

坂口さんはピザを摑み、その先端で尚志の方を指した。

「俺だったらもう会わねぇなー。だってめっちゃ怪しいだろ」

「誰が怪しいんですのん」

ははは、とマコさんが笑った。

「尚志くんはいい子だよ。坂口くんにわからないだけじゃない？」

口の中にビールを流し込んだ坂口さんは「女にはこいつの危なさがわかんねぇんだよ」と言い、

「女性蔑視、最低」とマコさんは返した。

「面白いと思ったから」

深羽は静かな声でそう言った。


ひととおり腹が膨れたところで憲一くんが『鬼火』を再生した。淡々と進むモノクロの映像、そこに映される役者たちの顔はとても整っていた。しかしフランス映画を初めて見た尚志はすぐにはついていけなかった。坂口さんも同じで、始まって十分もしないうちにソファで寝入ってしまった。偉そうに語っていた憲一くんも三十分ほどで目を閉じた。けれど深羽とマコさんはじっと見入っていて、トキさんは「うん、劇伴がいい」と映画を楽しんでいた。そんなトキさんをマコさんが時々視界の隅で目に入れるのに尚志は気づいていたが、見ないふりをしてあげた。

尚志は眠くなりそうになると、深羽の顔を見た。すっと通った鼻筋と黒い髪と長いまつげを見ていると、眠気はどこかへ吹き飛んだ。しかし尚志も、その一部始終をマコさんに見られた。マコさんは口角を上げてて、また画面の方を向いた。ちょうどジムノペディ第一番が流れた。一緒に悪いことをしていたはずなのに自分だけがバレたみたいで、なんだか分が悪い。

主人公アランの女友達エヴァが彼から死の気配を感じて「ただ不幸なだけ　引き止めたかっ

た」と言うシーンがあった。麻薬に耽る彼女の仲間が「心配するな　不幸でも自殺はしないさ」と画面からは見えないところで返す。そして「なぜ分かるの？」と言い返したあと、エヴァは突然カメラ目線になりこう言う。「黙ってて」。その視線にはっとし、尚志はしばらくの間鼓動が速くなった。そして映画の幕切れは唐突にやってきた。最後まで見ていた四人は何も話さないまま、片付けをしたり、ＤＶＤを取り出したりしていた。

尚志は、街を彷徨い続けて人と出会うごとに苦しくなっていくアランがまるで自分のように思えた。しかしその末路が自殺なのは納得できなかった。もっと生きようがあるやろ。尚志のその思いは自分に対してのものみたいで、余計に腹が立った。

マコさんと駅まで深羽を送った。夜の街路はかすかに肌寒く、乾いた風がどこからかラーメンの匂いをさらってきた。二人の歩くペースに、自然と歩幅が小さくなる。

駅に着くと、尚志は「また来てくれてええからな」と言った。

「いつでも来てや。待ってるから」

「うん」

深羽の顔は影になっていて、表情がわかりにくかった。

「これ俺の連絡先。オルタネートできへんから、ここに電話かショートメールして」

事前に電話番号を書いておいた紙を渡すと、「うん」と深羽はまた言った。

「ほなな」

「じゃあね。ほんと、いつでもおいでね」

マコさんがそう言うと、深羽は頭を下げて改札を抜けていった。

「いい子だね。深羽ちゃん」

「いい子かどうかはわからんけど、すごいやつです」

「そんな言い方じゃ、もう会えなくなっちゃうよ」

マコさんはいたずらな顔で「単純な言葉で褒めたから仲良くなれたんでしょ」と言った。

「仲良くなりたいなら、わかりやすくしないと」

「マコさんって、トキさんと付き合ってるんですか？」

「え？」

「わかりやすくきいてみました」

「なんでそうなるのよ」

「いや、ずっとそうなんちゃうかなぁって思ってて」

「全然。そういう関係じゃないよ」

「ほんますか、なら」

何も変わっていないのに、失恋したような気が続いているのは、『鬼火』のせいだ。だとしたら一緒に最後まで見たマコさんも同じ気分なのかもしれなかった。彼女の耳に下がるピアスの真珠が、いつまでも淡い光を放ち、揺れていた。

16　軋轢

えみくにはオーディション当日になっても、三浦《みうら》くんとのことを報告できていなかった。

今は目の前のことだけに注力するべきだし、他のことを考えている場合じゃないから、彼女に余計な話はしないほうがいい。そう言い訳をして、彼女に知らせるのは後回しにしていた。

オーディションを通過したら永生《えいせい》第一高校と対戦することになる。さすがにそのときまで黙っているわけにはいかないだろう。自分以外の誰かから彼女の耳に入るのもよくないし、三浦くんの視線で感づいてしまう可能性もある。そうならないうちに時間を作って、ちゃんと伝えておくべきだ。

しかし直接顔を合わせて伝えることが本当にいいことなのだろうか。ショートメールの方がえみくも気が楽かもしれない。オルタネートがあれば、と何度も思ったが、その策はすっかり諦めた。やっぱりこんなタイミングで三浦くんと付き合うべきじゃなかったかもしれない。けれど、彼の存在が満たしてくれるものは確かにあって、そんな風に都合のいい自分がまた情けない。

あの日から三浦くんと顔を合わせていない。電話はしていたけれど、会うほど余裕はなかった。彼の方も、今はその方がいいと応援してくれた。

その甲斐あってか円明学園高校《えんめい》はオーディションを無事通過、ついに本選への切符を手にした。オーディションでの「『ヤマブシタケ』と『魚介』という食材、テーマは『銀河』」という昨年の決勝と同じ条件に対し、ふたりはまったく新しいアプローチで挑むことにした。昨年のメニューをブラッシュアップすることも考えたが、「だめだったものをいくらよくしても限界がありますよ」とえみくにきっぱり却下された。「澪《みお》さんと新見《にいみ》先輩のペアじゃなくて、新見先輩と私のペアなんですよ。私たちなりのスタイルで戦いましょうよ」。道筋が決まったところで、二人は真新しいレシピを試行錯誤しながら考案し、オーディション当日、そのメニューを会場で難なく作り上げた。

オーディションで提出したメニューは、ヤマブシタケとホワイトアスパラのスープとヤマブシタケのイカスミパスタ風の二品だった。それらを一つのプレートに対称に置き、ホワイトホールとブラックホールを表現する。色彩のアイデアはえみくが考え、具体的なレシピは蓉《いるる》が考案した。一つ目のスープではヤマブシタケをミキサーにかけて完全に食感をなくした。ヤマブシタケをソースにするという、前回不評だった手法とあえて似たやり方をしたのは、蓉の反骨精神だけが理由ではない。スープの底に小ぶりの蒸したヤマブシタケと白身魚を浸し、一つの食材を二種類の調理法で仕上げることで、この食材のポテンシャルを訴えるためだった。もう一品はざっくりと裂いたヤマブシタケをショートパスタに見立て、イカスミのソースと和えた。どちらも味わいは複雑にしすぎず、食材そのものの味を活かす。

そうしてでき上がったのはモノトーンのコントラストが際立った、幾何学的なデザインの一皿だった。盛りつけだけでなく味も申し分なく、納得の作品ができ上がった。料理が完成するとえみくは「去年これ作ってたら絶対優勝できましたよ」とまた減らず口を叩いた。蓉は思わず笑ってしまった。「その通りかも」

そう呟くと、えみくが「いやまぁ、去年のがあったから、これができた部分もありますから」とたどたどしくフォローするので、蓉はまた笑ってしまって、つられてえみくも笑った。そんな風に笑い合えたのは初めてのことで、蓉は少し安心して泣きそうになる。

これだけのものを作ったのだから通過できないわけがない。私たちは全力を出し尽くした。選ばれなかったとしたら、審査員の目が節穴だ。そう確信していたが、実際に自分たちの番号が呼ばれたときは子供のように喜び、審査員たちに心から感謝した。

合格校の発表が終わり、ふたりが余韻に浸っていると、スーツに身を包んだ中年の男性に声をかけられた。彼は「私は『ワンポーション』のエグゼクティブ・プロデューサーをしています、鴫原《しぎはら》と申します」と名刺を差し出し、「話したいことがあります。今から事務局まで来てもらえませんか」と続けた。名刺には『スーパーノヴァ』の取締役と書かれている。

エプロン姿のまま彼について事務局へ行く。中には誰もいなかった。身構えるふたりに鴫原は軽めの拍手を送り、「改めて、通過おめでとうございます」と微笑んだ。

「で、ここに来てもらったのはちょっと確認したいことがあってね」

急にフランクな口調になる鴫原をいぶかしく思っていると、「新見蓉さん。あなたのことなんだけど」と彼は低い声で言った。

「はい」

「単刀直入にきくけどね。三浦栄司《えいじ》くんと付き合っているっていうのは、本当？」

「えっ」

蓉が声を出す前に、えみくが声を出した。

「そんなことを耳にしてね。あ、いや、だめということではないんだけど」

えみくの視線を感じるものの、彼女の顔を見ることができない。

「『ワンポーション』として、このことをどう扱うべきか、ちょっと問題になっていてね」

「私たち、失格とか、ないですよね」

えみくが思わずそう言うと「そんなことはないよ。君たちが出たいならの話だけどね」と彼はこたえた。

「端的にこちら側の意見を言わせてもらうとね。ややこしいことになる前に、二人の関係を番組で公表させてほしいんだ。そしてできれば番組の演出に、ぜひ使わせてほしい」

鳴原は蓉の後ろに回り込み、「頼むよ」と言って、胸の前で腕を組んだ。

「そんなに気にすることでもないと思うんだ。ほら、今の子はオルタネートで、恋愛関係をオープンにしている子も多いときくし」

「私はしてません」と蓉がすぐに言い返す。

「でも、三浦くんはオルタネートをしてるよね」

まさか、と蓉は思ったが「今のところは彼も公表してないらしいけれど」と付け加えた。

「実はね、君のことは三浦くんのペアである室井《むろい》くんから聞いたんだ。だけどこの話を事務局にするのに、三浦くんの了承も得ていると言っていたよ」

頭が熱くなって、ぼーっとする。

「強制はできない。君たちが嫌がることをしたいと思っているわけじゃないんだ。でも二人の関係を隠しながら戦うのは気持ち悪いだろう。いっそオープンにした上で、正々堂々戦ってほしいんだ」

蓉はくらくらする頭を押さえ、「少し考えさせてください」と言った。えみくが「え、出ないの？　マジ？」と慌てるので、「ちょっとだけ、時間をちょうだい」と彼女を見た。

「すぐに返事しますから」

「君の気持ちもわかるが、『ワンポーション』は本選開催に向けていよいよ本格的に動き出す。だから、できれば急いでほしい。万が一君たちが棄権するとなると、他の人に声をかけなくてはならないしね」


会場を出ると、突然の強い風に蓉は目をつむった。髪が逆立ち、頬が後ろに引っ張られるくらいの風だった。（今晩台風が接近するので大雨、突風には十分気をつけてください）という注意喚起がずっとスマホに届いている。風音がぶんぶんと耳のそばで鳴り、それが断続的にやってくるのでなかなかえみくに話ができなかった。

地下通路への階段を下りるとようやく静かになったので、蓉ははっきりとした口調で「ごめんなさい」とえみくに言った。

「ちゃんと話そうと思ってたの」

えみくの顔を見る。俯いていて、何を考えているかよくわからない。

「言い訳になっちゃうかもしれないけど本当に、今日が終わったらちゃんと」

彼女は黙ったまま、階段を跳ねるように下りていく。

「本当にごめん」

離れていく背中に向かって蓉は頭を下げた。

「別に、関係ないっすよ」

その声にふっと顔を上げる。振り返ったえみくが「恋愛なんて自由でしょ。好きになる相手は選べないわけですし」と突き放すように言った。

「だけど現にこうやって、迷惑かけちゃってる」

「え、私全然怒ってないですよ？」

そう言ってくるっと前を向き、えみくは荷物を持った手を後ろに組んで歩き始めた。

「そりゃ一瞬びっくりしましたけど、でも、そうだよなぁって。夏休み、私が呼びだされた日、三浦さんが来たじゃないですかぁ。あのとき、もう始まってる感じでしたもん。気付かなかった私の方が間抜けだ」

地下通路まで下りきっても風がどこからか吹いてくる。

「でもせめて『ワンポーション』終わるまで待ってくれたらなぁ。せっかく本選決めたのに」

その言い方にいつもの皮肉めいたものはなく、おかしなくらい軽やかだった。しかしすぐに、「あれ、ちょっと待って」と立ち止まり、蓉に向かって顔をしかめた。

「もしかして、その話題性で私たちって選ばれたとか？」

「え？」

「だっておかしいじゃないですか。付き合ってること、事前にわかってたんですよね？　だったらオーディション前に確認するのが普通でしょ」

えみくの言う通り、わざわざ合格させてから自分たちの意向を確めるのは違和感がある。準備だって二度手間になるし、今日会場にいた人は私たちが合格したことを知っているわけだから、棄権したら不審に思うに違いない。

「受かってから呼び出したのって、合格させたら断らないと思ったからかも」

えみくの顔が一層歪む。

「超ムカつく」

「私のせいでごめん」

「新見先輩のせいじゃないですよ、人の恋愛を利用するなんて、絶対おかしい。こっちは純粋に勝負しにいってるのに。プライベートと料理は関係ないでしょ！　なんで演出とかすんだよっ！」

えみくがレンガの埋め込まれた壁を蹴り飛ばすと、コンバースと擦れてざざっと音がした。

「どうするんすか。悔しいけど、辞退したいならそれでもいいですよ。私は、来年も再来年も挑戦できますから。新見先輩が決めることだと思います」

「ありがとう」

そうこたえると、えみくが勢いよく手を差し出した。

「とりあえず、今日はお疲れっした」

蓉は少しためらいながらも、その手を握った。彼女の手は温かかった。それは自分の手の冷たさのせいだとあとになって気づいた。

二人の帰路は反対方向で、改札を入ったところで別れた。地下鉄のホームへ行くと、線路の向かい側にえみくがいた。反対方面の入構を告げるアナウンスが流れる。

蓉が小さく手を振ると、えみくはおもむろに両手を口もとに持っていき、「マジめんどくせぇ！　勝手に恋すんな、新見蓉！！！」とまるで山頂で叫ぶみたいに言った。それから彼女は右手の親指と小指を立てて耳元に当てた。心持ちが決まったら連絡して、ということらしい。そして彼女はやってきた電車に身を押し込んだ。

残された蓉は気まずさに頬を赤らめたが、どこかで清々しくもあった。続いてやって来た電車に蓉も乗り込むと、車内は思いのほか空いていた。しかし座る気にはなれず、ドアにもたれかかってスマホを取り出した。開くとたくさんのショートメールが届いている。全てがオーディション通過を祝う内容だった。すでに皆が知っていることにびっくりして、すぐにえみくに連絡する。

（もう私達が『ワンポーション』に出ることが広まってる、どうしてだろう）

するとすぐに返事があった。

（私も気になって今調べてたんですけど、公式の発表じゃなくてあそこにいた参加者か関係者が

情報を漏らしたみたいです。一気に拡散してますね)

それから落ち込んだ顔の絵文字が送られてきた。普段は絵文字なんて送ってこないから、もしかしたら励まそうとしているのかもしれない。その優しさは嬉しかったけれど、「拡散」の文字は蓉の胸をぎゅっと締めつけた。

三浦くんからのメッセージもあった。

(終わったら教えて! そっちの方まで行くから!)

地下鉄のコンクリート壁がめまぐるしく流れていく。

本当なら一番最初に伝えているはずだった。結果発表を待つ間も、そうしようって決めていた。なのに今となってはなんて送ったらいいかわからない。

すでに彼は結果を知っているかもしれない。蓉は返事をしないままスマホをしまった。

地下鉄はそのまま別の路線に乗り入れるため、やがて地上に出た。空は薄暗くて、雲はまだらに広がっていた。新着のショートメールが届く。

(まだかな……? 大丈夫?)

自宅まであと五駅。蓉は返事を打った。

(あと十五分くらいでつくと思う)

するとすぐに(わかった、急いで蓉の駅までいくね)と返事が届いた。

最寄りの駅に着くと、電車は吐き出すように蓉を下ろした。人波に追い抜かれながら、重たい足取りで改札に向かう。

待つかと思っていたのに、すでに三浦くんは改札の向こうに立っていた。彼の顔を見た途端、自然と身体が熱くなる。

「はやいね」

あの日以来会えていなかったのに、三浦くんと面と向かうと気持ちは以前よりも強くなっているように感じた。

「気になっちゃって、実は昼過ぎからずっとこの辺をうろうろしてたんだ」

三浦くんの髪はこのあいだよりも少し伸びていた。

「……で、どうだった？」

彼は言いにくそうに聞くので「結果知らないの？」と質問を返す。

「知らないよ、どうして？」

「もう拡散されてるみたいだから」

「見てない。蓉から最初に聞きたかったし」

三浦くんが心配そうな表情を浮かべている。すぐに返事をしなかったことに心苦しくなった。

「通った」

「ほんと？」

蓉がうなずくと、「よかったぁ。返事なかったし、元気もなさそうだったから、もしかしたらダメだったのかなって」と片手を額に当てた。

「一応ね」

蓉は紙風船を打ち上げるように、その一言を空中に投げた。

「一応？」

三浦くんは不思議そうに見つめていたが、蓉は顔を背ける。口を閉ざしたまま駅を離れ、家まで向かう。

歩きながら話したくなくて、蓉は黙り続けた。三浦くんは何もきかなかった。前に「沈黙ってマジで暴力だよ」と彼が言ったのを思い出す。こんな時に限って、信号にたくさんひっかかる。

家の前に着き、蓉は自宅ではなく『新居見《にいみ》』の方の鍵を開けた。何かあったときの為に店の鍵も持たされていた。蓉が先に入ると、三浦くんはおそるおそる足を踏み入れた。

日曜日なので店は休業している。両親の姿はなかった。どこかに外食に行っているのか、誰かに会っているのか、もしかしたら隣の自宅にいるのかもしれない。

店内の電気をつける。いつもみたいに人がいないと、まるで違うところにきたみたいな気になる。店に染み付いた料理の匂いに三浦くんは「いいなぁ」と呟いた。

「母ちゃんは店を持たない料理人だから、こういうの憧れるよ」

「自分の店を持ちたいと思う？」

「もちろん。俺がなりたいのは料理研究家じゃなくて、料理人なんだ。料理を作る人のために料理を作るんじゃなくて、食べる人のために料理を作りたい」

「そこ、座って」

蓉が指差した四人がけの席に三浦くんが座り、その向かいに蓉も腰を下ろした。

「ごめんなさい、ここのもの勝手に触っちゃいけないから、飲み物とか出せないんだ」

「気にしないで。で、どうしたの？　とても普通じゃない感じなんだけど」

蓉は一呼吸して、「実はね」と話を切り出した。そして事務局に呼ばれた話をした。

「実力で選ばれたんじゃないなら棄権することも考えてる」

「えっ？」

三浦くんは信じられないといった様子で、「どうして、そうなるの」と瞬きを繰り返した。

「アンフェアで勝つより、フェアで負ける方がよっぽど悔しくないよ」

彼はうつむいて、「そうだよね。俺も、そう思う」とうなずいて言った。その受け入れの早さに蓉は思わず「だったら」と突っかかった。

「どうして私とのこと、事務局に言ったの？」

彼は軽い口調で、「それがフェアだからだよ」と言った。

「俺と室井の間に隠し事はない。それはペアを組んだ時からのルールなんだ。お互いに全てをむき出しにしなくちゃ、結束は生まれない。だから蓉のことはすぐに話した。それが俺らのフェアなんだ。そしたら室井が、番組に隠すのはおかしいって。優勝までした俺たちがこんな大事なことを『ワンポーション』に黙っているのは失礼だってさ」

三浦くんのイスがぎっときしんだ。

「それに納得したの？」

「したよ。隠すことでもないと思ったし、俺と蓉だって『ワンポーション』がなくちゃ出会えなかったわけだし」

「でも、だったら、先に私に言ってくれてもよかったじゃん。私たちのこと、話そうと思ってるって」

「それはそうだけど……でも蓉がオーディションに集中したいのもわかってたし、そうこうしているうちに室井が『早く言わないと、あとあと面倒になる』って言うから、じゃあいいよって」

そんなの勝手すぎる、と言おうとしたが、その言葉は飲み込んだ。自分がえみくに黙っていたのだって、同じようなものだ。

「そもそも、蓉はどうして隠したがるの？」

三浦くんが握り拳に一層力を込めたのがわかった。

「蓉が『オルタネートに恋人がいるって書かないで』って言ったとき、俺、悲しかったよ」

風でガタガタと窓枠が揺れる。

「どうして自分が好きな人と一緒にいることを言っちゃいけないんだって。本当は蓉のことを叫びたいくらい好きなのに、無理やり押し込めてる。でも蓉が嫌がることはしたくないから、俺はしなかったよ」

「初めてだから」

蓉は彼の勢いに怯えながら言った。

「人と付き合ったりするの、初めてで、何が起こるのかこわいの。自分が自分じゃなくなる感じがずっとしてて、本当の自分をなかなか受け入れられなかった。あの坂道でやっと認めてみようと思ったの。でも、まだこわい。何がどうなってしまうのか、制御できないことだらけになるんじゃないかって。そしたらやっぱり、こんな風に、自分だけじゃすまないことが起きて」

「そんな言い方しないでよ」

唇を震わせながら、「それじゃ、俺と付き合わなかったらよかったの？」と彼は言った。

「俺と会わなければ、俺が蓉を誘わなければ、告白なんかしなかったらよかったって、そういうこと？」

「そんなこと言ってない！」

落ち着こうと思っていても、どうしても三浦くんの昂ぶりに引っ張られてしまう。

風の音が強くなる。ごふぅと鳴る度に身がすくむ。

「ごめん、なさい」

つい謝ってしまう。でも何に謝っているのかわからない。ただ嫌われたくなくて、つくろっているだけだ。

「俺もごめん」

彼はそう言って天井を見上げ、手で顔を拭った。

「俺は、俺と蓉との関係では、ちゃんと君を大事にしたいって思ってるんだ。でも俺と室井は、『ワンポーション』連覇に懸けてる。ただそれだけのことなんだ」

三浦くんの薄い皮膚の下に青い血管が透けている。

「室井くんは本当に同じ思いなの？」

「それ、どういう意味？」

「そのままの意味だよ」

「あいつが違うこと考えて、そうしたってこと？」

「勝つために私たちのことを言った可能性はないの？　だってもし私たちが棄権したら、去年も決勝に進んだ相手が一組減るわけでしょ」

「そんなことまで考えてないよ」

「そうじゃなくても、私たちを揺さぶろうとしたとか、考えられるよね。だっておかしいよ、『ワンポーション』に隠し事をするのは失礼とか、本当にそうだとしてもオーディション前にいうことじゃない」

「疑ってるわけ？」

「疑ってるんじゃない。だけど信じられるほどその人を知らないから」

「俺のペアだよ」

「じゃあ私のペア、信じられるの？」

「俺は信じるよ。蓉の友達はみんな」

三浦くんの瞳があまりにも澄んでいるから、悲しくなる。何を言っても自分が悪いように感じてしまう。

「お願いだから室井のことは悪く思わないでほしい。俺はずっとあいつとやってきた。そんな汚いやつじゃないよ。あいつは、俺のためを思って言ってくれたんだ」

彼が説得するように話す。なのにちっとも響かない。むしろ話せば話すほど、彼は周りが見えていないんだと思ってしまう。

「わかってくれないかな、蓉」

「わからないよ」

彼とぶつかるのは決勝戦だと思っていた。正々堂々戦って、勝っても負けても恨みっこなし。そんな真っ向勝負を楽しみにしていた。

「全然わからない」

彼は思い通りにならない蓉に業を煮やし、「今から俺はひどいことを言います」と宣言した。

「これは俺個人の意見じゃないです。前年度『ワンポーション』優勝者として言わせてもらいます。俺たちはそんな小細工をしなくてももう一度優勝できる。円明学園高校にびびって、卑怯なことをするほど弱くないんだよ」

もっともだと思った。彼は自分たちの勝利のために、そんな裏工作をする必要なんてない。

何かが蓉の中で弾けて散らばった。その欠片はばらばらで、元どおりになんてできそうもなかった。

がらっと戸が開く。母が「あら、帰ってたの?」と蓉を見て言った。蓉は慌てて腰を浮かせ、「ただいま」と言って頭の中を切り替えた。

「去年『ワンポーション』で優勝した三浦栄司さん。オーディション通過したから、今年も戦うことになるの」

紹介すると「そう」と母は笑顔を浮かべた。

「うちの子をどうぞよろしくお願いします」

「いえ、こちらこそ」

三浦くんの声もよそゆきだった。

「蓉、お父さんもう家にいるからね」

母はそう言って、蓉に目配せした。父にばれないように気をつけなさい、ということだろう。

それから母は三浦くんに会釈をして、戻っていった。

二人にもう会話はなかった。それは意図的な沈黙ではなく、もうどうしようもないというような、諦めの沈黙だった。『新居見』を出て駅まで送ろうとすると、「ここでいいよ」と三浦くんは言った。

「じゃあね」

風は収まっていた。

「私たち、『ワンポーション』終わるまでは、ライバルだけでいた方が――」

最後まで言い切る前に三浦くんは振り返り、「そのときまで、同じ気持ちでいられたらね」と言って駅の方に歩いていった。

今の自分がどんな表情をしているのかわからない。だけど、このままではとても家に戻れないことだけはわかる。

蓉も彼に背を向けて歩き出す。収まったと思った風は再び吹き荒《すさ》び、やがて雨が降り始めた。

それでも蓉は歩いた。どこともなく、とにかく脚を前後させて前に進んだ。壁伝いに歩いていた猫が雨宿りできる場所を探して先を急ぐ。

　風に流された雨が頬に当たって痛い。しっかりしろ、と活を入れられているみたいで、蓉はちょっとずつ冷静さを取り戻した。

　ビルとビルの隙間に小さな鳥居が見えたので、蓉はそこに向かった。くぐると神社の手前には手水舎《ちょうずや》があって、そこなら雨をしのぐことができそうだった。髪の毛を伝う水滴が乾いた地面を濡らす。

　蓉はスマホを取り出して電話をかけようとしたが手が濡れているせいで、操作がうまくいかない。ようやく呼び出し音が流れ、蓉は小さく深呼吸した。

「もしもし」

「はい、こちら『ワンポーション』事務局ですが」

「今日オーディションに合格した円明学園高校の新見蓉です」

「おめでとうございます」

「『スーパーノヴァ』の鳴原さんはいらっしゃいますか」

「こちらにはおりません」

「では鳴原さんに伝言をお願いします。三浦栄司さんとは別れました、とお伝えください」

　水盤の水面が風でざわめく。鈴緒《すずのお》が振れるたびに金属音が鳴り、夜雨に混じった。

17 共生

文化祭の出し物がようやく決まったのは、中間テストが終わった十月半ばだった。当日までひと月もないにもかかわらず、リアル脱出ゲームという手間のかかるものになったのは志於李《しおり》のせいだ。

お化け屋敷とか飲食店とかジェットコースターなど定番のものはどれもすでに他のクラスにとられてしまって、一年三組は手詰まりだった。何度話し合ってもなかなか決まらず、業を煮やした志於李がぽろっと「リアル脱出ゲームとかよくない？　流行ってるし、人気でそうじゃん」と口にした。面倒くさがりの彼女がどうしてそんなものを提案したのかあとで聞くと、彼氏の高校で昨年もっとも人気の出し物だったという。

果たしてこの短期間で間に合うのか。担任の笹川《ささがわ》先生も「現実的に厳しいかもしれないね」と助言した。議論は振り出しに戻ると思われたが、文化祭実行委員のひとりが「みんなのやる気さえあればなんとかなる、僕らの初めての文化祭を妥協してどうするんだ」と鼓舞するような弁舌を振るい、次第に異様な一体感が生まれた。先生も「そうね、初めての文化祭なんだから、好きなことやったらいいんじゃない？」と意見を変えたことで、否定派も結局首を縦に振った。

すると文化祭実行委員は、「これだと人手が足りないから誰か手伝ってほしい」とクラスに呼びかけ、どこかから発案者の志於李がやるべきだという声が飛んだ。志於李は嫌がったが、彼氏ができてからサッカー部のマネージャーを疎かにしているというのはみんなの知るところで、「時間があるならやってほしい」と頼まれた。断ることができなくなった志於李は何を思ったのか「凪津《なづ》が一緒なら」とこたえ、凪津も思わぬ形で巻き込まれることとなった。

しかし凪津はどこかでホッとしていた。時間があるとオルタネートやあの日のことばかり考えてしまう。

桂田《かつらだ》はあのあともメッセージを送ってきたが、目を通すことはなかった。オルタネートもほとんど見ていない。エンゲクタルソムの更新もストップしていた。

リアル脱出ゲームの企画メンバーは凪津と志於李の他に三人いて、五人はそれから毎日打ち合わせを重ねた。とりあえずまとまった概要はこうだった。

参加者《プレイヤー》は、校内で偶然ある噂話を耳にする。「一年三組で、不思議な出し物やってるらしいよ」。それにつられてここにやってきた、というのが最初の設定だった。教室に入ってみると突然鍵がかけられ、男子が現れる。それは数年前に交通事故で亡くなった生徒で、教室におびき寄せたのは彼の罠だという。そしてクイズに正解しない限り、ここから出ることはできない。

ホラー要素を足したのは企画メンバーのひとりがお化け屋敷を諦めきれなかったからなのだけれど、話し合ううちに「この生徒役にダイキを起用したらどうか」というアイデアが出された。

「円明学園高校一の有名人が出演しているとなれば、興味本位でみんなくるんじゃないかな」

クラスの出し物を他クラス生徒に手伝ってもらうなんて前例がない。しかしそれを分かったうえで提案者は「だから面白いんじゃないか」と言った。

もちろんダイキも自分のクラスのことがあるだろうから、一日中出演してもらうわけにはいかない。なので事前に録画したものをモニターに映すという。

「とりあえずダイキさんに当たってみようよ。伴《ばん》、お願いできる？」

オルタネート好きというイメージから社交的だと思われがちだが、凪津は人と交渉するのが苦手だった。しかもよりによってダイキだ。

「凪津、ダイキと友達になれるチャンスだよ」

志於李がいたずらな笑顔でそう言う。凪津はしかたなくオルタネートを開いた。たった数週間使っていなかっただけなのに、ずいぶん懐かしく感じる。ドキドキしながらダイキにフロウすると、五分足らずでコネクトした。

（円明学園高校一年三組の伴凪津と申します。文化祭で私たちのクラスはクイズゲームを考えています。そこで、突然のお願いで申し訳ないのですが、もしよかったらダイキさんに出演してもらえないかと考えており——）

慎重に文面を考えて送る。返事はまたも早かった。

（いいよー。詳しい話は直接ききたいから、明日の放課後、校門前に来て）

まるでずっと友達だったような言葉づかいだ。本当にダイキなのかなと思うけれど、プロフィールには確かに水島《みずしま》ダイキとあった。

＊

言われた通り校門で待っていると、作業着姿のダイキがグラウンドの方から歩いてきた。小脇にはバケツを抱えている。彼は遠くから「よぉー、君が伴ちゃん？」と手を振った。

「はい、よろしくおねがいします」

凪津は明るい声で頭を下げた。

ダイキは校門のすぐそばにある円明《えんめい》学園高校と書かれた石碑の前にバケツを下ろした。そしておもむろにスコップをふたつ取り出し、石碑の周りの花壇に突き立てた。

「手伝ってくれる？」

ダイキはそう言って新品の軍手を差し出した。

彼はよくこの格好で校内をうろうろしていたし、園芸部だというのは有名な話だった。だからあまり違和感はなかったけれど、校門の前での待ち合わせだったからてっきりどこか外へ行くのだと思っていた。

「わかりました」

「これももしよかったら。汚れるの嫌でしょ」

ダイキとお揃いの作業用エプロンだった。恥ずかしかったけれど、断るのも失礼かと思い、軍手と一緒に受け取る。

「マジ助かるよ。普段は調理部が手伝ってくれるんだけどさ、今文化祭前で結構忙しくて。ほら、『ワンポーション』出るやつとかもいるしさ」

そう言ってダイキは手首をストレッチした。

「このあたりの土、ざっくりほぐして」

凪津は指示に従って、土にスコップをさした。しゃりっとした手応えは、シャーベットをスプーンで掬う感触に似ていた。

「もう来年の準備ですか？」

「そうだよ。園芸は、半年後とか一年後とか、常々先を見てやんなくちゃいけないからね。ねぇ、伴ちゃんが入学したくらいのときさ、ここに何咲いていたか覚えてる？」

凪津はオルタネートのプロフィール写真を思い浮かべる。

「ピンク色の花です」

「そうそう、薄めのピンクだよ。で、どんな花？」

「それは」

凪津は「こんな、巫女さんが持ってる鈴みたいなやつです」と両手を握った。

「あはは。確かにね。ヒアシンスっていうんだよ。聞いたことあるでしょ」

聞き覚えはあるけれど、全体のイメージがぱっと浮かばない。スマホで調べたいけれど、軍手をしているし、手が土で汚れている。

ダイキは次にバケツからザルを取り出した。そこには小ぶりの玉ねぎのようなものがいくつも入っていた。

「これがヒアシンスの球根ね。伴ちゃんが見た、薄ピンクのやつの」

ほぐした土を十センチほど掘ると、ダイキはそこに球根を置き、また土をかぶせた。凪津も球根を受け取り、同じようにする。

「じゃあ、このヒアシンスが咲くのは、また四月ですか？」

「そうだね」

それって、と言いかけてやめた。ダイキが卒業したあとのヒアシンスの心配は自分がすることじゃない。

「ひとつひとつの球根は拳ひとつ分くらい間あけてね」

「はい。で、文化祭の件、本当にやってもらえるんですよね」

「いいよ」

球根を置く仕草も、土をかぶせる仕草も、なんだか子供に服を着せる母親みたいで、凪津は手を動かすのも忘れてダイキの所作に見入った。

「そのかわりさ」

「はい」

沈み始めた夕日が背中を温める。校門を出ていく生徒の楽しげな話し声に、体育館で床を打つバスケットボールの響きが混じった。

「園芸部、手伝ってくれないかなぁ」

「えっ？」

「文化祭までいいから。伴ちゃん、帰宅部だよね？」

　オルタネートのプロフィールから知ったんだろうと思ったけれど、「笹川先生に聞いたんだよ」と彼は続けた。

「園芸部の顧問だからね、あの人。それに君、生物の成績もいいって聞いたし」

「でも園芸とかガーデニングとか全然やったことないし、わからないです」

「いいのいいの、教えるから」

「でも」

「だったら俺もやらない」

　手が汚れるし、爪の間に土とか入ったら最悪だし、園芸って何が楽しいのかわからない。凪津の表情からそれを読み取ったダイキは、「つまんないかもしれないよね」と言った。

「でも案外楽しいかもしれない。花が咲くとめっちゃ嬉しいぞ。写真撮りたくなるぞ」

「花は嫌いじゃないんですけど」

「きれいな部分ばかり見てても、本質はわからないと思いますがねぇ。この花の美しさを真に理解できるのは、今、この球根を植えている我々だけなのですぞ」

　そのおどけた口調は、動画で見るダイキと同じで、凪津は人知れず感動した。

「わかりました。できる限りでよければ、手伝わせてもらいます」

「よっしゃぁ！　うぃんうぃんだね」

球根は全部で十三個あって、凪津はダイキに言われた通り間隔を空けて植えていく。

「俺ね、このヒアシンス植えるの三回目なんだけど、土に植えてから花が咲くまで、いつも誓いを立てるんだ。一回目のときは花が咲くまでポテチをやめたし、二回目のときは毎日英単語を三つ覚えた」

「今回は？」

「それがさー、今回特に決まってないんだよねー。伴ちゃん、なんかいいのないかな」

「そんなの決められないです」

「じゃあ、伴ちゃんにこの誓いルールあげる」

「そんなこと言われても」

「花と一緒に何かを頑張るの、結構いいよ」

全てを植え終えると、二人は園芸部の用具がしまってある物置へ行った。各用具の用途を教えてもらい、それからそれぞれジョウロを持って、水道を経由して花壇に戻った。ダイキは花壇の縁に立って、高いところから身体ごと左右に揺らすようにしてヒアシンスに水を注いだ。

「土の表面が乾いたらたっぷり水やりするって覚えといて。あと、水やりは基本的に朝の方がいいから、ちょっと早めに来てやってもらえるとありがたい」

ダイキは花壇の縁をゆっくりと移動しながら、凪津を見ずにそう言った。

「あの」

「なに？」

空中を流れる水の線は陽に照らされ、きらきらと輝いて土に吸い込まれていく。

「ランディさんとはもう戻らないんですか？」

「え？」

ダイキは短く息を吐いて笑った。

「ないない、ってか誰それ、流行りのダンサー？」

ちょうどジョウロの水がなくなり、ヒアシンスの水やりとともにランディの話は終わった。それから他の花壇を見て回るというのでついていった。体育館の出入り口からバスケ部員が流れ出て、そのまま走り込みを始める。グラウンドの外周を列になって走る彼らを見てダイキが「おぉ、安辺豊《あんべゆたか》だ。今日もいい男だねー」と軽い口調で言った。

「よくない？　あの人」

「さぁ、どうですかね。あんまり外見で人を好きにならないようにしてるんで」

「じゃあ何で好きになるの？　性格とかありきたりなこと言うなよ」

グラウンドの脇にある畑を見にいくと、ナスやミニトマトが生《な》っていた。ダイキが「もうギリかな」と呟きながら、ひとつひとつ触って様子を確認していく。

「オルタネートってどう思います？」

「どうって？」

「オルタネート、好きですか？　嫌いですか？」

「んー、どっちかといえば好きなんじゃないかなぁ。便利だし。こうやってさ、伴ちゃんといきなり仲良くなれるのもオルタネートのおかげじゃん？」

そう言ったあと、ダイキはふと手を止め、「あ、そうでもないか。同じ学校なんだから直接話してもよかったんだもんな。なんで、わざわざフロウした？」と付け加えた。

「いきなり話しかける勇気はなくて」

「勇気かぁ」とダイキはミニトマトを採ってかじった。

「伴ちゃんは嫌いなの？　オルタネート」

「好きです。でした」

ダイキがミニトマトを差し出すので、受けとって口に放り込む。噛むとパリッと弾けて、口の中に一気に酸味が広がった。

「ちょっと裏切られたような気分になってて」

ミニトマトの皮が頬の内側に張り付く。

「わからなくもないけどな。オルタネートって、俺たちにとって敵か味方か、よくわからないもんね」

ダイキは凪津のジョウロを奪い、「ねぇ、そこ見て」とミニトマトの根元にあるオレンジ色の花に水をかけた。

「マリーゴールド」

「食べるんですか」

「食用じゃないよ。トマトのコンパニオンプランツ」

オレンジ色の花びらは水を浴び、喜ぶように揺れていた。

「一緒に育てると、良い影響を与える組み合わせの植物をそう言うんだ。この場合だと、センチュウっていう害虫をマリーゴールドが遠ざけてくれる」

どこからかモンシロチョウが飛んでくる。ダイキが水やりをやめると、モンシロチョウは席を譲ってもらったみたいに花の上に止まった。

「マリーゴールドはさ、別にトマトを助けようなんて思ってないわけ。ただ咲いてるだけで、そうなってる。なのにふたつはとてもいい組み合わせなんだ。それって最高じゃない？　お互い自分らしく咲いてるけど、助け合って共生してる」

花びらの上の雫が一粒転がって土に落ちる。

「でも、マリーゴールド側にメリットってあるんですか？」と凪津が尋ねると、ダイキは考え込んで「んー、普通に植えられるよりキレイ、な気がする」ととぼけるように言った。

腑に落ちない凪津をよそに、モンシロチョウは飛び立ち、やがて見えなくなった。

＊

自宅に着くと同時に、スマホに一件のメッセージが届いた。その送信元はオルタネートとなっていて、「『ジーンマッチ』に関するお詫びとアップデートのお願い」というタイトルがついていた。

平素よりオルタネートをご愛顧いただき、誠にありがとうございます。

この度、「ジーンマッチ」に関してシステム上の不具合が見つかり、下記の期間中に「Gene Innovation」と連携した利用者のうち、誤ったインターセクション検索の結果をお送りしてしまった事案があることが判明いたしました。直ちにアルゴリズムの修正を行い、新たなバージョンを本日配信しましたので、お手数ですがアップデートをお願いいたします。

対象期間は以下の通りです――


凪津が「ジーンマッチ」を始めた日は対象期間に含まれていた。まさかと思い、すぐさまアップデートを開始する。スマホを握る手に、汗が滲む。

ダウンロードの進捗状況を知らせるメーターの伸び方が、とてもゆっくりに感じられる。凪津はいらいらして、その場で円を描くように歩いた。

ダウンロードが完了し、すぐさま開く。改めてインターセクション検索をかけた。それまでかかった時間が嘘のように、名前とパーセンテージのリストが表示される。

君園道之助《きみぞのみちのすけ》　九十四・二パーセント

なぜか気持ちは落ち着いていた。凪津はフロウを送り、窓の向こうの紫がかった夕日を見つめた。

18 焦燥

尚志《なおし》は毎日のように『ピピ』でバイトをした。時給だけが目当てではなかった。『ピピ』では客がいなければ「メンテナンス」という名目でドラムを叩いてよかった。練習には持って来いで、おかげでなまっていたドラムの腕も、ずいぶんと元通りになった。

深羽《みう》とはあれ以来会っていなかった。電話は何度かした。自鳴琴荘《じめいきんそう》の人たちのこととか、『ピピ』でのこととか、たわいもないことを話した。だけどだんだん話すことがなくなって、やがて尚志からの不在着信に深羽が折り返す頻度も減っていった。そんな状況で「声が聞きたかったから」と電話をかけられるほど、図々しくなれなかった。嫌がられているかもしれないし、深羽の時間を邪魔したくなかった。

十月の後半にさしかかると、客に円明《えんめい》学園高校の生徒が増え始めた。『ピピ』の先輩いわく、近く文化祭が開催されるからだという。それに向けてバンドを結成した生徒たちが練習をしにくる。この季節の風物詩だと先輩は笑った。

彼らの表情は一様にこわばっていて、本番への焦りや緊張がうかがえた。しかし一方でそれすらも楽しんでいて、浮き立っていた。尚志にはそんな彼らが幼稚に思え、顔を合わす度に身体がじりじりと熱くなるのを感じた。

彼らの演奏を扉に耳を近づけて聴いたこともある。ほとんどがひどい代物で、特にドラムはめちゃくちゃちゃなものが多かった。上手くてもなんとか聴けるというレベルだった。それを知ると尚志は安心し、いつも通り仕事に戻ることができた。

ある日、バイトの先輩から坂口《さかぐち》さんのことを聞かれた。会話の入り口は「最近坂口さん見えてないけど、大丈夫？」だった。

先日、先輩のバンドが『ホタつじ』と対バンしたらしく、坂口さんとバンドメンバーが口論しているのを目撃したという。内容までは聞き取れなかったけど坂口さんはメンバーからなだめられていて、だけど全くおさまらず、むしろ激しくなる一方だったから心配に思った、と彼は話した。

「『ホタつじ』、メジャーデビューの話が来てるって噂があって。大事な時期にあの様子だったから、尚志、なんか知ってるかと思ったんだけど」

「そうなんすか。いや、最近あんまり会ってないんですよ。基本的に朝方帰ってきて、そっから昼過ぎまで寝てるって感じやから」

「そうか。いいドラマーだから、頑張ってほしいんだけどね」

「ちょっと気にしときますわ」

『ホタつじ』がメジャーデビューするという話は知らなかった。ただYouTubeにあげたミュージックビデオの再生回数が五十万回を超えたとトキさんが話していた。それまで一万回いくかいかないかだったが、とある俳優が最近よく聴いているとテレビで紹介した途端に再生回数が跳ね上がった。だからメジャーデビューの話も本当のような気がする。けれど坂口さんがそのことを自分たちに伝えていないのはちょっと引っかかった。いつもの彼なら間違いなく自慢してくるはずだ。

バイトを終えて帰ると、リビングでマコさんと憲一《けんいち》くんが餃子の餡を皮で包んでいた。

「憲一くんが『俺の餃子は店出せるレベル』って言い張るから、急遽お願いしたの」

「ほんとなんだよ。尚志も食べるだろ？」

憲一くんは料理ができないときいていた。なのにボウルにたっぷり入った餡を見るとかなりちゃんとしていて、「マジで憲一くんが作ったん？」と尚志は首を傾げた。

「作ったよ、昼から買い出し行って準備したんだから。尚志、手洗ってきて」

手伝えということらしく、尚志は手を洗って彼らの間に座った。餃子を包むのは初めてだったけれど、マコさんが「こんなふうにするんだよ」とゆっくり教えてくれたので真似してやってみる。最初のひとつはぐちゃぐちゃで、皮から餡がはみ出た。それでもマコさんは「初めてにしては上手だよ」と褒めてくれた。

できあがった餃子はすごい数で、二百個近くあった。こんなに食べきれないと尚志が言うと、「食べきれない分は冷凍しておくんだ。そしたら今日いない人も食べられるし」と得意げに片目を細めた。

「それでも俺の餃子の味は落ちない。これがすごいところなんだ」

焼き始めた頃には午後七時を回っていた。

餃子に火が通ったところでごま油を回しかけると、香ばしい匂いが立ちのぼり、ぱちぱちと音を立てた。煙を逃がすために窓を開ける。秋の涼しい風がどこからか金木犀の香りをつれて部屋へと流れ込んだ。

大皿にのった餃子は焼き目が美しく、本当にお店のもののようだった。我慢できずに一口かじると、肉の脂がじゅわっと広がる。変わった風味がしたけれど、その正体はわからなかった。憲一くんが確かめるように食べると、「大成功だ」とうなずいた。

「こりゃあれだな」と憲一くんが冷蔵庫から缶ビールを二本取り出し、尚志が常備しているコーラの大ボトルも持ってきてくれた。尚志は自分専用のプラスチックのコップにそれを注ぎ、脂を胃に流し込んだ。

「白菜の漬物と、五香粉《ウーシャンフェン》。これが決め手なんだよ」

憲一くんは両手を大きく動かして、餃子作りのコツを得意げにスピーチした。その芝居がかった口振りを笑いながら、尚志とマコさんは餃子をほおばった。

和やかな時間を過ごしていると、ふと廊下の方から床の軋む音がした。憲一くんがぼそっと「いたんだ」と呟く。

ドアを開けた坂口さんは眩しそうに目を細め、「うぃーす」と低い声で挨拶した。それからもそもそと冷蔵庫へ向かい、五百ミリリットルの缶ビールを取り出してプルタブを引いた。流し込むように飲むと、あぁ、と喉を鳴らし、もう一口で全て飲みきった。スウェットのパンツはずり下がり、裾が床に当たって擦れている。

「おやすみー」

部屋に戻ろうとする坂口さんに、憲一くんが「食べてくれないか。俺の自信作なんだが」と、さっきの芝居がかった口調で言った。すると坂口さんは皿を一瞥して、「いや、いいわ」と片方の口角を上げた。その白けたような表情が、尚志の胸の奥に爪を立てた。

「『ホタルイカのつじつま』、メジャーデビューおめでとうございます！」

尚志は立ち上がって手を叩き、大声でそう言った。彼が腫れぼったい目をこっちに向ける。もう一度「おめでとーございまーす！」と繰り返す。

坂口さんはにんまりと笑って、うつむいた。

「ありがとうなぁ」

錆びた鉄を引っかいたような、掠れた声だった。

「『ピピ』の人たちも喜んでましたよ」

「本当なの？」と憲一くんが言うので、「『ホタつじ』と対バンした『ピピ』の人から聞きました」と答えた。

「あぁ？」

「でもそんとき、なんや揉めとったって。坂口さん、大丈夫すか？　みんな心配してますよ」

坂口さんは百八十センチ以上ある身体を揺らしながら、ゆっくりと尚志に近づいた。

「なんで心配されなきゃいけねぇんだ」

「知らんすよ、なんで揉めとったんですか」

「余計なお世話だよ」

坂口さんの口からすえた臭いがした。

「メジャーデビューってあれちゃいますん、もっと感動的なオーラ出すんとちゃいますん」

「そう見えないか？」

乾いた目元に白く固まった体液がこびりついていて、髪は脂っぽかった。

「マリッジブルーですのん？」

窓から蛾が入り込んできて、マコさんがきゃあと悲鳴をあげた。しかし二人は動じず、見合ったままだった。

「酒飲んで現実逃避やなんて。何か知りませんけど、ロックスター的なやつっすか。ずいぶんとかっこよろしいライフスタイルすね」

いつしか自分も芝居がかった口調になっていることに気づき、思わず笑った。すると、坂口さんの大きな手のひらが尚志の頰を打った。あまりの力にはじき飛ばされ、壁に肩をぶつけた。皮膚が痺れ、視界に火花が飛んでいる。

「へたくそには一生わからないから、気にすんな」

坂口さんはTシャツの襟ぐりを摑んで尚志を引き寄せ、それからもう一度顔を叩いた。その瞬間、尚志もカウンターで彼の頰を打った。頰の肉がダブンと波打ち、手に無精髭のざらついた感触が残る。

もう止まらなかった。坂口さんは尚志の顔をめがけて拳を放った。尚志は両手でどうにかガードしたが、よろけてテーブルにもたれかかり、反動でコーラのボトルが転がり落ちた。泡立った黒い液体が床に広がる。それを拭こうとするマコさんを憲一くんが止めた。部屋に入り込んだ蛾が天井のライトにおびき寄せられ、ばたついている。

尚志は短い助走をつけて飛び上がり、坂口さんの胸元めがけて膝を折り曲げた。彼は避けきれず肩にそれを喰らったが、間髪をいれずに尚志を蹴り上げる。二人は睨み合いながら、対角線で対して室内を回った。憲一くんは止めに入ろうとしているが、タイミングがつかめなくておろおろしている。

「お前のビートじゃ誰ものれねぇんだよ。音楽じゃねぇ、ノイズだくそが」

「『ホタつじ』のボーカルほんま歌上手いすよね。坂口さんのドラムやったら、普通の人じゃリズム狂ってしゃーないですよ」

挑発に耐えられる余裕はお互いなく、ふたりは罵詈雑言を浴びせながら再び殴り合った。しかし坂口さんの打撃の応酬には敵わなかった。へばり始めた尚志を床に倒し、馬乗りになって拳を振り下ろす。こぼれたコーラが染みて背中が冷たい。両腕をクロスし、その隙間から彼の顔をちらっと見ると、潤む瞳で何かを懸命に堪えていた。あまりにも弱々しくて、哀れだった。ふと、彼の顔に自分の顔が重なった。あの亡霊だった。

なんでやねん、なんで俺が俺の亡霊にしばかれなあかんねん。

亡霊は豊《ゆたか》の顔に変わった。最後に会ったときの憐れむような表情をしていた。はっと力が抜け、顔に重たい拳を喰らった。頭が揺れる。豊の顔がぐにゃりと曲がって弟になり、またうごめいて父になり、祖母になり、死んだ母になってから、また自分になった。

　尚志は残る力をどうにか振り絞り、相手の髪の毛を摑んで引っ張った。

「逃げてんなや」

　そして精一杯の力で拳を振り上げた。右手は相手の顎を鋭く貫く。同時に尚志も顎を撃ち抜かれた。自分で自分の顎を砕いたみたいだ。

　相手がゆっくりと横に崩れ落ちていく。はぁはぁと漏れる自分の息が、頭蓋骨を伝わってきこえる。蛾が窓から外へ飛びだしていくのが、視界の端にぼんやりと映る。


　尚志が目を覚ましたとき、あたりは何事もなかったかのように静かだった。隣で倒れていたはずの坂口さんもいなかった。散らかっていた部屋は元通りになっていて、餃子の臭いもしない。さっきの出来事は全部嘘だったんじゃないかと思う。ゆっくりと身体を起こすとソファに座っているマコさんと目が合った。マコさんは無表情で尚志を見つめたあと、「おはよう」と冗談っぽく笑った。取り繕うようなその笑顔に、やっぱり嘘じゃなかったんだと尚志は思い直した。

「坂口さんは？」

　喋ると顎がずきんと疼いた。

「あのあとすぐに出ていっちゃった。憲一くんが追いかけたけど、まだ連絡ない」

　ソファの近くに雑巾があって、全部マコさんが片づけてくれたんだと今になって気づく。

「尚志くん、ここ」

　マコさんは自分の鼻の下を指さした。尚志が同じ場所に触ると土のようなものが付いていて、それが乾いた血だとわかるのに時間がかかった。Tシャツからカラメルのような甘ったるい臭いがして、見ると血とコーラでぐちゃぐちゃになっていた。

「シャワー、浴びてきますわ」

「今日はもう休んだら？」

「いや、臭いんで」

「そう。無理しないでね」

「マコさん」

「何？」

「餃子、うまかったっすね」

　尚志はそう言って笑ってみた。だけどあまりうまく笑えなくて、マコさんの気持ちがよくわかる。

　洗面台の鏡で自分の顔を見ると瞼や頬骨が大きく膨らみ、青くなっていた。自分の顔に思えなかった。触ると、じんと響くような痛みが走った。

　シャワーを終えて部屋に戻り、電気もつけないままベッドに仰向けになる。窓から差し込む月明かりが、壁を青白く照らしている。

　トキさんに電話をかけた。坂口さんは自鳴琴荘で一番トキさんに心を開いていたし、念のため今起きたことを伝えておこうと思った。

「どうした？」

「トキさん、今って大丈夫っすか」

「あぁ、大学だよ」

「坂口さんのことって、誰かから聞きました？」

もしかしたらすでにマコさんか憲一くんから連絡が入っているかもしれないと思ったけれど、トキさんは何も知らないようだった。揉めた経緯を話すと、「やっぱり、そうなってしまったんだね」とトキさんは意気消沈した。

「このところ様子がおかしかったから、こないだ飲みに誘ったんだ。いろんな愚痴をこぼしてた。『メジャーデビューしたら自由じゃなくなる』とか『個性を捻じ曲げられる』とか『売れ線なんてクソくらえ』とか、そういう内容だったんだけど、でもきいてるとそれは大した理由じゃないんだ。ただ怖いんだよ」

トキさんは淡々と静かに話した。

「坂口くんね、前のバンドのときに、突然ドラムが叩けなくなったことがあったんだ。バンドとしては軌道に乗り始めた頃だったから、彼は自分から脱退を申し出た。あの記憶が、またよぎっているんじゃないかな」

「だとしたら、俺らにできることって」

「ないよ」

トキさんはピシャリと言った。

「これは彼が乗り越えなくちゃいけない問題なんだ。今誰かが手を差し伸べたら、また同じことを繰り返す。突き放すしかない。ほうっておくんだ。坂口くんの他に、坂口くんにはなれない」

そう話す声は鋭くて、いつもおだやかなトキさんとは違う人みたいだった。

「自分とちゃう誰かになれたら、どれだけ楽なんすかね」

尚志が呟くと、トキさんは黙った。それから「すまない、もう電話を切るよ。仲間に呼ばれてしまったから」と言って電話を切った。

部屋はトキさんと話す前よりも静かに感じられた。

目を閉じて、ドラムを叩いてみる。身体が痛くてちゃんと動かせない。でも坂口さんはそういうことじゃない。痛くないのに腕や足が思い通りに動かせない。自分の身体なのにそうじゃない感覚で、どうすればいいかわからなくて、とにかくがむしゃらに動かそうとするけれど手足が鎖に繋がれたみたいに重たい。どれだけ振り払おうとしても鎖は離れず、かえって肉に食い込んでいく。喉にも鎖がからまっているみたいで、うまく息ができない。

パッと目を開く。呼吸が乱れて、喉がひゅーひゅー鳴っている。できて当たり前だと思っていることができなくなるという経験は、初めからできないよりもよっぽどしんどそうだ。

呼吸はなかなか落ち着かなかった。こういうとき、尚志は深羽のパイプオルガンを思い出すようにしている。あの神秘的な音色を思い起こすと、背中を撫でられているような気になる。けれどどこのところあの音色が薄れてきて、何かに遮られているみたいに音が遠かった。時間をかけて引っ張り上げ、なんとか再生して、ようやく遥か彼方に深羽の音を見つける。だけどかかる時間は日に日に長くなり、聴こえなくなるのも時間の問題だった。

「尚志くん」

ドアの向こうからマコさんの声がしたので扉を開けると、「ちょっといい？」と言って尚志の部屋に入って来た。彼女はパジャマ姿で、胸元からは滑らかな素肌が覗いていた。

「どうしたんですか」

そう尋ねてもマコさんは黙っていた。様子がおかしいので、「トキさん、呼び出しますか」と聞くと、マコさんは「どうして？」と薄く笑った。

「いや、今一番近くにおってほしいん、トキさんかなって」

彼女はまた笑った。

「餃子美味しかったね」

それは今夜だけの合言葉みたいだった。

「ほんますね」

「わたし、少しわかる。坂口くんの気持ち」

マコさんはそう言ってパジャマの袖口を握った。

「私、来年卒業なのに、先のことは何も決まってない。もし次が決まっていたとしても、その先はやっぱりわからないよね。自分で道を選んでいくって、とてもこわいことだと思う」

マコさんは話しながら尚志にゆっくり近づいた。

「尚志くんはこわくないの？」

「どないですかね」

尚志は考えながら、壁に貼ってある『前夜』のポスターを見た。

「俺は大事にしたい今が、あんまりなかったんやと思います。だから漂流物みたいに、ここにおるんやと」

「後悔してる？」

「まさか。大事にしたい今があるんやとしたら、それはここです」

坂口さんとは喧嘩してまいましたけど、と付け加えると、マコさんは「きっと坂口くんはあなたがうらやましいんだよ」と言った。前に同じことを豊に言われた。

「ううん、私だって。みんな、尚志くんに自分の本心を重ねてる」

「俺はみんなの方がうらやましいです。余裕があるやないすか。俺はどこまで行ってもまだ宙ぶらりんです。何をどうしたらいいんかわからへん」

「でも自信があるでしょう」

「自信なんてないです。他にできることないから、そう見えるだけやないすか。道に迷わない人に見えるかもしれんけど、他に道ないだけなんですよ」

マコさんが突然唇を近づけるので、尚志は思わず後ずさりした。

ほの暗い光のなかで、マコさんは表情を変えなかった。何かを語りかけるような視線が、尚志を困惑させた。どうにか彼女の訴える心のうちを汲み取ろうとしたけれど難しくて、そのうちにマコさんは再び顔を寄せた。よくわからなかった。それでもしっとりとした感触は確かにあった。

マコさんは唇を離し、「ごめんね」と小さい声で言った。

尚志はどこにも力が入らなくて、今にも崩れてしまいそうだった。

「明日ね」

そう言ってマコさんは背を向け、出ていった。

尚志はベッドに潜り込み、頭まで布団を被った。深羽のパイプオルガンに再び思いを馳せる。あの光景を蘇らせ、旋律の縁を必死にたぐり寄せる。だけどどこにもない。やっとのことで音の断片を見つけても、すぐに遠ざかってしまう。どこ行くねん。ここにおってや。

19　対抗

「どうしよ、めっちゃ緊張してきた」

　生放送開始時間まであと三十分もある。すでにエプロンに着替えて準備を終えたふたりはこの微妙な時間を持て余した。

　えみくは落ち着きなく小さい楽屋を歩き回っていた。まるで去年の自分のようで、だからこそ蓉《いるる》は澪《みお》さんのように堂々としていたかった。だけど彼女の緊張が移って、自分も余裕がなくなる。

　気分転換になればと、澪さんに電話をかけることにした。彼女はすぐに出て、「今から本番でしょ？　何電話かけてきてんの」と呆れるように言った。

「ちょっと緊張しちゃって。えみくにも替わります」

　スマホを渡すとえみくは「澪さーん、こんなに緊張するんなら出るんじゃなかったぁ」と泣きそうな顔を作った。弱音を吐き続けたえみくだったが、徐々に真剣な目つきになり、ちらりと蓉を見た。最後には「わかりました。私、頑張ります」と凜々しい表情で言って、電話を戻す。

「何話したんですか？」

　蓉が澪に尋ねると、「別に。去年の話をしただけ」と言った。

「蓉はとても優秀なパートナーだったってね。だから今度はえみくが支えてあげてって話」

「今そういうこと言います？」

「電話かけてきたのはそっちじゃない」

「まぁそうですけど」

「前回のことは忘れて、自分が作りたいものを作りな。ここまでやってこれただけの実力があるんだから、びびらずにいきなよ」

「はい」

「ちなみに、私今どこにいると思う？」

　すると、澪は電話を誰かに渡した。

「準備万端？」とダイキの声が聞こえる。

「一緒なの？」

「調理室に集まって、みんなで文化祭の準備しながら見てるんだよ。そしたら澪さんも来てくれてさ。ほらみんな声聞かせてあげて」

　奥から、わぁーと歓声のような声がした。

「負けても責めないけど、勝った方が盛り上がるから、そこんとこよろしく」

「よくそういうこと言えるね」

「あと最近、園芸部にひとり入ったから、その子からもメッセージ」

　別に入ったわけじゃ、という声がうっすらと聞こえ、「一年生の伴凪津《ばんなづ》です。応援しています」

と、よそよそしいエールをもらう。番組スタッフがドアをノックし、「円明《えんめい》学園高校の皆様、スタジオの方へご移動おねがいします」と声をかけたので、「ありがとう、頑張る。呼ばれたからもう行くね」と返事をして電話を切った。それから二人はどちらからともなくハイタッチをし、楽屋を後にした。

廊下を抜けてスタジオへと歩いていく。えみくが小声で、「終わったことは気にしないで、とにかくやってやりましょう」と言うので、蓉は黙って顎を引いた。

スタジオに入ると、セットの裏にほとんどの対戦相手たちが集まっていた。誰も目を合わせようとはせず、牽制するような気配が漂っている。しかし、そこに彼の姿はなかった。

音声スタッフがやってきて、蓉のエプロンの胸元にピンマイクをつける。すると「よろしくおねがいしまーす」という気の抜けた挨拶が後ろから聞こえた。振り向くなり、室井《むろい》と目が合う。彼は不自然なほど爽やかな笑顔を蓉に向けた。

続けてやってきた三浦《みうら》くんは、蓉を一瞥してすぐに視線を逸らした。えみくが「今日は残ることだけを考えるんです」と肩に手を置く。

「みなさん揃いましたよね？　では呼ばれた高校順に、こちらから並んでください！」

円明学園高校は六番目だった。えみくからだけではなく、参加校全員から緊張が伝わる。

「それでは、まもなく生放送が始まりますから、みなさん、頑張ってくださいね」

それでは生放送開始まで、10秒前

５、４、３――

「――“La bonne cuisine est la base du véritable bonheur”――『美味しい料理は真の幸福の基となる』。近代フランス料理の父、ジョルジュ・オーギュスト・エスコフィエはこう言いました。また、彼の著書『料理の手引き』を英訳したヘストン・ブルメンタールは『素晴しい料理というものは伝統をぶち壊すことによってではなく、伝統を新たな方向へ導くことによって生み出されるのだと分かった。革命《レボリューション》よりもむしろ進化《エボリューション》すべきだ』と述べています」

ＭＣを務める人気アナウンサーが、スポットライトの下で静かにそう告げる。

「未知の力を秘める若者よ。新たな幸福を求め、さらなる進化を遂げろ！『ワンポーション シーズン３』！」

声を張り上げると突然派手なファンファーレが鳴り、銀色のテープが勢いよく放たれた。

「さぁ、高校生たちによる料理の祭典へようこそ！今年は一体どんな熱戦が繰り広げられるのか。まずは審査を通過した十校を紹介しましょう！滝川《たきがわ》高校！」

彼がそう呼び込むと、先頭に立つペアから一組ずつステージの方に吸い込まれていく。徐々に列の人数は減っていき、ついに蓉とえみくが先頭になる。

「円明学園高校！」

舞台袖からステージに出ると、視界は一気に明るくなった。十数台のカメラが目に映る。その向こうには数え切れない視聴者がいると思うと、胸が詰まり、苦しくなった。

まるでオペラハウスのようなスタジオセットの中心には、あらゆる調理に対応する最新型のキッチンが十台、二列に並べられている。調理台はぴかぴかに磨かれていて、眩しすぎる照明をこれでもかと反射した。

スタジオセットの脇にある棚にはマルシェよろしく食材が積まれており、隣には数台の巨大な冷蔵庫がある。調理に使うものはそこから選ぶ。その上の二階には審査員が試食をするための長テーブルが置かれていた。

自分たちのキッチンは左端の後方だった。金属製のキッチンに触れると、びっくりするほど冷たい。蓉は心の中で「よろしくね」と声をかけた。

カメラの奥にはひな壇があり、観客が座っていた。そこには江口《えぐち》フランチェスカもいた。

「そして最後は前回の覇者！　永生《えいせい》第一高校！」

室井が右手を突き上げる。その隣の三浦くんは無表情で立っていた。家から軽い気持ちで出かけてきたような空気感で、力みは少しも感じられない。

「今回はこの十校が『ワンポーション』に挑みます。どの組が至高の料理を創りあげるのか。彼らの料理を審査するのは、この方たちです！」

二階に五名の審査員が現われる。そこにはあの益御沢《ますみざわ》タケルの姿もあった。

「ルールを説明いたします。みなさんには、決められた食材を使って、一皿料理を作っていただきます。どんなものでも構いません。しかし、『ワンポーション』にはテーマがございます。テーマと食材をどう組み合わせるか、それが『ワンポーション』の醍醐味でございます。審査員たちは、ただ美しく、おいしい料理には数え切れないほど出会ってきたでしょう。彼らが飢えているのは、独創性。君たちだけにしかできない自由な発想を期待しているのです。さて、第一回戦を勝ち抜けるのは、四校のみとなります」

参加校からどよめきが起こる。アナウンサーは構わず話を続ける。

「食材とテーマを発表いたします」

彼の前のテーブルに、クロッシュで覆われた皿が置かれる。

「食材はこちら」

取っ手を持ち上げると、白い卵が山のように積まれていた。

「そしてテーマは……」

彼はそこまで言って、参加者を見回した。

「ございません」

再び会場がどよめく。

「今回はあえてテーマを設けないことにしました。鶏卵は長い歴史の中で様々な象徴としても用いられてきました。本当にたくさんの意味を持っています。ですので、卵にどんなストーリー性や哲学を盛り込むかは、みなさんに任せようと考えました。料理をプレゼンする際、それぞれテーマを発表してください」

そわそわするえみくをよそに、蓉は目を閉じてすぐに頭を働かせた。

「制限時間は四十五分。最高の『ワンポーション』を作ってください。では、スタート！」

ブザーが鳴ると同時に、十組はステージの脇にある食材の並んだ一角へと急いだ。

「テーマがないって、逆に摑みどころないですね。今までこんなことなかったのに。勝ち進めるのも一校減ってるし。あーやばい」

えみくが珍しく弱気になっていることで、これが『ワンポーション』だと痛感する。昨年の自分も、この緊迫感に何度もやられそうになった。

「そんなこと言ったってしょうがないよ。どうしたら新しいことができるか考えよう」

「ですね。まずはテーマ……どうしましょうか」

「親子、誕生、スタート、命、白いから純粋とか、コロンブスの卵」

「今求められているのって、まさにコロンブスの卵みたいなことですよね」

「えみくは何かある？」

「私は新しい調理法を試したいです。それ自体が、卵から生まれる可能性ってことになると思うんです」

「卵で新しいかぁ。難しいな、新しさは食材との組み合わせにはあるかもしれないけれど、調理法だと、んー、たとえば冷凍するとか」

「冷凍卵いいですね、食感が不思議になりますもんね。でも四十五分じゃ……」

「色々と面白いやり方はあるけど、時間がない。手早くて新しい調理法なんて」

「だったら逆に高温で焼くのはどうですか？」

えみくの提案に蓉は、「いいかも」と頷いた。

「殻ごと焼くと、普通に茹でるのとは違う食感のゆで卵になるってきいたことがある。茹でる温度は高くても百度だからね。それより高温にするのは新しくて面白いかも。炭火でじっくり焼けば、白身の水分が抜けてしっかりした弾力になるし、炭の香りもほんのり移る」

「でも温度が高すぎると白身ブニブニ、黄身パサパサになりませんか」

「やるなら温度調整の注意は必要だね。私も試したことないから、失敗もありえる。やっぱり違うのにする？」

「やってみるしかないです。きっと他のチームは調理法じゃなくて、食材との組み合わせで攻めてくるはずです。だから私たちはシンプルに焼き卵で勝負。超弱火で細かく確認していけばきっと大丈夫です」

「その線で行こう。ただそれだけだとシンプルすぎるから、ソースで工夫する。使えそうな食材持ってきて。あとはやりながら、ソース考えよう」

蓉は二十個ほど卵を抱え、キッチンについている炭焼き台に素早く並べていった。すでに五分が過ぎている。水で冷やして剝いて盛り付ける時間を五分とすると、炭火で焼ける時間は最長三十五分。それでどこまで火が入るか。十分後から五分ごとに火の入り具合をチェックする。卵を多めに用意したのはそのためだった。

「ソースはどうしますか」

火加減を調整しながら「タルタル、グレイビー、アメリケーヌ――」とさまざまな種類のソースをランダムに口にしていく。するとえみくが蓉の顔をのぞき込んで、「調理部でエッグベネデイクトを作ったときのソース、何でしたっけ」と話しかける。

「オランデーズソース」

「それはどうですか？」

えみくは話しながら蓉が並べた卵を素手で等間隔に並べ直していく。熱いからか、眉間に皺が寄っていた。

「どうかなぁ」

オランデーズソースはそもそも卵を使ったものだから、焼き卵とも絶対に合う。ただ、あまりにも短絡的だ。するとえみくは額に汗を滲ませながら、「卵を使わずにオランデーズソースを作りましょ」と続けた。

「卵の新たな可能性と、卵を使わない可能性です」

悪くない。アイデアはもちろん、オランデーズソースは黄色みがかっているので、白い皿を選べば卵の色彩感も表現できて、見た目も面白くできる。

「いいかも」

蓉は瞬時に代用したレシピを考え、「豆乳とオリーブオイルと酢でマヨネーズを作って、それに澄ましバターやレモン、スパイスなどを加える」と話したが、えみくは最後まで聞き終える前に食材を取りに行った。すぐにソース作りに取りかかり、いろいろな比率の豆乳オランデーズソースを試していく。蓉はその間も、ムラが出ないよう卵を転がし続け、炭の具合を気にしながら焼き加減に集中した。

残り時間が二十分を切ると、アナウンサーと審査員たちが二階から降りて各校を見て回った。各チームに料理の話や、大会への意気込みを聞いている。うっすらとスピーカーから声が聞こえるが、気を取られて意識が散漫にならないよう、目の前の料理に集中する。

蓉は卵の火の通りを確認するため、トングでひとつ取り出して試しに割ってみた。理想は白身が柔らかく、黄身がしっとりとしていること。しかし現状は白身がほとんど固まっておらず、じゅるじゅるだった。炭の加減が想像以上に弱い。この調子ではあと十五分では間に合いそうにない。卵の下に火力の強い炭を寄せて調整する。

アナウンサーたちが蓉たちのところへとやってきた。

「こちら円明学園高校の新見《にいみ》蓉さんと山桐《やまぎり》えみくさんのペアです。卵を殻ごと焼いてますね」

審査員たちが不思議そうに見ている。益御沢は顎に手を置いて、興味がなさそうだった。蓉はなるべく彼を視界にいれないようにアナウンサーの方を向いた。

「事前のインタビューによりますと、山桐さんはこの番組を見て、料理を始められたとか」

「はい。『ワンポーション』が大好きで、円明学園高校へ入学しました」

「どうして円明学園高校に？」

「前回、前々回に出られていた、多賀《たが》澪さんに憧れて」

「新見さんではなかったんだね」

蓉が両肩をあげると、観客から笑いが漏れた。

「でも前回、新見さんも多賀澪さんの影響で出場を決めたと言っていたね」

「はい。私にとっても憧れの存在です」

蓉は炭を細かく入れ替えながら言った。

「じゃあ、二人は同じ人に憧れているわけだ。そういう意味でも、チームワークはいい？　それとも嫉妬で実は仲が悪いとか？」

冗談めかしてそう言ったアナウンサーに、えみくは「最高の先輩です。新見先輩には、感謝してもしきれないくらい育ててもらっています」と言った。いつもと態度があまりに違うので、思わず面食らう。世界中に配信されているということをちゃんと意識しているようだ。

「新見さんも？」

「えみくはとても刺激的で、豊かなアイデアの持ち主です。彼女の発想力にはいつも驚かされます」

「いい関係ですね」

彼はそう言って、「でも、あなたには、この一年でもっと刺激的で、いい関係の相手がいたのでは？」と片方の目を細めた。

「三浦くんと恋仲だったんですよね？」

炭火から薄い灰が飛んでいく。観客から、驚いたような声がした。

「新見さんは昨年度優勝校の三浦くんと夏休みに偶然再会し、まもなくお付き合いし始めたと聞いています」

言葉を出せずにいる蓉の近くで、審査員の女性が「まぁ」と口元を押さえた。

ですが」

「しかし円明学園高校の本選出場が決定し、今は一ライバルとして、距離を置くことにしたそう
注がれる視線が俗っぽいものへと変わっていくのを感じる。

「実際に三浦くんと戦うことになって、今の心境はいかがですか」

その話題には触れられないと思っていた。触れさせないつもりで別れを伝えた。

カメラが表情の固まった蓉に近づいてくる。どうにかこの場を収めなくちゃと、「強敵ですので、気を抜かずに、自分らしく戦いたいです」と言った。

「さて、円明学園高校は一体どんな料理を見せてくれるのか。楽しみにしたいと思います」

彼らが去っていくと、えみくが「蓉さん、いい切り返し」と親指を立てた。

蓉は笑ってみせたが、頭のなかはこんがらがっていた。アナウンサーは台本通りという様子で、悪びれずその話を蓉に振った。そもそも『距離を置く』なんて言い方はしていない。別れたとはっきり言った。だとすると、誰がそう言ったのかは想像がつく。

永生第一高校の方を見る。三浦くんは粛々と調理を進めていて、室井は彼と話しながら笑みを浮かべていた。そこへアナウンサーと審査員が近づいていき、三浦くんにマイクを向ける。「さきほど円明学園高校の新見さんとも話したのですが」「はい」「三浦さんの現在の心境はいかがですか」「寂しい気持ちはあります。しかし彼女の意見を尊重したいと思いました。今は二連覇をかけて、あっと驚く料理を作ること、それだけを意識しています」「恋愛によって何か料理に関して、変わったことはありますか」「……どうでしょう。自分ではわかりません」

彼らの話を聞かないようにしようとしても、意識が勝手に向いてしまう。すると室井が「幅が広がったと思いますよ。栄司《えいじ》の料理」と口を挟んだ。

「と言いますと？」「色っぽくなった気がするんですよ、隣で見てて。これまでの料理よりぐっと大人になった。大人っぽくじゃなくてね」「具体的には？」「無理やり背伸びした料理ってわかるじゃないですか。でも今の栄司は、そういう少し先にあった料理を自然に作れるようになったっていうか」

いろんなところから視線を感じる。それに気づいていないふりをして、じっと卵を見つめた。炭がぱちんと爆ぜる。

「三浦さん、そうなんですか？」「自分ではよくわかりません」「でも成長した栄司のおかげで、俺も成長できたんで。新見さんには感謝してますよ」「なるほど、優勝校にもかかわらず謙虚ですね。では永生第一高校のお二人、ぜひ二連覇、成し遂げてくださ――」「蓉さん!!」

三人の会話を裂くようなえみくの声に、蓉は我に返った。慌てて卵をひとつ割ってみると、火が通りすぎて固くなっている。すぐさま卵を引き上げ、冷水につけて殻を剝いて調べる。どれも同じような白身をしていて、使えそうなものはたった四つだけだった。料理は審査員五人分を作らなければならないので、どうしたってひとつ足りない。

「これじゃ」

えみくが愕然とした様子で立ち尽くしている。

「ごめん、私のせいで」

せっかくここまでやってきたのに、ほんの少しの間目を離したすきに、全て台無しにしてしまった。蓉は力が入らなくなり、その場にへたり込んだ。

「何やってるんですか」

えみくが蓉を無理やり引き起こして、「ここからでしょ！」と強い口調で言った。

「蓉さん！　しっかりして！　四つは残ってるんです！　あと十分もないんです！　この焼き卵からできる料理、何かありませんか!?」

えみくが蓉の両肩を強く摑む。蓉ははっとして、ページをめくるようにこれまで作ってきた卵料理を思い浮かべた。卵四つは五人前の食材としては少ないけれど、審査員は十品も食べるのだからたくさん作る必要はないし、何かと組み合わせればそれなりに形にはなりそうだ。えみくのオランデーズソースを味見する。豆乳で作っている分コクは薄いけれど、バターがそれを補っていて問題ない。これらを組み合わせて短時間でできる別の料理と言えば――。

「えみく！　小ぶりのじゃがいもと玉ねぎとベーコン、持ってきて」

「わかりました！」

えみくが走って食材を取りに行く。

お願い、なんとかなって。蓉は頭のなかで何度もそう呟きながら、最短でできる工程をイメージした。

まず二人は濡らしたじゃがいもに手際よく切れ目を入れ、ラップでくるんで電子レンジで蒸した。設定は六百ワットで五分。その後の残り時間は三、四分ほどしかない。

蒸し上がるまでの間、えみくは玉ねぎをスライスし、蓉はベーコンを白ごま油で炒めていく。ベーコンがカリカリになったところで、一度取り出し、フライパンに残った脂でえみくの切った玉ねぎに火を入れる。

えみくは電子レンジの持ち手に指をかけて時間が経つのを待っていた。そして音がするなりオープンし、蒸し上がったじゃがいもの皮を素早く剝いていく。玉ねぎを火から下ろすと、蓉もそれを手伝った。じゃがいもを持つとやけどしそうなほど熱くて、だけどえみくは何事もないように処理していた。

全ての皮を剝き終わったところで残り二分を切っていた。じゃがいもをボウルに入れてマッシュするが、蒸す時間が足りなかったのかほんの少し固くて潰しにくい。焦って手が震えてしまって、うまく力が入らない。残り一分を過ぎても、じゃがいもはなかなか細かくならなかった。

「私がやります！」とえみくが蓉のマッシャーを奪って、勢いよく潰していく。アナウンサーが「残り三十秒！」と伝えたところで、じゃがいもに焼き卵と玉ねぎとオランデーズソースを加え混ぜ合わせ、「残り十五秒！」のタイミングでえみくが小皿に盛りつけていく。でき上がったものから順にカリカリになったベーコンを砕いて散らしていき、それからホワイトペッパーを振った。最後の一皿に白い粉が降りかかった瞬間、調理終了の合図が鳴る。

二人はでき上がった料理をまじまじと見つめた。ほっくりとしたマッシュポテトとハリのある焼き卵の白身、そしてしっとりとした玉ねぎをオランデーズソースがひとつにとりまとめ、艶のあるベーコンが食欲をかきたてる。十分前に思い描いた料理そのものだった。

「いいじゃないですか」

えみくが嬉しそうにそう言った。

「だけど、本当はこうじゃなかった。ごめんね」

「しょうがないですよ。私だってこれまでたくさんミスしましたし、これからもきっとします。なんとかなったんだからいいじゃないですか」

「これからも」

蓉はえみくの言葉の一部を繰り返した。それを聞いたえみくは、「これからも……ありますよね」と審査員の方に目をやった。

「それでは実食に参ります」

ステージに入場した順に、料理が運ばれていく。参加者たちはキッチンから二階に鎮座する審査員たちに目を向けた。

一品目は滝川高校の作品で、卵の天ぷらだった。てんつゆの代わりに、梨とトマトのソースを添えた点が独創的だった。

「テーマはなんですか」

「『つながり』です。卵は世界中で愛されてきた食材です。ですが和食での卵の使い方、中華での卵の使い方、イタリアンでの卵の使い方というように、それぞれの地域で発展してきたように思います。今回、和食の伝統的な調理法に、イタリアンテイストのソースで仕上げたのはそういう意図からです。衣には八角を混ぜて中華の風味を足しています。各国の料理を自由に合わせられるのも、卵の魅力です」

ナイフを通すととろりと黄身が溶け出し、審査員たちはみな一様にうなずいてみせた。五人全員が同時にソースをつけて口にする。顔色から賛否がうかがえた。「卵の天ぷらは火加減が難しい。高校生でこれをやってのけるなんてすごい」「揚げ物に酸味のあるソースは相性がいいと思う。梨のしゃりっとした食感が残っているのもいい」「要素が盛り込まれすぎていて、ちょっとくどい」「盛り付けがやや地味」。そんな意見が出た最後に、益御沢が「梨とトマトの組み合わせなんて、全く新鮮味がない。それにこの場合半熟の黄身がすでにソースの役割をしているから、シンプルに塩で十分だね。工夫を凝らすなら、天ぷらの部分に施すべきだ。それと、各国の料理を合わせるつもりなら、もっと大胆でないと。この程度では斬新とは呼べない」と言った。その言葉に他校の生徒たちも顔を引きつらせ、会場の空気は一瞬にして張り詰めた。

続く料理は、オムレツ、フレンチトースト、チャーハン、プリンなどだった。どれもとても美味しそうで、かつ挑戦的な要素があった。しかし審査員が全員納得するものは出ていなかった。

「続いて円明学園高校による、ポテトサラダです」

審査員たちはまるで骨董品でも見るかのように、皿に触れないまま料理に目を凝らした。

「テーマはなんですか」

「『可能性』です」

蓉は失敗をさとられないよう、あたかも初めからポテトサラダであったかのように言葉にした。

「卵は歴史的な食材で、ほとんど全ての料理が出尽くしたようにも感じられます。しかし、そんなことはないのでは、と考えました。この料理は茹でると思い込みがちな卵を焼くことで、普段とは違う食感を目指しました。ポテトサラダの味付けは、一般的にマヨネーズを使いますが、ここではあえて卵を使わずに、豆乳のオランデーズソースで仕上げました。『卵の新たな可能性と、卵を使わない可能性』です」

審査員が吟味する。

「とても美味しい。炭火で焼いたことで、白身はしっかり、黄身はしっとりしていて、その食感の効果か味が濃く感じられる。見事だ」「料理がシンプルな分、卵の味を際立たせていて、テーマともよくあっている」「味にパンチが足りない。散らしたベーコンの歯触りが邪魔だ」「もう一ひねりほしい」

益御沢が最後に顔を上げ、箸を置いた。

「君たちは、納得してるわけ？」

彼は射抜くように蓉を見た。

「もっと違うアイデアがあったんじゃないの？　卵を殻ごと焼いたと聞いたら、大半の人はどんなものになるのか知りたいと思うはずだ。だけど君たちはその興味を殺した。心から残念だ」

歪む顔を見られたくなくて、うつむきそうになる。だけどそうはしなかった。今日が自分にとって最後になるかもしれない。だとしたら最後の最後だけでも、澪さんのようでありたい。

「ただもし、失敗した食材をこのように作り変えたのなら、その機転は褒められるべきだね。この味は嫌いじゃない」

益御沢は話を終えて、腕を組んだ。

えみくと目が合うと、二人は同時に息を吐いた。ほっとしたのか、えみくの目尻は下がっていてかわいかった。蓉は小さく頷き、そして次の学校の料理に目をやった。そのときだった。

「だけど」

益御沢は組んだばかりの腕をほどいた。

「先に言っておく。僕は君たちの料理を支持しない。ここで最後まで残る料理人は、初めから失敗しない人たちだ」

これが本当に最後の言葉だった。

視界の隅で、えみくが拳に力を込めるのが見えた。蓉は表情が変わらないように奥歯を強く噛み、白くなった炭を見つめて自分を呪った。

七校目の料理が運ばれてくる。彼らの失敗を願うことは本意ではないけれど、今だけは許してほしいと、誰にもばれないように両手を合わせた。しかし、彼らの料理はよくできていた。そのあとの八校目も九校目も、かなりレベルが高かった。

最後の料理が運ばれてくる。

「前回の覇者、永生第一高校の料理は、焼き卵です！」

二人は目を疑った。それは、自分たちが初めに作ろうとしていたものにとてもよく似ていた。

室井がしっかりとした口調でプレゼンを始める。

「『無垢』をテーマにしました。卵の白さもそうですが、造形の美しさは神秘的だと思います。

この形を生かすために、シンプルな料理にしました。卵は、熱湯で茹でるのではなく、じっくりとオーブンで焼くことで火を通しました」

彼らのキッチンは数メートルの距離にあったのに、同じ調理法を選んでいたなんて全く気づかなかった。

お皿は特殊なデザインで、中央が山のように盛り上がっており、そのトップに殻の剝かれた焼き卵がぽつんと置かれていた。それは優美に光っていて、とても貴重なものに見える。

室井が話を続ける。

「卵の上の部分を外してみてください」

審査員たちは言われた通りにフォークとナイフで挟むと、焼き卵がマトリョーシカのようにふたつに分かれる。中心は黄身ではなく、代わりに何かが詰め込まれていた。

「焼き卵にすると白身の弾力が強くなり、黄身も詰まったような食感になります。そのままで美味しいのですが、火の通った黄身と生の卵黄、うにを合わせ、新たなソースにしました。外した上部は皿の周りに添えてあるからすみのお塩で召し上がってください」

彼らがやろうとした狙いはよくわかる。白身の食感を生かし、黄身でソースを作る。ソースのつかない部分には塩。味つけもさることながら、白と黄色だけに統一した皿は、まさに蓉とえみくがやろうとしたプランそのものだった。そして彼らは完璧にそれを仕上げた。

審査員の反応もよかった。「シンプルすぎる」という意見は出たが、話し方からそれが褒め言葉なのは明らかだった。これまでほぼ全員に嚙み付いた益御沢でさえ「特に話すことはないよ」

としか言わなかった。蓉はもはや悔しくなかった。これほどまでに圧倒的な差を感じると、素直に負けを認められる。

審査員による各校の採点を集計し、アナウンサーが「では結果発表となります。準決勝に進めるのは、果たしてどの学校なのか！」と今日一番の声で会場を盛り上げる。マイナー調のＢＧＭが緊張をあおった。

蓉とえみくは僅かな望みに賭け、瞼をぎゅっと閉じ、両手を強く握り合わせた。

学校名がひとつずつ呼ばれる。最初は永生第一高校だった。彼らは喜んだりはせず、当然だという風に頷き合った。続けて三校が呼ばれた。そのなかに円明学園高校の名はなかった。

「以上の高校が、準決勝進出となります！」

蓉はゆっくりと目を開き、天を見上げた。

あまりにも惨めで、息をすることさえ忘れてしまう。泣かないように身体に力を入れていると、えみくがそっと蓉の背中を撫でた。えみくの目は赤く、彼女なりに必死に堪えている。先輩としては思い切り泣かせてあげたいのに、むしろ彼女に気を遣わせてしまっていて、そんな自分がやっぱり情けない。

「ごめん、本当にごめん。この先につれてってあげられなくて。だめな先輩で、ごめん」

自分たちの『ワンポーション』は静かに幕を閉じた。蓉は背中を撫でるえみくの手を取って、彼女を抱きしめた。そしてもう一度「ごめん」と呟いた。

「先輩、がんばりましたよ。私は来年も挑戦します」

えみくがそう言うと、蓉は湊をすすって「うん、がんばってね」と彼女の背中を撫で返した。会場は騒々しかったが、二人にはその場がとても静かなものに感じられた。

「ただし、ここで終わりではありません」

突如ＢＧＭが明るい曲調に変わる。

「四校のみの進出と申し上げたのにはわけがあります。実は、今回から、新たなルールを設けました。勝ち進めなかったみなさんにもう一度戦ってもらい、最も審査員の評価を得た一校のみ、準決勝に進む権利が与えられます。つまり敗者復活戦でございます！」

諦めていた参加者たちは、すぐに状況を受け入れられず、きょろきょろと周りを見ている。蓉も呆然とアナウンサーを見ていたが、えみくだけは「チャンスまだある！　ここで勝ち残りましょう」と持ち前の切り替えの早さを発揮した。

「では残る一枠を懸けてさっそく戦っていただきましょう！　次の食材はこちらです」

今度は赤い布で覆われたドーム状のものが運ばれてくる。布を引くと、中からは籠に入った鶏が現れた。

「チキンです」

鶏は小刻みに首を前後させた。

「今回も共通したテーマはございません。しかし」

クワックァ、という鳴き声が会場に響いた。

「さきほど卵でプレゼンしたのと、同じテーマで作ってください」

えみくが「ちょっと、今回の『ワンポーション』、無茶ぶり多くないっすか」とため息交じりに言った。

「今回の制限時間は六十分。最高の『ワンポーション』を作ってください。では、どうぞ！」

今日二度目の開始ブザーが鳴る。

「蓉さん、いけそう？」

蓉はまだ頭がぼーっとしていて、この展開の速さについていけない。するとえみくは、さっきまで優しく撫でていた蓉の背中を強く叩き、「しっかりしろ！」と言い放った。

「次で！　次で本当に！　本当に最後なんですよ!!」

その勢いで、蓉の意識がようやく整ってくる。

「うん、そうだよね」

「で、どうするんですか！」

えみくの口調はまだ強いままで、「わかったからちょっと待って。とりあえず食材、見に行こう」と彼女をなだめて棚の方へと歩いていった。

「鶏肉で『可能性』ね……卵と同じ方向ってわけにもいかないしなぁ」

食材の可能性。蓉はそう繰り返しながら籠に入った鶏を見た。ひとつのアイデアが頭をよぎる。自信があるとは言いきれないが、驚かすことはできるかもしれない。えみくにその内容を伝えると、「マジっすか、確かに可能性ではありますけど、でも」と顔を引きつらせた。

「どんな感じになるか、想像つかないですよ」

「いつものえみくなら、想像できない方がいい、って言ってくれそうなのに。だめかな」

えみくは他の参加者を見回した。みんなすでにキッチンで調理にかかっている。

「うん、攻めましょう。やるしかない。みんなを出し抜いてやりましょう！」と自分に言い聞かせるように語気を強めた。

「私たちならできるはずです」

「うん、やってやろう」

えみくは鶏ガラを持って先にキッチンに戻る。蓉は目的の食材を探したけれど見当たらなくて、

「あの」と近くのスタッフに声をかけた。

20　同調

（すごい展開ですね）

（はい、どきどきします）

調理室の面々は、ホワイトボードにプロジェクターで投影された『ワンポーション』に見入り、一喜一憂しながら蓉《いるる》とえみくの動きを見守っていた。凪津《なづ》の手は汗でぐしょぐしょになっている。

「何やってんだよ蓉、スタッフと話してる場合じゃないだろう。時間なくなるぞ」

ダイキが心配そうに、腕を抱えた。

「棚にない食材なんだろうね」

澪《みお》が低い声で言った。

「それってありなの？」

「私のときは棚にない場合でも使いたいものがあれば相談していいってルールだった。あの裏に、たくさん食材を置いてあるのよ」

蓉は、食材の入ったアルミのバットをスタッフから受け取ってキッチンに戻った。肉のようだけれど、よく見えない。アナウンサーが「あれはなんでしょうか、あまり見慣れないもののようですが」と実況する。えみくは鶏ガラとネギの青い部分、生姜の皮などの野菜を入れて煮込む。最後にさっき作った焼き卵の殻も鍋に入れた。

「殻入れんの!?　なんで？　だしでもでんの？」

「ああすると、あくが取りやすいんだよ」

驚くダイキとは対照的に、澪は映像から目を離さず冷静に話す。

「今入った情報によりますと、円明《えんめい》学園高校は、精肉する際に余った肉の切れ端や、内臓などを求めたそうです」

アナウンサーの実況に審査員のひとりが「でも、砂肝やレバーなんかは棚にあったでしょう？」と言い、「そうですよね。つまり、普段あまり見かけない部位を使うということなのでしょうか」と返した。

蓉はフードプロセッサーで肉をミンチ状にしたり、身から筋を外したりと、迷いなく調理していた。えみくは鍋をかき混ぜながら、ときどき蓉の作業を手伝った。

下処理を終えた蓉は再び炭火を確認し、串焼きを始めた。串に刺さっていた食材は見たことのないもので、片側がぎざぎざになっている。ダイキがぼそっと「かえでの葉っぱみたいだ」と口にした。

その後も蓉たちは着々と調理を進めた。やがて終了のブザーが鳴る。蓉たちは満足げな表情を浮かべていて、ダイキたちはひとまず安心した。凪津も緊張から一瞬解放され、ふぅと大きく伸びをする。

（勝ってほしい！）

各チームの料理が審査されていく。

第一回戦で「つながり」というテーマで卵の天ぷらを作った一校目の滝川《たきがわ》高校は、甘じょっぱく煮込んだ鶏肉の上に卵の天ぷらをのせた親子丼で挑んだ。親子というつながり、そしてさきほどの反省点を生かし次につなげた、という部分にテーマ性を持たせたとプレゼンした。

「卵の天ぷら自体がソースの役割をしているから他にソースはいらないというご意見をいただき、今回は卵の天ぷらをソースとして使う親子丼に仕上げました」

審査員からは高評価で、ダイキは「やばいなぁ、レベル高い」と腕を抱えたまま肩をあげた。

しかし他のチームからは苦戦の色がうかがえた。料理そのものは悪くなかったのだけれど、卵と同じテーマという縛りにうまくのっていなかった。

「続いて、円明学園高校です」

運ばれてきた料理を見て、審査員たちが首を傾げた。

「では、説明をお願いします」

「はい」

蓉の表情には先ほどのような動揺は見られなかった。

「私たちが作ったのは、とさかとつくねのスープです」

凪津とダイキが「とさか？」と口を揃える。隣で澪が「なるほどね」と手を叩いた。

「とさかって食べられんの？」

「フレンチや中華だと使うし、高知県では食べられてるってきいたことがある。私は食べたことないけど」

（とさかってどんな味がするんだろうね）

　審査員たちは顔を歪めていたが、蓉は気にせず話を続けた。

「この料理は普段は使われないものや、捨てられる部分で作りました。つくねには肉の切れ端や内臓などを使っています。スープは鶏ガラや骨から出汁をとり、一緒に煮込んだ野菜もヘタや皮の部分などを使っています。とさかはじっくり炭焼きで火を入れました。塩以外の調味料は使っていません。私たちのテーマは『可能性』です。普段は使われない部位や、捨てられる野菜くずの可能性を引き出すために、この料理を作りました」

　審査員たちがおそるおそるスープを飲む。反応はない。それからとさかを口にした。またも反応がなかった。

「みなさん困惑している様子ですが、いかがでしょう」

アナウンサーがコメントを求めると、ひとりが「なんとも言えない」と口火を切った。

「はっきり言って、好みが分かれる味だ」

するど別の審査員が「私はちょっと苦手です。臭みが拭いきれない。内臓を使ったせいね。捨てられるところを無理して使う必要があったかしら」と話した。

「それに時間がなかったせいか、鶏の旨みを出しきれていないわ。スープの香りが弱く感じる」

　一方で「個人的には好みだし、アイデアがとても面白い」「とさかは食材として悪くない、可能性は確かにある」という意見もあった。そして最後に益御沢《ますみざわ》がコメントをする。

「不出来だな」

益御沢は卵のときと同じように箸を置き、腕を組んだ。

「この料理の可能性を引き出すことはもっとできたはずだ。ただ、それはもっと時間があった場合。一時間という制限でこれ以上によくすることは難しいだろうね。とさかの歯触りとつくねの食感はいいコントラストになってる。見た目がグロテスクという意見が出るのはわかっていたはずで、それに臆することなくチャレンジした精神は買うよ。できれば、時間をかけてきちんと完成させたこのスープを味わってみたい」

ダイキが「今のって褒められてるんだよね？」と澪に話しかけた。

「そうだね。最上級の褒め言葉なんじゃないかな」

画面越しの蓉の顔がわずかにほころんだのを凪津は見逃さなかった。

（どうなるかな）

（審査員の反応からすると、滝川高校といい勝負ですよね）

全審査が終了し、結果発表が行われる。審査員には、各学校名の書かれた札が配られた。

「もっとも優れた料理を作ったと思われる学校の札を挙げてください」

左から審査員が順に札を挙げていく。

滝川高校。

円明学園高校。

滝川高校。

円明学園高校。

最後の益御沢はなかなか札を挙げず、目をつむって考えこんだ。

ややあって、おもむろに挙げた札には、「円明学園高校」と書かれていた。

調理室に歓声と拍手が巻き起こる。ダイキが「よかったぁ」と凪津を抱きしめた。

「円明学園高校、準決勝進出です。見事に返り咲きました。今の率直な感想を」

蓉とえみくがそれぞれ喜びのコメントを伝えると、アナウンサーは「三浦《みうら》くんにも話をうかがってみましょう」と彼にマイクを向けた。

「新見《にいみ》さんはとても才能がある人なので、敗退が決まったときはびっくりしました。結果的にこのようなかたちで準決勝進出を勝ち取ったのは、彼女たちの実力からすれば当然だと思います。しかしライバルには変わりありませんので、ここから先は誰にも引けを取らないほどの、最高の料理を作っていきます」

「それではみなさん、『ワンポーション シーズン3』、次は準決勝でお会いしましょう！」

プロジェクターの映像が消えると、拍手はさらに強まった。調理室の喧騒が渦巻くなか、ダイキがぽつりと「知らなかったわ」と口にした。どう声をかけたらいいのか迷いつつも、「ショックですか？」と凪津は聞いた。

「全然。誰にだって言いにくいことってあるしね」

そう言ってダイキは自分のカバンに手をかけた。それから「あいつはただ咲いただけ」と続けた。
「じゃあ俺やることあるから先行くわ」
ダイキはみんなに挨拶をして調理室を後にした。
また君園道之助《きみぞのみちのすけ》からメッセージが届く。
（おめでとう！　円明学園高校、ほんとうすごい）
（ありがとうございます。って私がお礼いうのも変ですよね）
（そんなことないよ。同じ学校なんだから、胸張って）
（はい、誇りに思います）
（じゃあ来週ね。会えるのを楽しみにしています！）
（こちらこそ！　場所わからなかったら連絡ください）
凪津はスマホを抱きしめながら、熱を帯びた調理部員たちをしばらく眺めた。

＊

改札を抜けると駅前は二ヶ月前と違ってひっそりとしており、観光客もほとんどいなかった。景色も心なしか色あせたように感じる。『カフェ　ランドゥー』の場所は、地図を見なくても覚えていた。

到着したのは約束の時間の十分前だった。前と同じように薄汚れた窓から中の様子を覗いたが、客は誰もいなかった。

「いらっしゃいませ、お好きな席にどうぞ」

無意識に前回と同じ席に座りそうになったけれど、縁起が悪い気がして違う場所を選ぶ。やってきた店員が、凪津に向けてメニューを差し出す。しかし凪津はそれを受け取らず、「キユーピットください」と伝えた。店員は「かしこまりました」と言って、再びメニューを脇に抱え、戻っていく。

しばらくしてテーブルに置かれたドリンクは二層に分かれていて、下が白く、上が茶色かった。カルピスとコーラ。かき混ぜると一色になって、ベージュのような色になる。ストローに口をつけると、甘くて、わずかに炭酸を感じた。

彼がやってくるまでの時間はとてもゆっくりに感じられた。早く来てほしいと思う一方で、やっぱり来ないでほしいとも思う。相手を待ちわびていたくせに、いざ会うとなるとうろたえるのは悪い癖だ。

凪津は鏡を取り出して顔をチェックした。風で流れた前髪を直し、薄いピンクのグロスを塗る。首のあたりに触れると熱くて、手のひらであおいで風を送った。

ドアベルの乾いた音が鳴る。

「こんにちは」

低いのに通る声だった。

「君園道之助です」

第一印象は大きい人だった。背が高いだけでなく、かもしだされている雰囲気がおおらかで、自信に満ちているように感じられた。褐色の顔にほくろがちらほらある。髪の毛の色はまさにかき混ぜたキューピットみたいだけれど、染めているわけではなさそうだ。

立ち上がって、「伴《ばん》凪津です」と名乗ると、「すみません、迷っちゃって」と彼は笑みを浮かべた。

「いいお店ですね。渋いおじいちゃんが住んでいそうで」

「古民家だったみたいです」

「へぇ、ここに住んでた人がいたんですね。うらやましい」

彼が座ると、厚い胸板が凪津の前に置かれた。

「こういうのなんだか照れますね」

そう話す彼は恥ずかしそうには見えなかった。むしろ余裕さえ感じられて気おくれする。

「それ何？」

「キューピットって飲み物らしいです。コーラとカルピスを混ぜたものなんですって」

「へぇ、初めて見た。すみません、ストローひとつください」

彼はストローを受け取って凪津のキューピットにさし、優しく吸い込んだ。

「あまっ、美味しいけど全部は飲みきれないなぁ。アイスミルクティー、ください」

あまりに自然な流れで、受け入れるしかなかった。アイスミルクティーが運ばれてくると、彼はキューピットにさしたストローを移して飲んだ。尖った喉仏が機械みたいに上下する。

「飲む？」

彼がアイスミルクティーを差し出す。凪津はおそるおそるストローを移して一口飲んだ。まろやかな舌触りを感じ、爽やかな風味が鼻に抜ける。

「『ワンポーション』の準決勝、もう始まったかな？」

「午後二時からだったと思う」

「そっか、今日も勝ち進めるといいね」

オルタネートでやり取りし始めた頃、(伴さんは円明学園高校なんですね。俺、『ワンポーション』見てます) と彼が送ってきたことで、二人の会話はすぐに盛り上がった。偶然にも彼は初回から円明学園高校を応援していたらしい。

「いいの？　今日はみんなと見なくて」

「うん。私は調理部じゃないから。こないだみたいに集まってはいると思うけど。君園くんはいいの？」

「後で配信もあるから。帰ってそっちで見るよ」

さりげなく名字を呼んでみる。彼が特に反応しなかったので安心した。

「じゃあそれまで結果を見ないようにしなきゃね」

「凪津さんも、見ちゃダメだよ」

下の名前で呼ばれるとは思っていなくて一瞬固まってしまった。

「そうする」

二人は『ランドゥー』を出て水族館を目指した。途中、砂浜を歩いた。この季節でもサーファーが波に浮いている。潮風が二人にじゃれるように触れ、砂をさらう。

「サーフィンしたことある？」

「あるよ、父親が好きでさ」

波打ち際まで寄ってみる。振り返ると濡れた砂浜に二人の足跡がついていた。

「凪津さんのお父さんはどんな人？」

「ひどい人」

凪津はとっさにこたえてしまい、「冗談だよ」と笑ってごまかした。「サーフィンって難しそう」と話題を元に戻す。

「すぐできるよ。あの人見てて」

彼が指差した男はサーフボードにまたがっていて、ぼんやりと後ろからくる波を見ていた。と思いきや、ぴたりとうつ伏せになって、勢いよくパドリングし始める。

「今だ」

男がすっと立ち上がった。それほど高い波に見えなかったのに、彼は長い間波を乗りこなした。

「うまい人がわかるんだ」

「どうして？」

「理由なんてないんだよ、なんとなく」

理由なんてなくて、なんとなくで動くから失敗するんだよ。

反射的に心のなかで呟く。と同時に母の顔が思い出された。振り払うように息を吐き出す。

水族館は思いのほか混んでいた。家族連れの客がたくさん並ぶ大きな水槽を前に、「どの魚が好き？」と尋ねると「せーので指さそう」と彼が言った。指の先は同じ場所を向いていた。不思議なくらい気が合った。オルタネートはやっぱりすごい、と凪津は彼の顔をじっと見ながら思った。

家の方向も同じだったので、帰りは一緒に電車に乗った。窓から海が見える。ウェットスーツに身を包んだサーファーたちが海から上がって駐車場へ戻っていく。水平線に近いところから見つめる太陽がそのシルエットを際立たせ、影を伸ばした。

君園くんがそっと凪津の手を握った。分厚くて、ごつごつした手だった。握り返すとパズルみたいにぴったりはまった。

幼い頃、凪津はよく母の友人に預けられていた。その人はとても親切で面倒見がよかったけれど、母のことをあまり良く言わなかった。「高校の頃のママはね、本当すごく美人だったのよ。たくさんの男性から言い寄られてね。選び放題だったのにね」。それからこうも言った。「凪津ちゃんはパパがいなくて寂しいって思うかもしれないけど、別れて正解だったのよ」。だから帰って母に、どうして父と結婚したのかをきいた。「なんとなく、いいなと思って」と母はこたえた。「じゃあ、どうして別れたの？」と続けると、「ママが相手を間違えちゃったんだね」と言った。

自分は間違えた相手との子なのだとそのとき知った。

君園くんがふっと微笑む。凪津はそっと彼の腕に頭を寄せた。電車が揺れる度に、彼に重心がかかる。窓の向こうには赤から青のグラデーションが層になって広がっていた。

「じゃあね」

先に降りた彼は、見えなくなるまでホームで手を振り続けていた。残された凪津はシートに座ってスマホを開いた。メッセージを打っていると、向こうからメッセージが届く。

(今日はありがとう。とても楽しかった。また会いたいです)

(私も楽しかったです。来週の文化祭が終わったらきっと落ち着くので、そしたらまた会ってください)

(来週文化祭なんだ。遊びに行こうかな)

(うん！　ぜひ来て)

最寄りの駅までまだかなりあった。暇を持て余した凪津は待ちきれず『ワンポーション』の結果を調べた。

「永生《えいせい》第一高校、円明学園高校、晴杏《せいあん》学院高等部の三校が決勝進出！」

凪津はほっとした。これでまた君園くんとの会話が盛り上がる。

21
不信

賑やかだった頃の自鳴琴荘《じめいきんそう》は見る影もなく、人が住んでいるとは思えないほど深閑としていた。よく響いていたトキさんのビオラも、今はほとんど聞こえなくなった。

坂口《さかぐち》さんとはあれから会っていない。ときどき荷物を取りに自鳴琴荘に戻ってきているようだったが、尚志《なおし》のいない時間を狙っているのか、すれ違うこともなかった。憲一《けんいち》くんはときどき連絡を取っているらしく、「本当か嘘かわかんないけど、女の人の家を転々としてるんだって」と言っていた。『ホタつじ』のメジャーデビューの話は、いまだに公式に発表されていなかった。

憲一くんも大変だった。自鳴琴荘のオーナーが替わったことで、作詞家志望という名目でシェアハウスにいることが改めて問題になった。家賃を滞納していることもまずかった。きいたところによると、リゾートバイトで稼いだお金は競艇で使い切ってしまったらしく、今のバイト代が入るのも来月なので今は無一文だという。それがオーナーの耳に入り、次の入居者が決まるまではいていいという条件だったはずが、年内いっぱいで出ていかなくてはならなくなった。

トキさんも忙しそうで、最近顔を見ていない。憲一くんによると、企業説明会やインターンなど、本格的に就活を進めているとのことだった。尚志にはいまいちピンとこなかったが、大学三年生の秋から卒業後に向けて動き出すのは珍しいことではないそうだ。

ビオラはどうするんだろう。どうかやめないでほしい。これまでの時間を無駄にしてほしくないし、トキさんのビオラは純粋に好きだ。ちょっと真面目すぎるけど、知的で鋭くて、独特の涼しさがある。

トキさんの一学年上のマコさんは、五ヶ月後には卒業する。あの夜、彼女は何も決まっていないと言っていた。その後どうなったのか、今は聞けそうにない。

マコさんがどうしてあんなことをしたのかよくわからなかった。誰かに相談したかったけど、これ以上自鳴琴荘の雰囲気を悪くしたくないために、尚志は何もできずにいた。一度だけ憲一くんに、「マコさんとトキさんってどう思います？」と聞いた。付き合っているか、マコさんの片思いかどちらかだと思っていたけれど、憲一くんは「なんもないでしょ」と当たり前のように言った。自分の勘違いだったのかもしれない。だとすると――それ以上考えるのはやめた。

尚志は『ピピ』でのバイトを増やし、自鳴琴荘にいる時間を減らした。それに反比例して、自鳴琴荘のメンバーはあまり『ピピ』を利用しなくなった。

尚志は悶々としていた。ストレス発散にドラムを叩いてみるも気分はあまり晴れず、次第にドラムに対する熱量も薄まっていった。そんな日が来るなんて思ってもみなかった。

円明《えんめい》学園高校の生徒は日に日に来店の頻度を増していた。文化祭が来週に迫り、余裕のなさが顔色から見て取れた。みんな見るからに焦っていて、あるバンドは帰りがけにエレベーターの前で喧嘩を始めた。「真剣にやってない」というのがその理由らしかった。

翌日の夕方、分裂した彼らはそれぞれ別のバンドメンバーを引き連れてやってきた。急いで募集したのか、もともとあったバンドと合併したのかはわからなかったが、よくもまあこの短時間で頭数を揃えたもんだと感心した。

そのうちの一人に豊《ゆたか》がいた。受付に来た彼は尚志の顔を見て固まり、数回瞬きを繰り返した。尚志も内心驚いていたが、「よぉ」と軽く挨拶をしてごまかした。

「今、ここでバイトしてんねん」

「東京、来てたんだ」

豊はギターの入ったソフトケースを背負っていた。

「あぁ、なんや、流れ流れてな」

「安辺《あんべ》、椋丘《たらおか》さんと知り合いだったんだぁ」とひとりが言うと、豊はぎこちなく「うん、同じ小学校でさ」と返す。

「バンドやんのかいな」

「どうしてもって頼まれてね」

「文化祭か」

「そう」

「頑張りや」

尚志はそう言って受付を済ませ、マイクやケーブルを渡してスタジオの場所を伝えた。彼らが見えなくなったのを確認し、ゆっくり深呼吸する。

今の豊がどんな演奏をするのか知りたくて、スタジオのそばまで行って盗み聞きしようとした。だけどやっぱり止めた。良くても悪くても満足しないに決まってる。

急に疲れを感じ、「すんません、ちょっと気分悪いんで、先に帰らせてもらいます」とバイト仲間に伝えて店を出る。駅へ向かう人の波に逆らい、なんとなく川の方へと歩くことにした。

尚志は深羽《みう》に電話をかけた。しかし彼女は出なかった。このところはメッセージを送っても返事がない。何かあったのだろうか。オルタネートなら彼女の近況がわかるはずだ。かつてのようにアプリを開く。「このアカウントはログインできません」。豊なら調べられるかもしれない。同じ高校だし、深羽は彼のことを知っていたし、もしかしたらもう繋がっている可能性もある。でも今は無理だ。オルタネートさえあれば。

橋の上から網代川《あじろがわ》を眺める。このところ雨が多いせいで増水し、流れは急だった。どんなものでも飲み込んでしまいそうな濁流だ。土手の植物は一様に茶色くなっていて、カラフルに塗られたペットボトル風車がやけに目立つ。車が勢いよく通るたびに、橋がぐわんと揺れる。

橋を渡っても土手の方にはいかず、そのまま先の道を進む。やがて銀杏並木の先に校門が見えてきた。入ってすぐのところに、「円明学園高校」と書かれた石碑があり、その前の花壇では女の子が水をやっていた。

尚志は並木の下にある縁石に座り込み、校門から吐き出される生徒を眺めた。みんな一様に鼻をつまんでいて、間抜けに見えた。陽が傾き始め、銀杏の葉の黄色にうっすら赤みがかかった。一匹のハクビシンが木々を器用に渡っていくと、枝にぶらさがった銀杏の実が揺れて落ちた。

尚志はハクビシンを追いかけた。上を見上げながら校門の方に近づいていく。しかし途中で進路を変えたハクビシンは、住宅地に延びる電線を伝っていき、やがて見えなくなった。

諦めて帰ろうとすると、すぐそばに深羽が立っていた。彼女を待っていたにもかかわらず、いざ対面するとどうしていいかわからなくて、ひとまず「よぉ」と手を上げる。

深羽は固まっていた。尚志が一歩近づくと彼女は後ずさりし、それから学校の方へ戻っていく。

「なんでやねん、なんで避けんねん。俺、なんかしたんか」

「こないで！」

そう叫んで走り出す深羽を尚志は追いかけ、校門の手前で彼女の腕を取った。前髪の隙間からのぞいた目は怯えていて、怪物でも見るみたいだった。

「そんな目、せんといてや」

彼女の腕は震えていた。

「もう一度弾いてほしいだけやねん」

尚志はそう言って、手を離した。その瞬間、後ろから「君、名前は？」と声をかけられた。振り返ると、警察官二人が尚志を挟むように立っていた。

「なんやねん」

「名前は？」

警察官のひとりが凄んでもう一度きいた。食ってかかろうとしたが、怖がる深羽が視界に入り、尚志は吐き捨てるように自分の名前を言った。もうひとりの警官がメモを取り出し、「楤丘尚志」

と繰り返し呟きながらめくっていく。何かを確認した彼は頷いて、「ちょっと、きてくれるかな」と尚志に言った。断る術もなく、尚志はそのまま警察へと連行された。

＊

冴山《さえやま》深羽のストーカーなんだろ、と言われたときはさっぱり意味がわからなかった。彼らの話によると、深羽はこのところ何者かに付きまとわれており、警察に学校のまわりや自宅近くの見回りをお願いしていたらしい。深羽は疑わしい人物を数名挙げていたようで、そのひとりに尚志の名前もあったという。返事がなかった理由に合点がいったものの、「俺ちゃうわ！　早く帰せや」としつこく抗議した。受け入れてくれるわけもなく尚志は留置場に入れられ、一晩そこで過ごすことになった。

翌朝、昨日と同じ警察官がやってきて、「話を聞かせてほしい」と尚志に言った。

「だから昨日全部言ったやんけ、俺関係ないねんて」

「そうじゃない」

警察官はしばらく視線をさまよわせたあと、「今回のことは済まなかった」と謝った。

「時枝久嗣《ときえだひさつぐ》について、聞かせてほしいんだ。彼はすでにストーカー行為を認めているが、詳しいことを君からも教えてほしい」

尚志が捕まったことに安心した深羽は、あれからのんびりと帰路についた。そして久しぶりに家の前にある公園に寄り道したところ、いきなり何者かに襲われたという。運良く帰宅した父親が彼を捕まえて警察を呼んだことで、逮捕となった。

トキさんが深羽につきまとうようになったのは、彼女が自鳴琴荘に来た日からだった。彼は学校帰りの深羽を尾行して家をつきとめ、以降ストーキングを繰り返した。迷惑行為は日に日にエスカレートし、最近ではゴミを漁られたり、卑猥な写真をポストに入れられたりしていたという。尚志は放心したまま、警察を後にした。スマホの電池は切れていて、誰にもこのことを伝えることができなかった。自鳴琴荘に帰ると、リビングに憲一くんとマコさんと坂口さんがいた。すでにほとんどのことは知っているようだった。夜通し尚志を待っていたらしく、みんな目の下のくまがひどかった。

「大変だったね」

憲一くんが、尚志を抱きしめた。その上からマコさんがかぶさり、最後に坂口さんが覆った。

「なんやねんこれ」

照れ隠しにツッコんだつもりだったが、声が揺れてしまって切れ味がない。坂口さんが、なんの脈絡もなく、「こないだはごめん」とつぶやいた。

「それ言うん、今ちゃうやろ」

その声もやっぱり揺れていた。カーテンから透けた朝の光が四人のかたまりを包む。こんなときなのに、なぜかトキさんのビオラが聴きたくてしかたなかった。

部屋に戻って、深羽にショートメールを送った。

（そんなこわい思いしとったんわからんくて、昨日はごめん。俺、自分のことでいっぱいいっぱいで、深羽のこと、気つかえてなかった。俺が自鳴琴荘の人たちと会わせへんかったらこんなことならんかってんもんな。俺はどこまでも自分勝手やわ。昨日な、深羽のパイプオルガンが聴きたくてしゃーなかってん。ほんま、今の俺は頭おかしいです。おかしいから言わせてください。君のことが好きです。付き合ってください。おかしいから言うんちゃうな、この気持ちはほんまもんです）

深羽からの返信はしばらくなかった。

（私こそ勘違いしてごめんなさい。尚志くんと会ってから起こったことだったから、犯人だと決めつけてしまいました。本当に失礼なことをしたと思っています。尚志くんの気持ちは嬉しいです。だけど、こんなことがあって、私は男の人がこわいです。すごくこわいです。だから今は、尚志くんとも会えそうにありません。ドラム、頑張ってね）

深羽のショートメールが届いたのは、円明学園高校の文化祭前日だった。

22　祝祭

味気ない校門は花火が描かれたベニヤで囲われ、バルーンのアーチには「円明《えんめい》学園高校　文化祭へようこそ！」という文字がキュートなフォントでデザインされている。去年ここをくぐったときは中学の制服を着ていた自分が、今はこうして円明学園高校の生徒として来校者を迎えることに、凪津《なづ》は人知れず胸を熱くした。

石碑の前の花壇で最後の仕上げをしているダイキが目に入り、「おはようございます」と声をかける。

「いよいよですね」

「凪津、どっか気になるところある？」

ヒアシンスの球根を植えた花壇には様々な種類の花瓶がぎっちりと並べられ、それぞれに違う花が生けられていた。その独創的な発想と鮮やかな色彩に凪津はほれぼれした。たくさんの人がここで写真を撮る姿が想像できる。

「ないです、とてもきれいです」

凪津は作業を終えたダイキと一緒に調理室に立ち寄った。ドアを開ける前から香ばしい匂いが漂う。すでに調理部の部員たちが仕込みを始めていて、カゴに入った大量の卵を少しずつ炭火で焼いていた。『ワンポーション』の第一回戦で、蓉《いるる》とえみくがポテトサラダにする前に作っていた焼き卵を再現し、販売するという。「なんでポテトサラダじゃないんですか？」と部員に尋ねると「こっちの方が効率がいいから」と軽い口調で彼女は言った。

このあいだのようにホワイトボードに『ワンポーション』の決勝を映し出すらしく、プロジェクターが用意されていた。あの第一回戦を調理室で映し出したのは、そもそも今日のシミュレーションだったと文化祭当日になって知った。

「今年こそ、優勝してほしいわ」

ダイキは参拝するみたいにホワイトボードの前で手を二度打ち鳴らし、祈った。

調理部を手伝っていた笹川《ささがわ》先生は、焼き上がった卵をトングで摑んで箱に入れていた。凪津を見つけると肩口で汗を拭い、「教室はもう行った？」と聞いた。

「まだです」

「そう、じゃあ一緒に行こう」

一年三組へ行くと、「失われた白日」というタイトルが書かれた巨大な布が目に入る。そこに美術担当の生徒が赤いインクをピッピッと指で弾き飛ばし、血しぶきを付け加えていた。

教室に入ると黒板は白い紙で覆われていて、千桁の円周率がカラフルな文字で並んでいた。その隣には三月のカレンダーが貼られ、隅にまとめられた机の上には黒板同様の円周率がプリントされた紙とペンが無数に散らばっている。そういった小道具や美術、お客さんの動線や電気系統など、ひとつひとつを細かく志於李《しおり》が確認していく。声をかけようとすると、彼女は「ねぇちょっと、ここめくれてんのありえないんだけど！　細かいところまでちゃんと見てよ！」と声を荒らげた。

思わず凪津は、ダイキと笹川先生と目を合わせる。「すみません、ちょっと傷心中で気が立ってて」と言うと、「気持ちわかるだけに、近寄りがたいな」とダイキが目をすぼめた。

志於李はつい二週間ほど前に彼氏と別れた。向こうから「他にいい人を見つけた」と言われたらしい。見つけたという言い方が余計に癇に障ったようで、「見つけるってなんだよ、ポケモンみたいにいってんじゃねーよ」と志於李は顔を真っ赤にして毎日のように恨み節を吐いていた。

その怒りを原動力に、志於李は「失われた白日」の制作に没頭した。彼女の気迫は異様で、凪津でさえ気軽に声をかけられる様子ではなかった。

タイミングを見計らいつつ、「おはよ、志於李。遅くなってごめんね」と控えめに話しかける。彼女は一瞬凪津を睨んだが、ダイキと笹川先生の顔を見るなり「おはよおはよ、順調順調！」と快活に言った。

「俺の演技はどうだった？」

ダイキが幽霊っぽく両手の甲を見せた。

「とてもよかったです！」

志於李がその手を握る。

「絶対反響ありますよ。協力していただいて、本当にありがとうございます。せっかくなんで、ダイキさん最初の客として、遊んでってくださいよ」

やけに愛想がよくて、気味が悪い。

「え。いいの？」

「もちろんです！　みんな、いけるよねー？」

「はい！」という返事がぴたりと揃う。まるで鬼コーチの元で練習する体育会系の部員みたいだ。

ダイキがひとりでは寂しいというので、凪津と笹川先生も付き合う。

「では、始めます」

志於李がスタートの合図をすると、教室の電気が消える。

モニターの映像に「一年三組で、不思議な出し物やってるらしい。校門でそんな噂を耳にした。気になってこの教室にきたけれど、特に変わったことはない」という文字が映し出される。すると教室に鍵がかかり、スピーカーから、「僕と遊んでよ」という声がした。ダイキは舌を出して自分を指差している。凪津はよいしょするように、小さく拍手をした。

それからクイズが出題された。ダイキには撮影のときにクイズを全て説明していたはずなのにすっかり忘れていて、全然答えられない。仕方ないので凪津が答えにかなり近いヒントを出す。本来の制限時間を過ぎてもゲームオーバーにならなかったのは、志於李の好意だ。やっとのことでゲームをクリアすると、鍵が開き、三人は教室から出た。

ダイキは外に出るなり「白日で、ホワイトデーで、円周率ってか」とクイズを反芻するように斜め上を見て言った。

「おつかれさまでしたー。これ、賞品です」

志於李が駆け寄ってきてダイキに紙を渡し、再び確認作業をするため教室に戻った。彼女が渡した賞品は、調理部の焼き卵と交換できるチケットだった。

「なんで調理部？」

「笹川先生に協力してもらったんです」

凪津がそう言うと、ダイキは「職権濫用だよ」と笹川先生を突っついた。

「園芸部にも交換できるものがあればよかったんだけどねー」

笹川先生も同じように突っつき返すと、ダイキは「押し花でも作ればよかったですかねぇ」と口をゆがめた。

文化祭の始まりを知らせるチャイムが鳴る。窓の向こうを見ると、西棟の校舎の壁に嵌め込まれた時計が目に入る。時刻は十時を示していた。

＊

文化祭が始まってすぐだというのに、生徒の家族や他校生、来年受験しようとしている中学生など、校内は早くも大勢の人で溢れていた。

マコさんや憲一《けんいち》くんも来たがっていたけれど、尚志《なおし》はひとりで行かせてほしいと断った。しかしいざ来てみると居心地が悪く、やっぱり同行してもらった方がよかったかもしれないと後悔する。

豊《ゆたか》のバンドを見たらすぐ帰るつもりだ。それまで深羽《みう》に見つからないように気をつけなくちゃならない。あんな風に言われたばかりなのに、顔を合わせるわけにはいかなかった。

目立たないように、学校内を散策する。バンド演奏はグラウンドの端にある特設ステージで行われるらしい。今は女子生徒が束ねた髪の毛を振り乱し、激しいダンスを踊っている。とても大人びていて、尚志はなぜか直視できなかった。ステージの横にタイムテーブルが書かれたポスターがあったが、バンド名が並んでいるだけでどれに豊がでるのかわからない。運営スタッフに「すんません、友達が出るらしいんですけど、どのバンドかわからんくて」と話しかけると、「パンフレットに書いてありますよ、受付でもらってください」と言われた。

豊の所属するバンドは『キューーベンズ』という名前で、演奏は午後一時からだった。深羽に見つかるリスクを避けるため、高校の敷地を出てチャペルを目指した。さすがにそこにいるということはないだろう。そもそも鍵がかかっているに違いない。そう思いながらも心のどこかで、深羽がパイプオルガンを弾いていたら、と期待してしまう。

チャペルは意外にも開いていた。アスベストの問題はどうなったんだろうか。

中には誰もいなかった。パイプオルガンを見上げる。尚志はあたりを見回して壇上にあがり、パイプオルガンのベンチに腰掛けた。鍵盤は三段になっていて、足元には大きなペダルがあり、他にも何に使うのかよくわからないボタンや、左右にはドアノブのようなものが無数にある。人差し指で適当に鍵盤を押してみる。しかし音は鳴らなかった。適当にボタンを押してみる。すると横にあるハンドルが数個、がたっと飛び出た。もう一度鍵盤を押すと、ビーと音が鳴った。その音量は凄まじく、尚志は思わず立ちあがった。得体の知れない動物に威嚇されたような気分だ。深羽の音が思い出せるかもと思ったが、音色は全然違って記憶が余計に霞む。深羽のパイプオルガンの音色は、楽器の方が身を任せているようだった。

天井を見上げる。今もアスベストは降っているのだろうか。尚志は目をつむってほこりのような粉を想像した。思いきり息を吐いてから、めいっぱい吸い込んでみる。

＊

決勝に勝ち進むことが決まり、クラスメイトに「当日、手伝えなくてごめんね」と伝えると、「気にしなくていいから、頑張ってね」と言葉をもらった。調理部員たちにも部長の不在を謝ると、恵未《めぐみ》を筆頭に「こっちはまかせて」と言ってくれた。あまりの頼もしさに自分が部長じゃなくてもよかったのではと思う。しかし部長の自分は、勝つことでしか、部員たちに恩返しはできないと思い直す。

昨夜はあまり眠れなかった。寝覚めも悪く、なかなかベッドから出られなかったが、カーテンを開けると眩しい日差しが勢いよく飛びこんでくる。空は青く澄んでいて、雲はひとつもなかった。

十一月初旬にしてはかなり暖かかった。会場の最寄り駅でえみくと待ち合わせ、会場に向かう。

「もう文化祭始まってますね」

「ごめんね、初めての文化祭なのに、参加できなくなっちゃって」

「大丈夫です。文化祭は明日もありますから」

「だけど」

「蓉さん」

「ん？」

「決勝決まってから、謝りすぎ。勝ってる人がそんなに謝っちゃだめです」

「あはは、そうだね」

人目もはばからず、えみくが青空に向かって「私たちの料理がいちばん美しい！　ワンポーションのすべての料理のなかで！」と両手を広げた。それが彼女の好きな『イチジクの木』の一節を真似たものだと気づき、思わず頬が緩む。おかげで肩の力が抜け、蓉も負けじと「ガイドブックなんて捨ててやるぅー！」と遠くに叫んだ。

＊

「失われた白日」は盛況で、凪津は休む暇なく働き、整理券を配り続けた。

遠方から訪れたというダイキのファンもいて、彼の人気を実感する。ダイキは話しかけられても嫌な顔ひとつせず、「どうもー、ダイキですー」「動画見てなー」「花壇も見てってー」など、ひとりひとりと握手しながら応対していた。

君園《きみぞの》くんが来たのは午後になってすぐで、高校の友達二人を連れていた。

「すごい人だね」

「わざわざありがとうね。せっかくだから遊んでって。すぐには入れないけど」

「あとで、また来るよ」

整理券を渡すと、君園くんの友達が「この子が噂の。かわいいじゃん」と値踏みするように言った。「そういう言い方すんな」と君園くんがたしなめる。凪津は適当な愛想笑いを浮かべた。

「休憩時間あるの？　もしよかったら、ちょっと歩こうよ」

「あと一時間くらいしたら替わってもらえるはずだから、そしたら」

「おっけ。迎えにくる」

彼と入れ替わるようにして、クラスメイトの冴山《さえやま》深羽がやってくる。このところ体調が悪かったらしく学校も休みがちで、文化祭の準備にはあんまり参加できていなかった。

「深羽ちゃん、大丈夫？」

凪津が尋ねると、「少しだけなら」と弱々しく微笑んだ。

「無理しなくていいからね。人数は足りてるから」

「ありがとう」

そう言って彼女はロッカーに荷物を入れて、ふらふらと来た道を戻っていった。

一時間きっちりで君園くんたちは戻ってきた。そのまま「失われた白日」に入って、十五分して出てきた。彼らはクイズを解けなかったらしく、わからなかった人のための解説を聞くと「そういうことかー」と悔しがった。

感想を聞いていると、志於李がやってきて、「いかがでしたか？」と声をかけた。君園くんたちは突然声をかけられて戸惑っていたので「えっと、友達の志於李です。こちら君園道之助《みちのすけ》さん」と紹介する。

「あー、志於李さん。お話はよく聞いています」

「こちらこそ、凪津からよく聞いています。この子をどうぞ、よろしくお願いします」

ふたりのやりとりは、テレビドラマで見る結婚前の両家顔合わせの挨拶みたいだった。

「ごめん、志於李。ちょっと頼んでいい？」

そう言って整理券の束を見せると、状況を察した彼女は「どうぞどうぞ、いってらっしゃいませ」とわざとらしく頭を下げて受け取った。

君園くんが友達に「ちょっと歩いてくるわ」と言うと、彼らはからかうような声をかけた。二人で廊下を歩くと、同級生たちが興味津々の視線を投げかけてくる。すごく恥ずかしいけれど、君園くんは全然気にしていなくて、廊下の真ん中をずんずんと進んでいく。

「君園くんって、びっくりしたりしなそう」

「え？」

「なんか、わって、おどかしても動じなそうというか」

「そんなことないよ」

普段はなかなか立ち入らない三年生のフロアに上がると、「ゾンビスクール」という出し物が目に入る。

「試しに入ってみる？」

彼がいたずらに誘うので、凪津は頬を赤らめてうなずいた。

凪津はそもそもお化け屋敷が苦手だ。それに加えて「ゾンビスクール」はとてもよくできていた。本格的なメイクをした先輩が飛び出てくる度に、凪津は半泣きで叫び、それを見て君園くんはお腹を抱えて笑っていた。

次にダイキが手がけた花壇をひとつひとつ案内した。自分も手伝ったというと、「俺は花のことかさっぱりだから、どれくらい大変なのかわからないけど、すごくきれいだね。こういう世話が得意な人って、将来いいお母さんになりそう」と言った。

調理室へ行くと、ホワイトボードに『ワンポーション』が映し出されていた。

「いよいよだね」

君園くんはそう言って、凪津の手に自分の手を絡ませた。

＊

「『ワンポーション シーズン3』決勝戦、いよいよ開幕です。今回ここまで勝ち残ったのは、永《えい》生《せい》第一高校、円明学園高校、晴杏《せいあん》学院高等部の三校。勝つのは、昨年の覇者永生第一高校か、それとも昨年のファイナリスト円明学園高校か、はたまた初出場のダークホース晴杏学院高等部か！」

アナウンサーはこれまで以上に熱の籠った口上を述べた。

蓉は強い視線で、じっと前を見つめる。

「さて決勝の食材は」

そう言って握った手を前に突き出し、そっと開く。スプーン一杯ほどの小さな粒が、白く輝いた。

「『お米』です」

えみくと目を合わせると、彼女は静かにうなずいた。

「そしてテーマは」

アナウンサーがこめかみのあたりを人差指でとんと打つ。

「『記憶』です」

蓉は、きおく、と声に出さずに口だけ動かした。

「お米は我々の生活とは切っても切り離せません。そして古今東西あらゆる調理がなされてきました。お米は、人の記憶と密接に結びつく食材のひとつと言っても過言ではありません。どんな解釈をするかはみなさんの自由！　制限時間は一時間半です！」

蓉にとって最後の開始ブザーが鳴る。

「お米って、またも広すぎる食材ですね」

「うん、今回も簡単じゃないね」

制限時間が今までより長いからか、他のチームもまだ動こうとはしなかった。

「どの方向で行きましょう。シンプルにお米を炊いて、丼にしておかずで勝負するか、他だとリゾットとかパエリアとか、おはぎなんていう方法もあります」

「そうだね、どれでもできそう。ただ、記憶ってテーマをどう結びつけるか」

「記憶なぁ、ご飯の思い出とかですかね」

「うん。自分だけのお米の記憶。そういうのある？」

「ありすぎますよ。キャンプで食べたカレーとか、風邪を引いたときにママが作ってくれたおかゆとか、みんなで作ったとうもろこしのおにぎりも思い出です。蓉さんは？」

「思い出……」

お米にまつわる思い出を次々に思い浮かべるも、どれも自分で作ったものばかりで、その他には給食くらいしかなかった。プレゼンで審査員の興味を引きつけるような、特別な記憶が欲しい。だけど過去は今から作れない。となると実際の記憶ではなく、記憶という解釈そのものを考え直すか。でもどんな風に――。そうしている間にも、時間は刻々と過ぎていく。

＊

時間になるまでチャペルのイスに座り続けていた。あまりにも静かで、このところのごたごたを全て吸収してくれそうだと尚志は思った。退屈凌ぎに「あ」と声を出してみると、声がぼわっと広がって反響し、じんわりと消えてまた静かになった。

「っしゃぁー」

立ち上がってしまりのない声を上げる。その声もやけに響いてちょっとおかしい。

高校の敷地へ戻ると、文化祭の来場者は一段と増えていて、ステージの前にもかなりの人が集まっていた。半分以上は女子生徒だった。豊は後輩から人気だと深羽から聞いていたから、目当てはきっとあいつなんだろう。

近いところだと豊に見つかりそうで、少し離れた場所を探す。あたりを見回すと、三階の渡り廊下がよさそうだった。気配を消しながら階段を上がっていく。

渡り廊下に深羽がいないのを確認し、ステージ側の欄干に肘をかけると、ちょうど『キューベンズ』の出番になった。ボーカルがギター片手に手を振りながら勢いよくステージに上がり、遅れてベースとドラムがやってくる。豊もいた。よそよそしい会釈を繰り返しながらアンプにギターをつなげる。フェンダーUSAジャズマスターのサンバースト。それぞれが音を調整するなか、「ゆたかー！」と黄色い声があがる。しかし応えることなく、足先でエフェクターをチェックする。準備が終わったところで、「キューベンズです！　盛り上がろうぜ円明！」とボーカルが声を張り上げてあおった。興奮した聴衆の歓声に乗り、ドラムが「わん、つ、すりっ、ふぉ」とカウントする。

スピーカーから一気に溢れ出す音に、女子生徒たちは両手を突き上げ、ビートに身体を揺らす。短い髪を振り乱し、飛び跳ねている男子もいる。

彼らが演奏しているのは、『前夜』のヒットナンバーだった。この短期間でオリジナル曲を制作するのは難しいだろうし、盛り上げるためにも選曲は間違っていないと思った。しかし最初の音の塊を耳にして、すぐにまずいものを感じた。挽回できるかと見守っていたが、観客の高揚とは裏腹に演奏はバラバラになっていく。

ドラムは間違えないように叩くことで精一杯で、それでいて必死さを隠すためにかっこつけたりして、他の楽器に意識がいっていない。かといって自分の演奏にも集中できておらず、キックもスネアも鳴りが悪い。ビートはビニールで覆われたみたいに曇っていた。

ドラムが周りを見ていないせいで、ベースとの連携が全然うまくいっていない。それでもどうにかついていこうと、ベースは力強くピッキングし続けた。どうにもこうにもまとまりのないリズム隊のせいで、ギターボーカルは歌いにくそうだった。それでも彼らにとっては高校生活を賭けた大一番、気にしていないふりをして強気に歌い上げている。

観客はどうノッていいのかわからなくなり、跳ねていた足を止めて、聴き入るようにじっと眺めていた。なのに『キューベンズ』のメンバーは目を閉じたり、頭を激しく振ったりと、観客から目を背けていた。あまりに痛々しいなか、豊だけは直立不動でギターを弾いていた。三人の音を聞き分け、自分のとるべきリズムに注意しながら、めりはりをつけて演奏している。変にノッてリズムを決め込まず、それぞれの楽器のいいところを縫っていくようにして音をつなげていく。

その甲斐あってか、少しずつ各楽器がお互いに目を配るようになり、なんとか音楽となり始めた。

しかし、豊の態度はどうにも気に入らなかった。彼の音は死んでいた。

豊のギターが他のメンバーのボロボロの音をつなぎ合わせているのは確かだ。だけどその役割に徹することで後ろに引っ込んだギター音は、ただ全員を受け止める器でしかなかった。彼はひとりで『キューベンズ』の器の役を担い、そして豊は自分が素材になることを諦めていた。

技術がないわけじゃない。技術がないなら、ここまでバンドをまとめることはできない。彼が大阪を離れたあともギターに触れていたことは、手つきを見ていればわかる。

あいつは、なんとなく形になったらいい、と思っているんだろう。だからそれ以上に余計なエネルギーを注がない。変に目立ったりせず、それなりに仕上げられれば。

なんとなく。それなりに。そんな心持ちで弾くギターで、一体誰が感動すんねん。ギターに謝れ。こんな心持ちで弾いてもうて、すみませんってちゃんと土下座せえ。っていうか、なんでそんなんなんでギター弾いてんねん。ギター弾きたいんかい。どないな感情やそれ。弾くんならもっと愛したれよ。お前の指から弦にちゃんと愛を伝えたれよ。まさおさんから俺たちが教えてもらったんは、そういうことやったはずやろ。

胸の奥でそう叫べば叫ぶほど、尚志は自分がふがいないものに思えてしかたなかった。

『キューベンズ』は、あんなんでも一応ステージで演奏している。音を放って、人に聞かせている。

「それでは最後の曲でーす！」

欄干を握っていた手に力が入る。

ふと視線を落とすと、見上げる深羽と目が合った。その目は変わらず怯えていた。まずいと思い、急いでその場を離れる。

深羽のいた場所からなるべく遠くへいこうと校内を歩くけれど道がわからず、迷った挙げ句、昇降口に出た。

グラウンドへ下りると、じゃりっとした砂の感触が足元から伝わった。ステージでは演奏が終わり、『キューベンズ』の面々が手を振っている。豊は小さく頭を下げ、そそくさとギターのシールドをアンプから外していた。

尚志はステージをじっと睨み、そして汗の染み込んだグラウンドの砂を蹴り上げた。

＊

調理室は焼き卵を求めてきた人と『ワンポーション』を見に来た人でとても混雑していた。ホワイトボード前は人で埋め尽くされて、あまり見えない。君園くんが「スマホでも見れるし、どっかいく？」と言うので、グラウンドに向かう。その間も手はつないだままだった。

「食材が『お米』で、テーマは『記憶』だって」

君園くんがスマホで『ワンポーション』の現況を調べて、教えてくれる。彼が見ているのは『ワンポーション』の生配信ではなく、オルタネートにアップされた『ワンポーション』関連のコメントのようで、「うわー、初めて『ワンポーション』で検索したけど、ひどいこと書く人もいるんだなぁ」と鼻で笑った。

「こういう人たちって、何がしたいんだろうね」

そう言って君園くんが凪津に画面を向けた。純粋な応援コメントに交じって、参加者の外見を揶揄するものや信憑性の低い噂話など、目を背けたくなるような言葉がたくさん並んでいる。

「ほんとだよね」

外に出ると、演奏を終えたばかりのバンドがステージから下りていた。その近くで、ぽつんと立っている男子が目に入る。というより、目が反応した。思わずつないでいた手を離し、後ずさりする。

「どうしたの、凪津さん」

桂田武生《かつらだむう》はひとり、誰もいないステージを眺めていた。

「ごめんなさい、ちょっと」

凪津は慌ててその場を立ち去った。桂田から視線を外す直前、メガネ越しに目が合った気がする。追いかけてきた君園くんが、「どうしたの?」と声をかける。

「ごめん、ちょっとだけひとりにして」

そう告げると彼はもう追いかけてはこなかった。高校から離れたくて、とりあえず大学の方へ向かってみる。どこかひとりになれそうな場所と思って探っていると、"CENTRAL CHAPEL"の扉が揺れていた。凪津がおそるおそる覗き込むと、人はいなかった。たった今誰かが出て行ったのだろう。戻ってくるかもしれないからやめておくべきかとも思ったが、チャペルの静けさは今の凪津が求めているものだった。

ここへ入るのは初めてだった。正面には十字架があって、その上にパイプオルガンのパイプが高くそびえている。左右のステンドグラスから透けた明かりが、木製のベンチをわずかに染める。凪津はそこに座り、上がった息を整えた。

桂田は何をしにきたんだろうか。まさか、あんな風に逃げた私を責めに来たんじゃ。

どこかからぱきっと音がして、思わず悲鳴を上げる。誰かいるのかと振り返るものの、人の気配はしなかった。自分がこれほどおびえていることを知って、余計に不安になる。

もしかしたら彼から何かメッセージが来ているかもしれないとオルタネートを開いてみる。しかし新着のものはなかった。すると、桂田のメッセージのひとつが目に飛び込んでくる。

それはURLだった。おそるおそるタッチすると、インターネットブラウザが起動され、リンク先へ飛んだ。

「華津螺舵夢雨の天才日記！」

タイトルはなかなか読めなかったが、名前だとわかりスクロールする。最新の更新は今日だった。

＊

「どうしましょう蓉さん。時間やばいです」

「わかってる、わかってるけど」

蓉は何か閃けと頭をとんとんと叩いたが、思いつくのは退屈なものばかりだった。まるで難しいクイズを前にしたみたいに、思考はぐるぐると同じ回路を行き来している。

アナウンサーが「円明学園高校、かなり悩んでいる様子です。他の学校はすでに作り始めていますが、大丈夫なのか」とさらに蓉を焦らせる。

「とりあえず、お米だけ準備しよう。もし炊くなら、研いで浸水だけでもしておいた方がいい」

「わかりました」

今日も観覧席には江口《えぐち》フランチェスカが座っている。息子の勇姿を見届けにきたのだろうが、その目つきはどの審査員よりも厳しかった。

三浦《みうら》くんを見ると引き締まった表情で、前に「俺は母ちゃんをライバルだと思ってる」と言っていたのを思い出す。

自分はまだ父をライバルとは呼べない。ここにいる誰よりも遠い相手だ。

むき出しになった広い額の下にある、鋭い眼。大きな獅子鼻。薄い皮膚が張り付いた尖った顎。浮かぶ父の顔に三浦くんの言葉が次々と重なっていく。

――もちろん。俺がなりたいのは料理研究家じゃなくて、料理人なんだ。料理を作る人のために料理を作るんじゃなくて、食べる人のために料理を作りたい――

しかし蓉はもう、父の料理を食べさせてもらえない。

――母ちゃんは記念日だけは仕事を休むんだ。俺達の誕生日とか自分の結婚記念日とか。イベントごとも好きだから、年末年始とかクリスマスとか七夕とかハロウィンとか――

クリスマスだって両親は仕事を休まないし、家族で過ごしたことなんてなかった。思い出の中にあるのは、あったかどうかも不確かな、暗い部屋でちかちかと光るクリスマスツリーだけだ。

――風邪を引いたときにママが作ってくれたおかゆとか――

不意にえみくの言葉もよぎる。そして曖昧だったあの日の記憶が徐々に輪郭を帯びてくる。

小学校に入って最初のクリスマスだった。蓉は高熱を出して、一日中部屋のベッドで寝ていた。ここまで体調を崩したのは初めてで心細かったのに、その日も両親は仕事だった。それどころか年末ということもありいつも以上に忙しく、開店後はにぎやかな客の声が耳鳴りの向こうで響いた。

汗が額や背中から噴き出し、全身が干からびるようで、身体の節々が痛かった。それでも水を飲むためキッチンまで歩いていくと、暗闇の中でツリーの電飾が煌めいていた。その眩しいぐらいの光は場違いで、一層寂しさを際立たせた。

店を終えて帰ってきた母は部屋のドアを少し開け、「蓉、どう?」ときいた。適当に返事をすると「おかゆ、ここ置いておくわね」とドアの向こうから言った。

「風邪が伝染《うつ》ると困るからそっちに行けないの、本当にごめんね、蓉」

それから夜は深まり、ふと浅い眠りから目を覚ますと、ドアの隙間から父がのぞいていた。

「どうしたの?」

「お腹、空いてないか」

父は声をひそめて言った。それまで食欲がなくておかゆもほとんど口をつけられていなかった。

「ちょっと空いた」とこたえると、父は蓉の部屋に入ってきて枕元に座った。

「起きれるか？」

うなずくと、父はスタンドライトをつけ、片手を蓉の身体の下に入れて、ぐっと起こした。

父が持ってきたトレイには小さなお茶碗がのっていた。

「食べてごらん」

確か、おかゆのような料理だった。クリスマスだからチキンを入れてあると言っていた。


「サムゲタン」

蓉はえみくに言った。

「厳密には違うと思うんだけど、父が私に最後に作ってくれたのはそんな味の料理だった。あまり嗅いだことのない匂いがしたの。高麗人参とかなつめ、あとシナモンとか八角。風邪を引いていたから薬膳の鍋にしたんだと思う。それにクリスマスだからチキンだった」

「いいじゃないですか！」

えみくが蓉の肩を抱いて、「それを再現しましょう。でもサムゲタンってもち米ですよね？そのときはどっちでした？」ときく。

「覚えてない。だけどお粥っぽかったから、うるち米だったと思う」

「ただ、普通にサムゲタン作っても、優勝は厳しいですよ。何かアレンジの案はありますか？」

「そのとき作ってくれたのは、緑色だった」

「緑？」

「あと赤いのもあった。刻んだプチトマトかな」

「クリスマスだから！」

えみくははしゃぎながら、「おもしろいです！　サムゲタン風のお粥、クリスマスバージョン！」と手を合わせた。

「時間ないから、丸鶏に具材を詰めたりはせずに、手羽元やもも肉と一緒に煮込もう」

「だけど緑は？　なんの色なんでしょう」

「作りながら考えよ、急いで！」

＊

『キューベンズ』のボーカルは尚志に気づき、ステージの上からマイクを使わずに「あっ愡《た》っち！　来てくれてたんだ！」と嬉しそうに言った。尚志が反応せずにステージに上がると彼らは「ちょっと」と止めに入った。

「まぁええやん」

立ちはだかる彼らを押しのけて、ドラムの男に「それ、貸してくれへん」とスティックを指差した。尚志の気迫におされたのか、それともこの状況を面白がったのかはわからないが、彼は素直にスティックを渡した。

ドラムに陣取ると、『キューベンズ』の面々は逃げるようにそそくさとステージから下りた。しかし豊だけはアンプから外したギターを手に、こちらを見たまま動かないでいる。聴衆は状況が読み取れず困惑していたが、想定外の出来事を期待しているようでもあった。

オープンしたハイハットとライドシンバルを同時に叩くと、甲高い金属音がグラウンドに響く。直後、スネアをダブルストロークでロールし、その速度を上げていく。そのまま激しいソロへとなだれ込み、暴れるようにプレイした。これでもかというほど強くキックを打ち、シンバルを割る勢いで打ち鳴らす。

尚志はくすぶったものを吐き出そうとしていた。しかしどれだけドラムにぶつけてもそれがなくなることはなく、むしろこれまでのことが色濃く脳裏に甦ってくる。家族のこと、自鳴琴荘《じめいきんそう》のこと、深羽のこと、豊のこと、まさおさんのこと、自分のこと。振り切るように演奏を続けても、彼らとの光景が次々に脳裏に去来し、リフレインする。

文化祭実行委員が話し合っている。次のバンドも集まってきて、いらいらしながら終わるのを待っている。聴衆の怪訝な顔が視界に入る。

おかしい。ドラムを叩いているのに、みんながこっちを見ているのに、やりきれない。この音は自分にしか聞こえていないんだろうか。なんでみんなそんな顔してんねん。リアクションしろや。これは俺の声やで。

しかし尚志の耳からもドラムの音はどんどん遠ざかっていき、何かに吸い込まれていくみたいだった。それでも尚志はドラムを叩く手を止めなかった。止めてしまったら自分まで飲み込まれてしまいそうな気がした。次第に手足の感覚もなくなり始め、自分の身体が自分のものでなくなる。目をぎゅっと閉じて再び開くと、真っ暗な空間に尚志とドラムだけがぽつんと浮いていた。他には何もなく誰もいない。尚志は自分の身体を見た。動いているけれど、ドラムはまだ鳴っていない。

この空間に見覚えがあった。だれもいなくなった『ボニート』だ。ひとりで叩き、ひとりで暴れ、ひとりで慰めていたあの頃。

尚志はぴたっと演奏をやめた。それから改めて、スネアの縁にスティックの先端をそっと落とした。

じゅんっ。

かすかに音がした。もう一度試すと、さっきよりも音は大きくなった。手の感覚が戻ってくる。キックのペダルを踏むと、どぅっ、と低音が響いた。足の感覚もある。

再びビートを刻むと、尚志はドラムに吸い込まれ、重なり、ひとつになった。神秘的だった。気持ちは自然と落ち着いている。

その音こそ、まさに自分の声だった。これまで自分の声だと思っていたものは違っていたのだと、今になってわかる。

尚志は没頭した。親友と戯れるようにじゃれ、気づけば笑みが浮かんでいた。あたりを見渡すと霧が晴れていくように闇は薄れ、円明学園高校の景色が戻ってくる。歓声がする。豊を見ると、彼は呆れたような素ぶりでまだそこに立っていた。

尚志は腕を止め、右足のペダルだけを動かした。重低音が、グラウンドに響き渡る。校舎の窓から何人かがこちらを見ている。陽がシンバルに反射して眩しい。

一定のリズムを刻みながら、尚志は豊に目をやった。

俺の声がわかるやろ。

口の端をそっとあげる。豊はそっと俯いた。それから尚志に視線を向け、諦めたようにアンプにギターをつないだ。

＊

本日更新
僕のせいで君に迷惑がかかってないか心配で、文化祭に来ました。
気持ち悪いとわかっています。なにもしませんのでこわがらないでください。
できれば、君に見つからずに帰るつもりです。
これで本当に最後にします。

すぐに閉じようと思った。けれど、スクロールした勢いでその前の更新も目に入ってしまう。

10月31日
オルタネート、やっぱり間違ってた。

凪津はおもむろに立ち上がり、ベンチの間を歩いた。

10月27日
謝ってもだめだとわかっている。でも謝りたいです。ごめんなさい。

10月25日
忘れてほしいと思ったけど、やっぱり忘れてほしくない。

10月17日
波へ
僕のことはもう許してくれないと思っているけど、それでも言わせてください。
君の文章を勝手に読んでごめんなさい。
僕と君はやっていることが似ていて、だから92・3%になるんだって最初は思いました。だけど僕がこの日記に書いてきたのは本当の自分じゃないから、やっぱり君と僕は違います。オルタネートが間違っちゃったんだと思います。こんなこと言うと、オルタネートが間違えるわけないと言われてしまうかもしれません。でも実際君に僕は全然合ってないです。誰がどうみても。だから、間違いなんです。
なのでどうぞ、僕のことは忘れてください。

パイプオルガンのイスに座り、鼻からゆっくりと息を吸い込んでから、画面に集中した。

10月5日
波ともう一度会うことになった。
全部、話そう。
好きだということも、ブログをみたことも、この日記のことも。

10月1日
オルタネートをしていなくても、僕はきっと波と出会っていた。

9月30日
汚い文章を読んだのに、キレイだと思った。
波を嫌いにならなかった。
傷ついたけど、なぜかもっと好きになってる。

僕は変だな。

９月29日
波のブログを見つけた。
驚いてる。
彼女がこんな言葉を書いたなんて信じられない。
家族のことや友達のこと。
そして僕のこと。
ひどい。
すごく汚い。
だけど、絶対に波だ。

続きを読んでいると、扉の開く音がした。壇上の脇にある階段を下り、音響調整室に隠れる。真っ暗だった。元いた場所を覗くと、中に入ってきた警備員が確認するように辺りを見回している。凪津はそっと屈みこんで、警備員の気配を気にしながらスマホの画面を再びスクロールしていく。

８月29日

猫カフェ
チャーハン
空港
ゲーセン
プラネタリウム

8月24日
波の待ち受け画面、白黒の写真だった。火花の下で、男の人が読書してた。
あれはなんの写真なんだろう。
あとスマホケース。
飛行機の絵が描かれてた。
すごく可愛かったな。波にとても似合ってた。
飛行機、好きなのかも。
空港デートもいいな。
一緒に行きたいところリスト、作っておこう。

8月21日
会ってきた。

海の近くのカフェで待ち合わせして、海辺を散歩して、水族館行って、最後は二人きりで花火。

どの瞬間も最高だった。

俺に海は似合いすぎる。

でもその子は俺よりもっと似合ってた。最高の人だった。

運命だ。

完全に運命の出会いだったわ。

オルタネート、マジでわかってる。

ドラマの主人公になった気分だ。

まあ夢雨はいつだって主役だけど。

彼女のことは、そうだな、これから波と呼ぼう。

8月13日
来週、例の女の子と会うことになった。
やばい！　夏きちゃった！
夢雨の時代きたっしょ。
早くも運命の出会いじゃね？
俺は選ばれた人間だから、奇跡が起こる。
いや、俺が起こしているのだ。奇跡を。

7月23日
ジーンマッチを試した。
調べた結果、俺は珍しいルーツで日本に来たらしい。
日本で1%しかいないんだってさ。
さすが俺。しかもインターセクション検索したら。
92・3%！
やベーっ！

そこまで読んで、このブログで最も古いエントリーを探す。八年前の投稿だった。そのあたりを読むとどれも自慢話ばかりで、しかし桂田を知っている人ならすぐに嘘だとわかる内容だ。
ふと最新の日記が更新されているのに気づく。

本日更新
帰ります。元気そうでよかった。勝手に来てごめん。前回で最後って言ったのに、また書いてごめんなさい。嘘をついてごめんなさい。

二分前の更新だった。

＊

食材を選んだ時点で一時間を切っていた。

蓉はかすれた記憶をどうにかつなぎ合わせ、えみくにイメージを伝えた。

「圧力鍋にしますか？　骨まで柔らかくできますし、栄養価上がって風邪の子にはよさそうですけど」

「うん、そうしよ。その前に臭みが出るといやだから、下ゆでちゃんとして、圧力鍋の時間は少なめに設定して」

「だったら例えば、先に具材だけで煮込んで、あとからお米をいれるのは？　お肉はちゃんと柔らかくして、鶏肉と薬膳からしっかり出たスープをお米に吸わせるんです」

「そしたらあく取ってからお米をいれられるね。味も調整しやすい」

「とりあえず二十分で様子見ますね」

「いいと思う」

「でも緑の色味はどうします？」

「それは、緑色の食材をペーストにして、あとから溶かそう」

それまでの時間を取り戻すかのように、ふたりの息は合っていた。具材を入れて、圧力鍋を火にかけ、次の工程に移った。

「グリーンペーストの食材、さすがにもう決めないと」

「わかってる」

蓉は目を閉じて、サムゲタンに合う野菜をイメージする。

「サムゲタンって味付けが塩だけだからさっぱりした印象だけど、鶏の脂も出るし、旨味も多くて結構こってりだと思うんだよね。だからさっぱりした緑の野菜」

「でも食欲ないときって、たくさん食べられないから、一口でちゃんと栄養補給できるものって考えるんじゃないですか」

「そうかも、風邪をひいた小学一年生の子供に食べさせるサムゲタン」

料理を振る舞うと仮定している相手が、子供時代の自分だと考えると少しおかしかった。でもそれが父の視点だ。蓉は今、父になろうとしている。

「グリーンの定番はほうれん草ですよね」

「あると思うんだけど、そんな直球でくるとも思えないんだよね」

「バジルとかじゃないですよね？」

「そんな特徴的な香りだったら覚えてると思うな」

「グリーンピース」

「んー、それはないな。旬にこだわる人だし、色が薄いし、その頃私、大嫌いだったもん」

「そもそも一種類なんですか？　栄養価を考えるなら葉野菜混ぜて作ってそう」

えみくの意見にはっとする。

「その通りかも。きっといろいろ混ざってたんだ」

「じゃあ使えそうな野菜、探しに行きましょう！」

ほうれん草、小松菜、蕪の葉、ブロッコリーなど、相性のよさそうな野菜を選び、それぞれ時間を調整して茹でていく。それからミキサーでペーストにし、シノワで濾した。

父は翌日、高熱を出した。それでも父は厨房に立とうとしたが、どうにも仕事にならず、しかたなく臨時休業の紙を店の戸に貼った。父の事情で店を開けなかったのは後にも先にもあの日だけだった。先に治った蓉は父を看病しようとしたが、ものすごい剣幕で怒られた。父と距離ができたのはあの日からだった。

父は娘を心配に思うあまり、料理人としての意識を欠いた行動を悔いていたんじゃないだろうか。だからあれ以来、父ではなく、料理人として生きる覚悟をしたんじゃないだろうか。そしてそんな苦しい思いを蓉にはして欲しくなくて、料理人の道を選ばせたくないんじゃないだろうか。

ふとアナウンサーの「おっと、永生第一高校はやはりデザートでいくのか」という実況が耳に入る。

「米は使わずに、米粉でケーキを作るという発想か」

審査員のひとりが、近くにある食材を見て「……ウィークエンドシトロン、ですかね」と解説した。手が止まる蓉に、えみくが「蓉さん！　次の失敗は絶対に許さないですよ！」と活を入れた。

＊

尚志は嫌味ったらしくペダルを踏み、リムショットを合わせてアタック音を強調する。挑発に観念した豊はギターを構え、開放した弦をかき鳴らした。歪んだ音がさざなみのように観客の頭上を撫でていく。いっせいに歓声が上がり、次の豊の音を待った。

しかし豊はギターソロにはいかず、ブラッシングでパーカッシヴなサウンドを鳴らし、尚志のキックのリズムと同調させた。それは尚志の様子をうかがっているようでもあり、挑発し返しているようでもあった。

尚志は我慢できず、1、2、3、とカウントし、フィルインを挟んで、16ビートを刻む。それを受けて、豊はついにギターを弾いた。さっきまでの音色とは別物で、粒のはっきりした芯のある音色だった。フレットを行き来する指はしなやかで、ネックを撫でているようにも見えた。それはまるで子供を寝かしつける親の手つきで、尚志は抗うようにテンポを上げ、暴力的にドラムを叩いた。

背中が汗で濡れていく。しかし叩けば叩くほど疲れは薄らぎ、身体はどんどん軽くなる。

リズムを落とし、テンポを元に戻す。すると豊は次に、さっきの『キューベンズ』と同じ『前夜』の曲のイントロを弾き始めた。ベースもボーカルもなしでどうするのだろうと思っていると、途中からボーカルのラインをなぞった。再び歓声が湧く。サビになるとその熱気はさらに上がり、観客たちが歌い始めた。豊のギターが彼らの合唱を導き、そこにいる全員が豊の作った船に乗って航海していた。

曲が終わりに近づくと、尚志はこみあげるものを堪えるように、遠くの方を眺めた。その隙を逃さず、豊は遮るようにアタッキーなカッティングを入れた。我に返った尚志に、豊は手を伸ばしてゆっくり下ろした。その指示に従ってさらにテンポを下げていく。豊が指板に指を戻して次に押さえたメロディは、『茶つみ』だった。『ボニート』の酒と油と埃のまじった臭いが鼻をかすめた。

夏も近づく八十八夜

凪津はグラウンドに戻って桂田を探したが、もうそこにはいなかった。ステージを眺める観客のなかにもその姿はない。校門へと急ぐ凪津の背中に、『茶つみ』のメロディと歌声が覆いかぶさる。

門を出ると銀杏並木の向こうに猫背の男子が見え、凪津はそっと立ち止まった。

彼はふらふらと左右に揺れながら歩いていて、凪津は思わずその背中に見入った。丸くて、貧相で、意気地のない背中。憐れんでください、と言わんばかりだ。だからお前はダメなんだ、と心のなかで毒づく。

桂田は突然足を止め、うつむいたままゆっくりと振り返った。心の声を聞かれたのかと思ってどきっとする。

しかし彼は凪津に気づいていなかった。

凪津が立ちすくんでいると、桂田は校門の方へと戻ってくる。下を向きながらもごもごと口を動かし、両手の指をせわしなく絡めている。

大丈夫、私には海を渡ったたくましい遺伝子がある。凪津は自分にそう言い聞かせ、くっとお腹に力を入れて彼の方に歩き始めた。

あれに見えるは茶つみじゃないか

できあがったサムゲタンのスープを味見すると、鶏のうま味がほどよく溶けだしていて、あとから香辛料のような香りが鼻に抜ける。米の質感もスープから感じられるけれど、もち米じゃないぶん、とろみやねばりは少ない気がする。

スープにグリーンペーストを回しかけ、もう一度味見する。青々とした風味と酸味が加わり、また違った味わいが広がる。

「どうです？　こんな感じでした？」

えみくが早口で蓉に尋ねる。それにはこたえず、記憶の底にある父の料理を思い浮かべた。そしてスプーンでゆっくりとすくい上げ、口に入れる。

しかし父の味はしなかった。香りもうま味もなく、ただ空気を食べたみたいにからっぽだった。

アナウンサーが残り時間を五分と知らせる。

「蓉さん、どうなの？」

蓉はもう一度父の料理を口にするが、やっぱり感じない。

「時間がない、これでいきましょう」

蓉は握っていたスプーンを父に渡した。その自分の手はとても小さくて、反対に父の手はとても分厚かった。

父が蓉の口にスープを運ぶ。大きく口を開けてそれを頰張る。優しくて、温かいものを頰の中に感じる。

「違う。もっと、甘い」

「えっ、じゃあ、お砂糖足します？」

「そうじゃない、もっと、別の甘さ」

「はちみつ？　それか和食だとすると、みりん？　韓国料理って考えると、みずあめ？」

わずかに感じる爽やかな甘味。もう一度、父の顔を頭に描く。

日和つづきの今日このごろを

尚志は青い空を見上げ、そこにまさおさんの顔を思い描いた。

見てるか、まさおさん。あんたのせいで、俺らこんなことなってんで。どや、笑えるやろ。

『ボニート』より気持ちええで。気持ちよすぎるで。だからちょっと、物足りないところもあるけどな。もっと雑な音がええってところもあるしな。

「尚志！」

豊が大きな声でそう呼んだ。見ると顎をくっと動かすので、その先に視線を向けた。警備員と教職員がなにやら話し込みながら尚志たちを指さしている。そこに文化祭実行委員も加わり、状況を説明しているようだった。

「逃げろ！」

豊が叫ぶ。だけど尚志は手を止められなかった。やっぱり気持ちよくて、ここから離れられない。それに逃げたくない。

尚志はがなるように観客たちと歌い上げ、いったんブレイクを作ると、再びビートを放った。豊が困ったようにこっちを見るのが、嬉しくてしかたなかった。

警備員たちがステージに近づいてくる。豊は彼らと尚志を交互に見たあと、これまでとは別のメロディを弾き始めた。尚志にはその歌が何かわからなかったが、観客からはなぜか笑い声が起き、警備員たちはぴたりと足を止めた。

荒野《あらの》の果てに　夕日は落ちて

数メートルの距離で桂田は凪津に気がつき、ゆっくりと立ち止まった。そして目を丸くしながら、「あぁ、え、ぁあ」と声にならない声を出していた。

凪津は手をぎゅっと握りしめ、「飛行機じゃないから！」と叫んだ。そしてスマホのケースを桂田に見せつけた。

「飛行船だから！　全然違うから！　ってか、人のスマホこっそり覗いてんじゃねぇよ！」

桂田はまごつかせていた口を急に閉じ、再びうつむいた。

「言いたいことあるならな、ちゃんと面と向かって言えよ！　お前も、私も！」

唖然とした表情で桂田がこっちを見ている。

「そんな顔したやつが、あんな調子に乗ったブログ書くな！　正々堂々戦え！　お前も、私も！」

「う、うん」

桂田は弱々しく答え、じっと目を閉じた。それからひとり頷き、「じゃあ、戦うよ」と言って目を開いた。

「戦うつもりだから、戻ろうと思ったんだ。だ、だから逃げるなよ！　ば、伴さんも、俺も！」

無理してそう言い返す桂田の声は震えていた。

『茶つみ』はいつしかクリスマスキャロルに変わっていた。

グロリア　イン　エクセルシス　デオ

りんご、と蓉は呟いた。

「赤いのはプチトマトじゃなくて、りんごの皮だ。すりおろしたりんごが入ってたんだ」

「でも時間が。あと二分を切ってます」

「えみく、盛りつけは任せる」

「はい！」という返事をきく前に蓉はりんごを取り、すぐさますりおろす。

「えみく、フライパンに火だけつけといて」

「炒めるんですか!?」

「早く！」

「絶対間に合わせてくださいね!!」

えみくが言われた通りにすると、観覧席からどよめきが起こる。残り時間はあと一分だった。

すりおろしたりんごを熱したフライパンに落として、素早くゆする。時間を意識すればするほど、第一回戦と同じように手が震えてしまう。五つの器にはすでにサムゲタンがよそわれていて、えみくはグリーンペーストを片手に蓉の作業が終わるのを待っていた。

天《あめ》なる歌を　喜び聞きぬ

一番を聞いてやっとクリスマスキャロルなのだとわかった。そして豊がこの曲を選んだのは、賛美歌を演奏している間は教師たちは止めに入れないからだとも気づいた。

彼の判断は正しかった。警備員と教職員たちはどうすることもできず、腕を組んで苛立ちを露にしていた。それなのにみな、一応メロディを口ずさんでいることが、妙におかしい。

しかしこの曲もあと少しで終わってしまう。「今のうちに、早く行け」と豊は言うが、尚志は従わなかった。これだけの観客が歌っているのに、ドラムを放り出せるわけがない。

合唱を続ける観客に目を凝らしていると、奥に深羽の姿があった。じっと尚志を見つめている。ビートが狂いそうになるのをどうにか堪え、尚志も彼女を見た。

怯えてはいなかった。だけど笑ってもいなかった。彼女はただただ、尚志を見ていた。

よろずの民よ　勇みて歌え

桂田は瞬きを何度か繰り返して、「さ、最初からやり直そうと思うんだ！」と言った。凪津は桂田に近づき、「最初ってどこ？　私たちが会ったとき？」と聞く。

「違う。もっともっと前。バカみたいなブログを書き始める、うんと前」

「そんなことできるの？」

「わからないけど、ま、まだ間に合うかもしれないから。それだけ、言いたかった。だから、戻ってきた！」

桂田はそう言って、「じゃあ」と背を向けた。その背中は凪津を置いて先に行くみたいで、許せなかった。

グロリア　イン　エクセルシス　デオ

思ったよりも火の通りが悪い。時間がない。手の震えが増していく。しかたない。早めに上げてしまおうか。

そのとき、「間に合うよ！」という声援が聞こえた。聞き慣れた声だった。観覧席の脇を見ると、母の姿があった。隣は父だ。

父と目が合ったその数秒が、とても長い時間に感じられた。

蓉は片足で床を強く踏み鳴らし、りんごを見つめた。

「残すところあと十秒です！　どうなる、円明学園高校！」


10秒前！　9！　8！


クリスマスキャロルはまもなく終わる。警備員たちはすぐそばまできていた。

豊は心配そうに見ているが、尚志は気にしない。

観客たちがそろって「アーメン」と歌う。

深羽はまだ尚志を見ている。ドラムロールから激しいソロに入る。頭を振り回し、これまでの美しい音色を裂くように暴れる。豊が「おい！」と声をかけるが、尚志は動きを止めない。

7！ 6！


「ねぇ！」

桂田の背中に声をかける。振り向いた桂田の顔はまだ頼りない。

「私はやり直さないよ！ 今までの自分を否定したりしない！」

銀杏の葉がひらりと落ち、桂田の頭を掠め、滑って落ちる。

「もっともっと自分を信用することにする！ もっと自分を好きになる！ そのために、私は私を育てる!!」

弾けるようなリズムが遠くで鳴り響いている。


5！ 4！


りんごがほんのり茶色くなり、急いで火から下ろす。手はもう震えていなかった。

蒸気が蓉の顔を撫でていく。しんなりした液状のりんごをスプーンですくい、サムゲタンの器に流し込んでいく。すっとかき混ぜると、白いスープにちらほらと赤い皮がちらばる。そこにえみくがグリーンペーストをかけると、鮮やかな緑のラインが描かれた。蓉はもう一度父を見た。

３！　２！　１！

しびれを切らした警備員が駆け込んでくる。

しゃーないなぁ、そろそろ終わりにしたるわ。

ぴたっと動きを止め、両手を大きく掲げる。そして豊にアイコンタクトを送り、思い切り腕を振り下ろす。それに合わせて豊も手首をスナップさせる。

シンバルとギターの鋭い音色が空中で混じり合い、霧散した。一瞬の静寂を挟み、弾けるような拍手と歓呼の嵐があたり一面に広がると、やがて茫漠とした空へと抜けていった。

23　胸中

『ワンポーション』を終え、蓉《いるる》は父の運転する車に乗って帰宅した。その間、両親は一言も発しなかった。蓉は消え入りそうな夕日を、窓からじっと眺めていた。

駐車場に停めた車を出て自宅に入ろうとすると、父が「蓉」と呼んだ。

「こっちだ」

そう言って父が『新居見《にいみ》』に入っていく。母は何も言わずに父についていった。

なかに入ると父は白衣に袖を通しながら、「着替えて、手洗ってこい」と言った。

支度を済ませ厨房に行くと、父は水を張ったボウルに浮かぶ大量のもやしを一本一本取り出し、丁寧にヒゲ根を取って別のボウルに移していた。できるか、と父が尋ねたので、蓉はうなずき、隣に立って同じようにした。母はテーブルを拭き、開店に向けて準備を進めていた。

父は何も言わず、黙々と作業を続けた。蓉はその手を見た。血管の浮き出た手の甲は、『ワンポーション』で思い浮かべた以上にしっかりとしていて、厚みがあった。

父がもやしを扱うのは意外だった。特別に珍しいもやしというわけでもない。

全てのヒゲ根を取り終え、父は調理にかかった。しかしそれはあっという間に終わった。沸騰した湯に数秒くぐらせ、冷水でしめてザルに上げ、あとはごま油や醬油や酢などの合わせ調味料で和えるだけだった。

「これが今日の先付けだ。お客さんに出すときは碗に盛って、青海苔をかけて出す。ほんの少しでいい」

わかりました、とこたえながら、開店後も手伝えということかと状況を受け入れる。

客がやってくると店はとたんに華やかになった。蓉の姿を見た人たちは「ついに人を雇ったか」と口々に言ったが、父は娘だとは言わずに薄く笑ってごまかした。蓉も話を合わせ、父の指示通りもやしをお碗に盛った。他にも小皿に醬油を注いだり、洗い物を手伝ったりした。

閉店まで手伝い切り、最後の客に「ありがとうございました」と頭を下げると、一日の疲れがどっと押し寄せた。店で料理するのは『ワンポーション』とは違った大変さがあって、客の食べるペースや好みに着目したり、並行していくつもの料理を作ったりと、頭のなかも忙しい。へとへとでもまだ片付けが残っていた。残りの皿を洗っていると、父が「りんご」と口にした。

「よくわかったな」

蓉がどう返事をしたらいいか迷っていると、「だけど違う」と父が話を続けた。

「りんごじゃなかったの？」

「グリーンピースだ」

そう言いながら父が和帽子を外す。以前よりずいぶんと白髪が増えたことに今になって気づく。

「俺が緑の色味に使ったのは翡翠煮にしたグリーンピースのペーストだ。それにもち米だった」

それから前掛けを外し、「本当にやっていきたいのか、料理」と言った。その口調は柔らかかったけれど、どことなく鋭いものを感じた。

「はい」

蓉はきっぱりとそうこたえた。

「そうか」

シミの浮いた頰がかすかに震える。

「さっきのもやしはな、大豆の新芽だ」

父の低い声が、蓉の身体の奥を揺らす。

「新芽を摘んでもやしとして食べることを選択したなら、その大豆を食べることはできない。逆も然りだ。どちらかしか選べない。わかるな」

四月に植えたとうもろこしの種を思い出す。蓉はあのあと、生長の早いひとつを残して、間引きをした。

「全部を選ぶことはできない」

そして父は蓉に背を向け、「休みの日は手伝え」と言い残し、厨房から出ていった。

「あの頃ね、蓉のために冷凍のグリーンピース、常備してたのよ」

母が蓉の洗った皿を取って拭く。

「グリーンピース大嫌いだったでしょ。だから好き嫌いをなくさせるために、いろんな料理にちょっとずつ混ぜてたのよ」

そのおかげか、今ではすっかり好きになっている。もっと濃い緑だと思っていたけれど、部屋が暗かったからきっと色なんて見えていなかった。

母が拭いた皿を重ねるたび、かちゃりと音がする。

「気づかれないように見学するつもりだったけど、つい声が出ちゃった。ごめんね」

「ううん、嬉しかったよ」

全ての皿を洗い終えて蛇口を閉めると、母がタオルを渡してくれた。

「あの日、私が蓉を看病してれば、お父さんはこんなに苦しまなかったんじゃないかって思うの。そしたら、蓉にも、さみしい思いをさせないで済んだんじゃないかって。私が中途半端なばっかりに」

「そんなことない」

蓉は皿を持つ母の手に、自分の手を重ねた。

「誰も悪くないし、さみしくなんかなかったよ」

そう強がりを言うと、母は照れて「バイト代は出さないからね」と微笑んだ。


店の片付けを済ませてスマホを見ると、一件の不在着信があった。二時間ほど前だったから今からかけ直すべきか迷ったけれど、呼び出し音が三回鳴っても出なかったら切ると決めて外に出た。

ひとつ目の呼び出し音で、やっぱりやめようと思った。今さら彼とどんな風に話したらいいかわからないし、何を言われるのかこわかった。なのに三浦《みうら》くんはすぐに出た。「もしもし、突然ごめん」という声は早口だった。その勢いに少し圧倒されながらも、「電話、くれた？」と蓉はこたえた。

「うん」

数秒、沈黙があった。

「負けちゃったよ」

ふっと息の漏れる音が耳にひっかかる。

「蓉にだけは負けたくなかったんだけどね。しかもウィークエンドシトロンで負けるなんて、カッコ悪すぎるよね」

三浦くんは蓉とのエピソードを『ワンポーション』で披露した。彼女が作ってくれたウィークエンドシトロンに感動した、だから自分も最終戦でこの料理をどうしても作りたかったと。

「私だって負けた側だよ。二位も三位も変わらない」

審査員の票をもっとも集めたのは晴杏《せいあん》学院高等部だった。二票が円明《えんめい》学園高校に入り、永生《えいせい》第一高校には一票も入らなかった。

「だけど蓉の料理はとてもよかった。晴学の優勝は不服だよ。円明が勝つべきだった」

晴杏学院の作ったドリアは、真っ白という以外に目を引くものはなかったが、口にして初めてカレードリアとわかり、審査員たちを驚かせた。ホワイトカレーのドリアが評価されたのはその意表をついた点だけではなく、カレーというどの家庭でも馴染み深いもの、それが各人の個人的な記憶と結びつくというプレゼンが功を奏した。

しかし益御沢《ますみざわ》は晴杏学院高等部には票を入れなかった。「君だけの物語を背負ったこの料理は、慈しみと愛情に満ちている」。そう円明学園高校を支持した。

「エピソードも含めて、君たちには完敗だった」

あの料理を作れたのは三浦くんのおかげだ。家に招待されたあの日がなければ、古い記憶を呼び覚ますことはなかった。

「いい料理だったって思ってるのは、俺だけじゃないよ。『ワンポーション』を見てた人たちもきっと同じ」

胸の奥がちりちりと疼く。

「俺のオルタネートに蓉へのメッセージがたくさん来てるんだ。『蓉さんの料理に感動しました』とか『蓉さんを見て料理始めることにしました』とか『蓉さん、料理を教えてください』とかさ。あとで転送するから読んでみて。っていうか、なんで俺に言うんだろうね。それしか方法が思いつかないのかな」

三浦くんが自嘲気味に笑う。

「みんな、どうにかして蓉に伝えたいんだよ」

蓉は店の前にしゃがみ込んで空を見た。丸い月が煌々と照っている。

「で、『ワンポーション』は終わったわけだけどー」

三浦くんは気まずそうに、語尾を伸ばした。

「今日まではライバルでいようって話だったよね」

「うん」

「もうライバルでもなくなった」

「そうだね」

風が襟元から入り込んで、お腹のあたりに空気をためる。

「蓉は俺たちのこと、『ワンポーション』の事務局になんて伝えたの？」

「別れたって言ったよ」

「そっか」

電話の向こうはやけにしんとしていた。

「俺は、距離を置いてるって言ったんだ」

「そうみたいだね」

「ちゃんと別れたつもりはなかった」

「でも三浦くん、『そのときまで同じ気持ちでいられたら』って。そんなの、もう終わりだってことだと思うよ」

「そうだよね」

三浦くんの呼吸が耳元で聞こえる。

「だとしたら、ちゃんとけじめをつけなくちゃな」

三浦くんの声はやけに落ち着いていた。

「今まで、ありがとう」

蓉は身体を縮こめた。何か言い返さなくちゃって思うのに、何も言えない。

「じゃあね」

顔を膝の間に押し当て、両膝を腕で抱きしめる。

「待って」

引き止めたのは続きがあるわけじゃなかった。ただこのまま切ってしまったら、もう元には戻れない。その思いこそが、自分の全てなのだと直感した。

「私は」

全部を選ぶことはできない、という父の言葉が頭に響く。

「私は言えない」

膝の間から顔を上げると、キジトラ柄の猫がこっちを見ていた。

「私はまだ、今までありがとうなんて言えない、言いたくないよ」

猫の尻尾は上に伸びていて、まるで空を指しているみたいだ。

「これからも言いたい」

そして猫はゆっくりと蓉の前を横切っていく。

「三浦くんに、ありがとうって言い続けたい。今そういう気持ち」

「うん」と呟くように言った三浦くんの気持ちは見えない。

「会いたいです」

父の言った意味はちゃんと分かっているつもりだ。だけどそんなに往生際よくなんてなれない。できる限り、手に持てる限りは、欲張ったっていいはずだ。

「ごめん」

三浦くんの声はちょっとだけ震えていた。

「そっか」

もう一度顔を埋める。自分の体温だけが優しかった。

「嘘ついて、ごめん」

「なにが？」

「本当はけじめなんかどうでもいい」

三浦くんはそう言って小さく咳をした。

「俺も」

再び顔を上げると、猫が少し先で振り返っていた。月明かりを反射したグリーンの瞳が艶やかだった。

「俺も、やっぱり、会いたいんだ」

猫の尾がふらりと揺れる。

「蓉が好きだ」

蓉は小さくしていた身体を伸ばした。そして店の戸にもたれかかった。月は嘘みたいに大きくて、クレーターの陰影がうっすらと見えた。

「明日の文化祭、行っていいかな」

『ワンポーション』が終わったという実感が今になってやってくる。身体を覆っていた殻がはがれ落ち、コンクリートの地面に吸い込まれていく。私は今、新しい自分へと生まれ変わる。

「待ってる」

道の先に猫の姿はなかった。ゆるやかに風が吹き、蓉はタンポポの綿毛を思った。

24　出発

「またよろしくお願いしまーす」

そう言って客を見送り、上半身を左右に捻ってから「じゃあ、先あがるわ」とバイト仲間に挨拶する。

「あれ、今日早上がり？」

「せやねん、ちょっと用があってな」

「デート？」

「みたいなもんやな」

「じゃあ、また明日」

「いや、すぐ戻ってくることになると思うわ」

彼は顔にはてなを浮かべていたが、尚志《なおし》は何も言わずに荷物を持って『ピピ』を後にした。暖かな午後の日差しは街を淡く染めていて、まさに春の装いだった。しかし空気はまだ冷たく、寒冬の名残りがあたりに漂う。

時計を見ると予定の時間はもうすぐで、尚志は急いで自鳴琴荘《じめいきんそう》に戻った。ただいま、と誰もいない家に声をかけ、リビングを片づける。置きっぱなしにしていたマンガや服を自分の部屋に運び入れ、掃除機をかけた。そのせいで何度かチャイムを聞き逃してしまったのだろう、外に人がいることに気付くなり慌てて玄関に飛び出た。

「待たせてすんません！」

尚志の勢いに四人はびっくりしていた。

「どうぞどうぞ、中へ」

彼らは「よろしくお願いします」と丁寧に頭を下げ、おそるおそる自鳴琴荘に入った。四人は二十代半ばで、男女二人ずつの弦楽四重奏団だった。日本全国を飛び回って演奏していたが、しばらく東京に滞在することになり、この自鳴琴荘にやってきたという。

尚志は彼らに部屋を案内しながら、かつて自分がされた説明を口にした。

「楽器演奏可って聞いてるかもしらんけど、実際は打楽器と金管楽器以外のアコースティックな楽器だけ、それも日の出ている時間だけ弾いてもいいってルールなんです。隣にちょっとうるさい人がおって、そうなってるみたいです。でも皆さんは弦楽器やから、明るいうちなら問題ないです」

ふとトキさんのビオラを思い出す。この少しくたびれた木造の家とトキさんのビオラは不思議な調和を醸していた。彼らの演奏もそうであってほしい。

トキさんはあの一件で、音大を退学になった。ビオラもやめたらしい。実家の建築業を手伝っているとの噂を耳にしたけれど、真相はよくわからない。

「その時間以外に弾きたい場合は、近くに『ピピ』っていう音楽スタジオがあって、ここに住んでる人は格安で使えます。ちなみに自分はそこでバイトしてるんで、なんかあったら直接僕に相談してもらっても構わないです。このあと、もし予定がなかったら案内しますけど」

四人が「お願いします」というので、尚志は小さくうなずいた。

どの部屋もすっからかんなのに、なぜか前の住人の気配を感じてしまう。

マコさんは広島でホルンを吹いている。今月から向こうのオーケストラに入団することが決まったのだ。憲一《けんいち》くんは今年の一月からワーキングホリデーでハンガリーに行っていて、坂口《さかぐち》さんは『ホタルイカのつじつま』が先月メジャーデビューしたのを機にひとり暮らしを始めた。今は全国ツアーの真っ最中だ。すっかりばらばらになってしまったけど、あんまり寂しくない。みんなよく近況を報告してくれるし、きっとまたすぐに会える気がする。

「部屋割りはみなさんで決めてください。落ち着いたら外行きましょう。この辺も案内しますから」

それから四人を連れて『ピピ』に戻ると、スタッフは「そういうことね」と笑った。駅前を見て回り、それから土手の方にも連れていった。冬が長引いたことが影響して、桜は四月に入ってから咲き始め、今が見ごろだ。見たことないほどの人が集まり、賑わっている。

「前一緒に住んでた人はよくあそこで練習してました」

土手の高架下を指さすと、そこでは宴会が行われていて、酔った男が謎の踊りを披露している。

「だいたいわかりました？」

四人は「ありがとうございます」とお礼を言った。

「あのー、新しい人が来たらその日にピザで歓迎会やるってのがなんとなくあるんですけど」

尚志は少しためらってから、「明日でもいいですか？」と言った。「今日、ちょっと予定があって」

尚志は一度自鳴琴荘に戻って着替え、駅前でカフェラテを飲みながら待った。裸婦像を眺め、ずいぶん見慣れてきたな、と妙な感慨に浸る。

「おーい」

制服姿の豊《ゆたか》が手を振りながらやってくる。ブレザーを脇に抱え、襟足のあたりは汗で濡れていた。

「え、まさか今日も部活やったん？」

「ああ。去年インターハイ行ったから、今年も絶対行くぞってコーチが意気込んじゃってさ」

「始業式早々から大変やな。でも、この時間で部活終わるん、おかしない？　まだ夕方やで」

「そこは部長特権だよね」

「そんなんありなんか」

「早くいこうよ、グッズ売り切れちゃう」

「せやな」

電車に乗り込んでシートに座ると、豊は申し訳なさそうに、「まだ見つからないんだよね」と言った。

「尚志に見合うやつ、高校生には全然いない」

文化祭で演奏を終えたあと警備員に連れていかれた豊と尚志は、職員室で延々と注意を受けたもののそれ以上のおとがめはなかった。

あれから一緒にバンドができるかもしれないと尚志は期待していたが、豊はやっぱり断った。今の生活の中でバンドを優先することはできない。かといってお遊びで尚志と組むわけにもいかない。本気でやっている尚志と同じ熱意を持てない自分がギターを弾くわけにはいかない。豊はそう言った。その代わりにバンドメンバーを探すと提案してくれた。オルタネートを使えばきっと見つかるからと。しかし今年に入って会った人はどれもいまいちだった。

「しゃーないわな、俺天才やし」

豊がふっと笑う。

「でも実はな。ひとり見つかりそうやねん」

豊が「えっ？　どこで」と目を丸くするので、尚志はスマホを開いてオルタネートの画面を見せた。

「クラスメイトにベースやってるやつがおってな」

「ちょっと待って。えっどういうこと？　全然わかんないんだけど」

「俺、通信制の高校に入ってん。それでオルタネート復活や」

オルタネートでバンドメンバーを探すために高校に入り直すというのは、少しかっこ悪いことに思えた。だけど豊に頼ってばかりいるのもかっこ悪い。自分の仲間は自分で探すべきと考え直し、ひそかに受験勉強をしていた。

「通信やからまだ会えてへんねん。せやけどな、こいつがオルタネートにアップしてる動画見たら、めっちゃよくって。そいつも高校中退で、バンドメンバー探すためにオルタネートしたくて高校に入り直してんて。そいつはもう、ほぼ俺やん。昨日コネクトしたから『バンドやらへん？』ってメッセージ送った。感触は悪くなさそう」

豊は感心したように「さすがだよ」と呟いた。「とんでもない行動力だ」

「俺のいいところはそれだけやからな。あ、でもまだギターは空いてんで」

「いつまで誘い続けるつもり？」

「そら医学部あきらめるまでやろ」

「しつこいなぁ、尚志は」

「しつこいで。せやからここにおんねんで。いつでもビート刻んで待ってるで」

目の前にランドセルを背負った男の子がふたりいて、尚志はありし日の自分たちを思った。しかし豊は違うことを連想したのか、「そういえば、尚志のお父さん、帰ってきたらしいよ」と言った。

「しばらくは大阪にいるらしい」

次の停車駅に着き、男の子がもうひとりに手を振った。ランドセルの黒い革が車内の白い電気を反射し、ぬらぬらと光っている。

「なんでお前が知ってんねん」

「尚志の弟から聞いた。それと彼女できたって」

「そんなん俺に直接話したらええやろ」

男の子はひとり取り残され、電車は再び走り出す。

「なら、弟にフロウしたら？」

「なんで家族とコネクトせなあかんねん」

「通信通ったことも言ってないんでしょ？　一応伝えておきなよ。じゃないと俺が言うよ」

「余計なことせんでええで。ってか豊を介して報告し合うってなんやねん」

「なら、ほら」

豊が尚志のスマホを指さす。尚志はごねたが最終的に「しゃーないなぁ」と弟にフロウを送った。

都心に近づくにつれて電車は人で溢れる。そのうちの数人は尚志と同じＴシャツだった。豊も制服の下に同じものを着ている。目的の駅に着くとその数はさらに増えた。今から向かう会場は尚志も豊も初めてだったが、人の波についていけばきっとたどり着くはずだ。

グッズ売り場に着いたのは開演三十分前だった。二人はそれぞれ今回のツアーＴシャツのＭサイズとタオルを買った。深羽《みう》にも買ってあげようかと思うけれど、いつ渡せるかわからないし、海外への送り方も知らない。

尚志と豊は早速着替え、会場に入る。客でいっぱいになったライブハウスは人いきれで蒸していて、半袖でも汗ばむくらいだった。始まったらきっとびしょびしょになる。タオルを買っておいて正解だった。

本当は深羽と三人で来たかった。文化祭のセッションを見た彼女は、「豊先輩がギターでボーカルのフレーズ弾いてた曲、なんて言うバンドの？」と『前夜』に興味を示し、後日尚志がオリジナルのプレイリストを作って渡すことになった。『前夜』の過去曲がネットで簡単に聴けないことに感謝するなんて思ってもみなかった。それから数回、深羽と学校の近くで会った。距離はその度にちょっとずつ縮まった。だけど彼女は三月で転校することになったのだ。

姉の体調がずいぶん悪く、アメリカで手術を受けるらしい。そのため深羽も向こうの学校に編入するという。それを聞いたのは二月で、学校近くの公園だった。「オルガンを弾くのも向こうの方が環境いいしね」と話す彼女は、顔をマフラーにうずめていてあまり表情が見えなかった。

「尚志くんには感謝してるんだよ」

「なんで？」

「鍵盤弾くのっていいなって、改めて思えたから」

「そうなんや」

深羽の耳が寒さで赤くなっていて、温めてあげたかった。だけど彼女に触れたらきっとまたおびえさせてしまう。もどかしい思いをごまかすように、「帰ってきたら、また会ってや」と尚志は深羽を見ないまま言った。

「うん」

彼女はマフラーから顔を出し、ぼんやりと空を見つめた。

「たまには『うん』以外が聞きたいねんけど」

「そうだね」

「同じ意味やんけ」

深羽が笑うと、ふっと白い息が漏れる。

「帰ってきてサッカーうまなってたら笑うわ」

「ダンスかもね」

「なんでもええわ。うまなってたら。でもオルガンは弾けるようにしといてな」

「うん」

それが最後の会話だった。ほどなく深羽はアメリカに行った。

向こうに行ってからもショートメールでのやりとりは続いていた。しかし時差のせいでタイミングがかみ合わず、慣れない生活に余裕もないのか、その頻度は減っていた。

オルタネートができるようになってすぐ、深羽の名前を探した。しかしどこにもなかった。海外の高校には対応していないことをそのときになって知った。

このまま深羽とは疎遠になってしまうのだろう。相変わらず彼女のオルガンは鳴らない。でも、あるかもしれない「また」を思っていれば、そんなに寂しくない。

「あっ」

フロアを見渡すと、見覚えのある顔を発見した。クラスメイトのベーシストだった。何度も動画を見たから間違いない。彼の視線はまっすぐステージに向けられている。

「尚志！　始まる！」

「おう」

ステージの暗がりに人影を感じる。その気配に会場はどよめき、二人はじっとその影を追った。1、2、3、4、とカウントするドラムの肉声が耳に届く。ライブハウスに轟音が渦巻き、ステージを彩る照明が眩しくフラッシュする。冒頭からすさまじいプレイを披露する『前夜』に観客は沸き立ち、床を揺らした。ボーカルの歌声がマイクに乗ると、興奮はさらに高まる。

狂喜する観客のなかで尚志はひとり立ち尽くしていた。音も光も匂いも熱も、全て自分のものみたいだ。そんな風に思ったのは初めてだった。

『前夜』の音が身体に満ち溢れ、錆びた鉄の表面がめくれて落ちるようにぱりぱりと尚志を剝いでいく。肌に新鮮なものを感じ、尚志は雄叫びのような声をあげて胸の奥を震わせた。

＊

凪津《なづ》の担任は二年生になっても笹川《ささがわ》先生だった。だけどクラスメイトはほとんど変わってしまい、志於李《しおり》とは離れ離れになった。

始業式を終え、凪津は急いで作業着に着替えた。物置から道具を持ち出して外へ出ると、体育館の方からバスケットボールが床を叩く音がする。

校門の横には一本の巨大な桜があって、人が集まっている。凪津もそこに近づいてまじまじと見上げた。去年の入学式のときにはすでに葉桜だったし、今日の登校も遅刻しかけてそれどころではなかったので、やっとゆっくり眺めることができる。

満開の桜はものすごい迫力で、目を奪われる。だけどこの状態の桜が見られるのは実際一週間もないだろう。だからか、と凪津は思う。

ダイキが薄いピンクのヒアシンスを校門前の花壇に選んだのは、桜が散ったあとも入学気分を楽しめるようにと考えてのことなのだろう。オルタネートのプロフィール写真をここで撮ったのは、無意識にピンクの色味を求めていたからだ。

ついつい桜に見入ってしまって時間が経つのを忘れる。春休みの間はバイトを詰め込んでしまったせいで、花壇の世話をおろそかにしていた。ダイキがそれを知ったら血相を変えて怒るに違いない。今日見に来ると言っていたから、それまでにある程度整えておかなくちゃと思うのに、なかなか桜から目を外せない。

「凪津！」

振り返ると、ジャージ姿の山桐《やまぎり》えみくが立っていた。

「えみく！　もしかしてその格好」

「手伝いに来たよ」

えみくと仲良くなったのは文化祭のあとすぐだった。『ワンポーション』で学校中のスターになったえみくは、それ以降さらに調理部の部活に励むようになり、同時に園芸部もまめに手伝ってくれた。その頃には凪津はすでに正式に園芸部の部員になっていたから、えみくと一緒に過ごす時間が増え、自然と親しくなっていた。

「始業式の日ぐらいいいのに」

「いいのいいの。畑は私たちのものでもあるんだし。何からやろっか」

そうして二人は高校の花壇を見て回った。

校内の花壇は常に全部が活用されているわけではなく、今は半分ほどしか植えられていない。いっぺんに植えてしまったら一斉に花が咲いて、同時に枯れてしまう。そうならないように花を咲かせる季節で花壇のエリアを分けているのだ。

まず「春」の花壇を見に行くと、チューリップやゼラニウムやベゴニアが鮮やかに咲いていた。全てピンク色だった。これはダイキが最後に仕上げた植物だ。

「ねぇ凪津、これってさ」

「うん、やることないかも」

花壇はすべて手入れされており、水やりも今朝方行われたようだった。他の花壇も同様に世話されていて、畑はいつでも種まきができるように土がほぐされていた。

「きっと笹川先生がやってくれたんだな」

えみくはそう言って畑にしゃがみ込み、土に「山桐えみく」と名前を書いた。

「育てたい野菜あったら言ってね。種、用意しとくから」

「おっけー、オルタネートにリスト送っとく」

「あー。実はさ、私、もうやってないんだよね」

「え、マジ!?」

えみくの驚き方を見て、それほど意外なことなんだと改めて知る。

「あんなにオルタネート信者だったのに」

信者って、とは思うものの、実際オルタネートは神様みたいな存在だった。

「私はユダだな」

オルタネートを嫌いになったわけじゃない。だけど、一度決めたことは貫きたい。

校門の方へ戻ると笹川先生がいたので、「先生、ありがとうございました」と頭を下げた。

「なんのこと？」

「花壇の世話、先生がやってくれたんですよね？」

「それ俺な」

笹川先生の隣にはダイキと蓉《いるる》がいた。二人とも私服で、ダイキは髪の毛が緑色になっていたから誰だかすぐにはわからなかった。えみくが「蓉さーん」と抱き合う横で、凪津は「それどうしたんですか」とダイキの頭を指さした。

「目に優しいだろ」

ダイキはそう言って、耳にたくさんついたピアスを触った。

ダイキも蓉も円明《えんめい》学園大学に進学した。早くもファッションを楽しむダイキと違って、蓉の方は割と地味な服装だったが、それでも高校にいた頃よりはずいぶんと大人びて見えた。

「ってか凪津もどうした。根元だけ茶色く染めるとか斬新だな。珍しく髪も結んでるし」

いや、と言いかけてやめた。黒く染めるのも縮毛矯正もただやめただけで、別にファッションを楽しんでいるわけじゃない。髪を結んでいるのも、途中から癖が出てうまくまとまらないという理由以外になかった。だけどこれまで嘘をついていたと思われるのも厄介で、凪津は「なんとなく、春ですし」とわけのわからない言い訳をしてはぐらかし、「花壇、ありがとうございます」と話題をもとに戻した。

「凪津、バイトで忙しいだろうと思ってさ、春休みも見に来てたんだよ。今日の朝も水やったし」

「すみません」

「というより我慢できなくて様子見に来ちゃっただけなんだけど。これまでとほとんど距離変わらないし。ただこれからは時間が結構ランダムだから、水やりは欠かさないでな」

円明学園大学は高校から数百メートルしか離れていないので、その気になればいつでもダイキの力を借りられる。しかし園芸部部長となった凪津としては、無責任な行動はできない。

「大丈夫です。自分でできます」

「そうは言ってもまだまだバイト続けるんだろ」

「それは、はい」

「だとしたらあとの方法は部員を増やすしかないぞ。得意のオルタネートを駆使してちゃんと広報活動しろよ」

凪津が「実は」と言うよりも前に、えみくが「もうオルタネートやってないんですって」と口を挟む。

「マジで？　俺もうオルタネート使えなくなったから知らなかったよ。なんで」

「なんていうか、ちょっとした実験です」

文化祭のあとも、しばらくはオルタネートを続けていた。君園《きみぞの》くんのプロフィールに「恋人あり」という項目が追加されたのは文化祭から二週間も経たない頃だった。相手は前にオルタネートのあれこれを教えた瑞原芳樹《みずはらよしき》で、どうやら文化祭のときに声をかけたのがきっかけだったらしい。がっかりはしなかった。そんなもんだよな、とあっさり受け入れられたということは、それくらいにしか相手を思っていなかったということなんだろう。

桂田《かつらだ》とはあれから連絡を取っていない。ときどき「華津螺舵夢雨の天才日記！」を見てみるけれど、更新はされていなかった。

凪津もダイキと一緒に植えたヒアシンスが咲くまで「エンゲクタルソム」をやめると誓った。初めは我慢するのが大変だったけど、三月になってヒアシンスが咲いたときにはもう平気だった。

ピンク色のヒアシンスを見て、凪津は早くも次の誓いを立てた。来年のヒアシンスが咲くまで、オルタネートもやめる。そしてちゃんとひとりで咲かせることができたら、オルタネートを再開して桂田に連絡する。きっとその頃には自分も桂田も、少しくらいマリーゴールドに近づいているはずだ。

「えみくと凪津ちゃんはこのあと何するの？　『新居見《にいみ》』で入学祝いするんだけど、もしよかったらこない？」

蓉の誘いにえみくは「めっちゃ行きたい！」と、長いまつげを羽ばたかせた。一方で凪津は悩ましげに口を閉ざしている。

「凪津ちゃんは、予定あり？」

「母と会う予定になってて」

「お母さんも誘っていいよ」

「本当ですか？」と凪津が聞くと、「もちろんだよ」となぜかダイキがこたえる。

「ちょっと電話してみます」

母はすぐに電話に出た。事情を話し、「もしよかったら来ない？」と誘ったけれど、「お友達との時間は大事にね」と遠慮した。

母はあの男と別れた。そのせいで家計はまた苦しくなった。母は仕事を増やし、凪津もバイト代をうちに入れてなんとかやりくりしている状態だった。だけどそれを嫌だとは感じない。母も以前より顔色がいいように見える。

今日は久しぶりにどこかへ出かけようと話していた。仕事を休んだ母には悪かったけれど、「じゃあ好きに過ごしてていいからね。私のことは気にしないでね」と伝えると、「ありがとう」と言ってふっと笑った。

「どっちが親かわかんねえな」とダイキが口を挟む。

電話を切ると、蓉が小さく頷いた。

「お邪魔させてもらいます」

「でも、今日ってお店平気なんですかぁ？」

えみくが毛先に指を絡めながら言うと、「うん、今日は定休日だから。自由に使っていいの」と蓉がこたえた。

「あの人もくるよ」

ダイキがわざとらしくささやく。

「え、じゃあ二人の料理を食べれるんですか！」

凪津の声が思わず大きくなる。

「晴杏《せいあん》学院の人もくるよ。『ワンポーション』の優勝者」

はしゃぐ凪津の横で、えみくが「ライバルと仲良くなるなんて、先輩どうかしてますよ」と毒づいた。

「今はライバルじゃないよ。料理を分かち合える大切な仲間。他にも地方の友達が何人かくる」

「友達増え過ぎ」

ダイキがわざとらしく顔をゆがめる。

蓉がオルタネートを始めたのは『ワンポーション』を終えて数日後のことだった。三浦くんから転送されたメッセージを読んでいるうちに、返事がしたいという思いがふつふつと込み上げてきたのだ。ダウンロードだけしてあったオルタネートを開いて、アカウントを作ってみる。あれほど抵抗があったはずなのに、不思議なくらいスムーズに新規登録することができた。

アカウントを開設するなり、メッセージの差出人に感謝を伝える。すると蓉がオルタネートを始めたという噂が一気に広まり、料理好きからフロウがいくつも送られてきた。

　そこで知り合った人たちとグループを発足させ、今ではお互いに考えた料理のレシピや写真を送り合って意見交換をするほどになった。完成させた料理は父にプレゼンし、味を見てもらった。ほとんどの料理には否定的だったが、一度だけ『新居見』のメニューに採用された。

「実は、俺もひとり誘った」

　自慢げな表情を浮かべるダイキに「まさか、もう？」と凪津が尋ねる。

「オルタネートみたいなの、高校生だけにあるわけじゃないからな」

「だからって、もう誰か見つけるなんて早すぎます」

「お、あれ」

　ダイキが指さした先で、入学したての女子二人がヒアシンスの前で写真を撮り、ひとつのスマホを一緒に見ている。

　彼女たちの笑い声をさらうように、勢いよく風が吹く。

　桜の花びらが高く舞い上がり、風に乗って遠くまで運ばれていく。いつしか花びらは落ち、年月を重ねて土に還る。土はやがて根に触れるだろう。それが何の根であるかは知る由もない。ただ、光を浴びていることだけは、確かに感じるのだ。

〔参考文献〕

「グレゴール・メンデル―エンドウを育てた修道士」（ＢＬ出版）Cheryl Bardoe 著／片岡英子 訳

「『運命の人』はDNAを解析するマッチングアプリで探す——生物学的サーヴィス『Pheramor』の実用度」ＷＩＲＥＤ https://wired.jp/2018/03/06/dna-dating-app/

「Gene Life」ジェネシスヘルスケア株式会社（Genesis Healthcare Co.）

「エスコフィエ『料理の手引き』全注解」五島学編著（訳・注釈） https://lespoucesverts.org/wp-content/uploads/2018/05/mihon-20180831.pdf

本書に引用されているフアナ・デ・イバルブル「イチジクの木」は、東京大学大学院総合文化研究科教授の斎藤文子先生に新たに訳していただいたものです。この場をお借りして御礼申し上げます。

初出　「小説新潮」二〇二〇年一月号〜二〇二〇年九月号
刊行にあたり加筆修正を行った。

加藤シゲアキ（かとう・しげあき）
1987年生まれ、大阪府出身。青山学院大学法学部卒。NEWSのメンバーとして活動しながら、2012年1月に『ピンクとグレー』で作家デビュー。以降『閃光スクランブル』、『Burn.-バーン-』、『傘をもたない蟻たちは』、『チュベローズで待ってる（AGE22・AGE32）』とヒット作を生み出し続け、20年3月には初のエッセイ集『できることならスティードで』を刊行。アイドルと作家の両立が話題を呼んでいる。

オルタネート

著者／加藤　シゲアキ（かとう　しげあき）

発行／2020年11月20日
9刷／2021年3月20日

発行者／佐藤隆信
発行所／株式会社新潮社
郵便番号 162-8711　東京都新宿区矢来町71
電話　編集部 03(3266)5411／読者係 03(3266)5111
https://www.shinchosha.co.jp

印刷所／大日本印刷株式会社
製本所／加藤製本株式会社

ISBN978-4-10-353731-1　C0093